醉人的山水

当代永州山水散文
名家名作选

刘翼平　吴茂盛　主编

CFP 中国电影出版社
2024 · 北京

图书在版编目（CIP）数据

醉人的山水：当代永州山水散文名家名作选/刘翼平，吴茂盛主编.-- 北京:中国电影出版社，2024.10

ISBN 978-7-106-05599-8

I.①醉… Ⅱ.①刘… ②吴… Ⅲ.①散文集－中国－当代 IV.①I267

中国国家版本馆CIP数据核字（2024）第031629号

责任编辑：张　霞　杨旻宁
装帧设计：云上雅集
责任校对：滕　森　贺一鸣
责任印制：孙　杉

出版发行　中国电影出版社（北京北三环东路22号）邮编：100013
电话：64296664（总编室）　64216278（发行部）
64296742（读者服务部）　E-mail：cfpbjb@126.com

印　　刷　长沙市精宏印务有限公司
版　　次　2024年10月第1版　2024年10月湖南第1次印刷
开　　本　880mm × 1230mm　1/16
印　　张　17
字　　数　240千字
定　　价　85.00元

| 序 |

致敬山水，致敬散文

□ 刘翼平

春风无限潇湘意，山水有情最知音。湖南永州，一座如诗如画的千年古郡，被誉为“千年打卡胜地”“潇湘文化之源”。一千多年前，唐代思想家、文学家柳宗元踏入永州，寄情于山水，写下千古名篇《永州八记》，开创了中国山水散文一代文风，自此永州成为中国山水散文开篇之地；一千多年之后，已成为“散文大市”的永州，向世界发出邀约，共赴文旅盛宴，并成功举办2022、2023、2024中国（永州）山水散文节，谱写“新时代永州八记”，开启文学新篇，特编辑出版《醉人的山水——当代永州山水散文名家名作选》，此乃时代幸事，文学盛事。

山水相连，文脉绵延。本书收录的作品质量上乘，文笔绝佳。翻阅细品，犹如置身于醉人的永州山水之间，历史文化氛围迎面而来，令人心向往之，不忍释卷。“永州山水的欢快旋律，柳宗元的孤独与悲壮，共同铸就了中唐文学璀璨而绚烂的荣光”（陆春祥《寒江谣》）。于个人而言，故乡的山水连接起自身的成长和情感，滋养着回忆，“我在这里经受了不止于山水的厚重洗礼”（刘笑宇《母亲眼中的山水》）。而山水慢慢凝集为意象，让人魂牵梦萦，“千家峒无疑是他们的生命之源，是他们永远的希望和理想”（李长廷《千家峒情结》）。“他（周敦颐）跟日月交谈，与岩石对话，从小小的岩洞，居然可以看到宇宙的变幻。阴阳互动，万物化生，不就在这小小的月岩，不就在自己小小的内心？”（刘翼平《对一朵莲花的访问》）。

文学源于生活，诗意来自山水。山水和散文交融共生，展现出独特的文化景观。无论是纯粹的自然之景，还是意象化的空间、境地，于散文而言都是不可或缺的承托。而散文形式的书写或伫立或流淌，于山水而言是难以被替代的观照。人穿梭其间，见山见水的同时也看见自己的内心。山水时刻提醒着我们返璞归真，洗净铅华回到及物的写作。而蓦然回首，我们也在书写中走过沧海桑田。

华章生异彩，山水有清音。作者们在山水与散文之间互相感应、互相阐发，当中那让人如痴如醉的生命痕迹，同样也是这醉人的山水。

谨以此书向山水致敬，向散文致敬。

目录

名家特约作品

“新永州八记”山水题材征文获奖作品

永州本土作家作品

名家特约作品

上甘棠

□ 王剑冰

来到上甘棠，一场细雨在徜徉。细雨掠过平阔的稻田与层叠的老屋，掠过碧绿的昂山和屏峰山，并不时借助薄衫样的雾气，让上甘棠处于一片朦胧的色光中。

呆呆地望着，质朴的乡愁，完全地被打湿了。

甘棠之花，洁白如雪。走进村子，唯美的意象破空而来。一千余年，周氏家族在这里效法先贤，瓜瓞绵绵。“蔽芾甘棠，勿剪勿伐，召伯所菱。”《诗经·甘棠》折射出一束圣洁辉光。

一条窄窄的石板路，像一根玉簪，将古村的美妙串起，串成无数感慨与惊叹。整个上甘棠，就像一件精致的充满喜庆吉祥的艺术品。前芳寺、云归观、广德庙、忠厚堂……二百多栋老建筑，延续着安适恬静的意蕴。天井组合的家院，严整的纵深布局，考究的中轴对称，巧妙的过街骑楼，担子形、金字形的马头墙院，述说着别样的豪华与严谨。

老屋中的隔扇、门簪、神龛，或浮雕，或镂雕，花草苗木在上面缤纷，鸟兽虫鱼在上面跃动，传说故事在上面上演。一扇扇窗花，透出传统的古朴与精细，一块块瓦当和滴水，蕴着沉厚的文化与哲理。这一切，无不显示出湘南深处的气度与气象。

小雨不知何时停了。狗趴在地上，久久不动。鸡倒是叫得耀武扬威。到处都是熟悉的乡音，到处都是水。水平流的时候是绿色，遇到坡崖或石头就变成了白色。白色的水像一条绿幔的花边。谢沐河上，是始建于北宋的步瀛桥，桥老得塌了一半，但还起着作用。远处还有一座寿隆桥，也是伴水走过了千年。

步瀛桥与明代的文昌阁一卧一立，成为绝配，再加上夕阳和一条古道，简直就是一首诗了。

古道是闻名遐迩的潇贺古道。古道沿着山行，顺着水走，却非要到这村子绕一遭。听卖“翡翠凉粉”的周婶说，她爷爷讲过，以前石板路上总是过马帮，两边的房子开成各式各样的铺子，任你吃，任你住。有时很晚还过人，人骑在马上敲高高的窗棂，就会有笑脸露出来，问你所需。这或许就是古道连着古村的好处。

因为村子民风淳朴，敦厚和睦，也就人气旺盛。古道上的人多奔着上甘棠来，打尖休息。或也说不定，你看上了哪家的女子，女子也喜欢上了你。周婶就会唱甘棠一带流传的小曲，曲调如远处流来的谢沐水，清灵婉转，韵味悠长：送郎送到古道边，一朵乌云遮满山，唯愿老天下大雨，多多留郎住几天……

顺着潇贺古道，与谢沐河并行而往，就到了月陂亭。石崖凹陷的百米通道，成了旅人遮风挡雨的所在。也就是在这里，时间隐藏的部分，像火一般把半弯山岩照亮。那是宋代以来二十七方摩崖石刻，大大小小的文字与诗行，铺展出一壁灵性的浪漫。

我看不全它们的内容与含义，但我知道它们以朝露和晚霞汇集，以胸襟和志向刻制，捧给你真性与真意。它能释放万物，释放沉重与沉迷，始终照彻一个家族千年的亲善与孝悌，照彻上甘棠的祥和与甘怡。

文天祥任湖南提刑，曾驻扎江永。他顺着古道平定叛乱，来到上甘棠，面对这高德明理之地，有感奋笔“忠孝廉节”。

孟夫子说，仁者无敌。我由此知道，是什么构成上甘棠的永久魅力。

南槽门与月陂亭之间的空地，传出一阵琅琅书声。这里原来是甘棠村“仰濂书院”，看那名字，何不带有“仰莲”之意？惜字塔的时时提醒，耕读传家的入心理念，周敦颐的后人中，怎么能不走出百位文臣武将？

老墙横在河边，墙上踅来的风，带着油菜与稻花的清香。有人在墙上晒红椒，一箩箩朝天椒排开去，像长长的省略号。

有的老屋，总有高高低低的石阶领着，一直领到一进一进的院子后面。有的老屋半掩门扉，不敢贸然进入，怕扰了里面的主人。

从南食商号和铁铺号出来，见几位老者，坐在巷口看水、看桥，或什么也没看，只是那么坐着。上前打招呼，都客气，会跟你说上甘棠从前有多气派，从汉到隋，谢沐县的衙署都建在这里。会告诉你这里出过的尚书、知府和节度使。会告诉你村子坐东南朝西北，负阴抱阳，背山面水。会说谢水和沐水在村北交汇，谢称雄水，沐为雌水，两河滋长了双胞胎的出生率。说着就指给你谁家的两个孩子同时考上大学，在哪里工作。

问他们的姓，回答说都姓周。其中一位老伯说，村里人都是一个祖先，心都齐，没有这事那事。但只要谁家有事，或村里需要，都会尽力。包括步瀛桥，包括书院、亭阁、道路，哪个不是村民自己完成？

阳光一层层地，从瓦楞上滑落。鸟儿飞过，把自己的鸣叫洒在身后。

历史怀着真诚告诉我们，千百年来，上甘棠的名字始终是一个整体意识，也是一个整体意志。上甘棠的气场，已经同一个民族的气场融在一起。

临走时回头，从巷子里蹦跳着跑上老桥的孩子，把身影浴在了夕晖里，成为古村最亮的音符。

王剑冰，中国散文学会副会长，享受国务院特殊津贴。在《人民文学》《收获》《当代》《十月》《中国作家》《钟山》《花城》《作家》《北京文学》《上海文学》等报刊发表数百万字作品，出版《绝版的周庄》等著作45部。散文《绝版的周庄》入选上海高中语文课本，刻于江苏周庄；《吉安读水》刻于江西吉安白鹭洲；《天河》刻于湖北郧西天河广场；《洞头望海楼》刻于浙江洞头景区；《陕州地坑院》刻于河南陕州景区；《朝歌老街》刻于河南淇县街头；《观音山》刻于广东观音山景区；《时光里的黄姚》刻于广西黄姚景区。

寒江谣

□ 陆春祥

一

心之忧矣，我歌且谣。

孤舟蓑笠翁，独钓寒江雪。

唐元和二年冬，整个大地都忽然寒冷了起来。永州龙兴寺的西厢房，柳子厚肃立西轩窗前，心情沉重。寒气直逼，大雪漫天，雪花从天空急促挤挤挨挨落下，远处逶迤的西山已经一片白茫茫，眼底日夜奔流的潇水似乎也冻住了。柳子厚在发愣，他严重怀疑自己的眼睛，眼前之雪莫不是幻影？这温暖之地，怎会雪花飞舞？这些雪花，难道是从长安的空中集体飞奔过来陪伴他的吗？

这场公元807年腊月的大雪，地点就在永州，柳子厚自己有文记载，且有一个相当有趣的细节："幸大雪逾岭，被南越中数州。数州之犬，皆苍黄吠噬，狂走者累日，至无雪乃已。"（柳宗元《答韦中立论师道书》）不能怪那些狗狗，因为它们一辈子没见过雪，狗没见过雪，人也没见过雪，而此刻的永州大地，漫山遍野，上下皆白，狗狗们整日跑东颠西，扯着嗓子大叫，直至暗哑不能出声，直至白雪融入群山大地。

这场大雪是不是永州气象史上的唯一，我不敢说，但这场大雪给大唐文坛，给永州，留下了著名的诗歌典章《江雪》却是确凿无疑的。南宋诗论家高度评价这短短的四句二十个字："唐人五言四句，除柳子厚《钓雪》一诗之外，极少佳者。"（范晞文《对床夜语》）这差不多就是绝唱了，时代的绝唱。我的理解，柳子厚一生中大部分重要的诗、文、寓言几乎都与这场雪有关。

二

水汽在空中，被某种强大势力压迫，不得不凝结成雪降落，它的前提是寒冷。

子厚，柳宗元的字，在他心中，这眼前的雪，确实与前年长安的那一场革新有关。革新派拼命要振兴，反对派死命要抵抗。最终，反对派用冰水将对方刚燃烧起来的希望彻底浇灭，并用寒冷严实包裹。

熬了26年，太子李诵终于熬成了唐顺宗，此时45岁的他，已经不幸中风，连话都说不出来了。不过，顺宗继位后，立即重用王叔文、王伾、刘禹锡、柳宗元等人进行改革，史称"永贞革新"。加强中央集权，反对藩镇割据，反对宦官专权，取消宫市、五坊使，取消进奉，打击贪官，免苛征，恤百姓，这一系列的革新使中唐的天空，一时地动山摇。然而，186天过去，短短的半年时间，李诵就被宦官强制退位，将皇位禅让给了皇太子李纯，唐顺宗成了太上皇，李纯成了唐宪宗。

相比于极度内敛，一生小心谨慎的顺宗，甫一继位的宪宗，处罚人的手笔却是大刀阔斧，而那些扶持他的宦官，打击革新派更是绝不手软，往死里打，"二王八司马"成了大唐官场的著名事件。

礼部员外郎柳宗元，被贬邵州（今湖南邵阳）刺史，九月中旬的长安，寒风已经有些侵人了，但柳宗元的心更寒：我们都是为了国家的发展与美好呀，为什么要打击我们？然而，皇命就是天命，从长安到蓝田，经襄阳抵江陵，柳宗元带着一大家子要从这里坐船。突然，一道更令人心寒的诏令追着他南下的脚步而至：改柳宗元邵州刺史为永州司马员外置同正员，不得延误！司马本身就已经是闲官了，还加个"员外置"，类似于编制外，幸亏，还有个“同正员”，司马的政治待遇没有，经济待遇总算给了。然而，没有官署，没有官舍，柳宗元只好寄住在了龙兴寺。

宪宗团伙，是制造寒雪的高手。继位时，宪宗大赦，却下诏赐死改革派领袖王叔文，且明确规定，“八司马”不在大赦之列。柳宗元得知消息后，内心一阵寒流撞过。次年六月，宪宗册立皇后又一次大赦，诏令上依然明确写着：八司马“纵逢恩赦，不在量移之限”。就是说，好的地方，高的职务，你们想都别想，你们就给我老实待在原地吧！

大雪碾压永州的前两年年底，柳宗元带着妻女、老娘、表弟等一大家子，顶着寒风，在潇水河畔的永州太平门码头缓缓靠岸。眼前这山水，又叫零陵，他是知道的，司马迁说此地是舜南巡时驾崩于九疑山的死亡之地、埋葬之地，舜的两个妃子娥皇、女英，南下寻夫，一步一跪，泪洒竹枝，仙化成斑竹。而此刻，美好的传说，清澈的河水，似乎一点儿也激不起他的兴致，他不知道要在这偏僻的地方待多久，他的理想，他的前程，都如这潇河水，深不可测。

三

大雪暴而烈，连下数日，柳宗元日日挺立西窗前看雪。

所有的山，都不见了；所有的鸟，都不见了；所有的人，也不见了。这雪真是幻境制造大师，天地间只留下白，纵有强力翅膀，如何在白色中飞翔？

园有桃，其实之肴。
心之忧矣，我歌且谣。

《诗经》中那位贤士的忧时伤世，破空而来：园内确实有棵桃树，桃子是可以当作佳肴的。但我内心的忧伤无处倾诉，我只能唱歌说歌谣。

柳宗元口中，不断反复吟诵着《园有桃》，席地幕天的白，冰封千里的白，寒莫过于心寒，哀莫过于心死。一个意象逐渐清晰起来。

江面上，寒气氤氲，四下茫茫，一叶小舟，如褐点，荡在寒江间。舟上有蓑衣人，孤坐船头，拿了竿子在垂钓，不会是年轻人，更不会是有钱人，极可能是老渔翁，隐士。此翁或许已经很老了，但他世事洞明，在这江里打鱼几十年，他知道，寒江鱼伏，不可能钓到，但他就是要钓，知其不可为而为之。

看着自己塑造出来的寒江独钓老翁，柳宗元的眼睛模糊了，转而又异常清晰起来，那江面上，分明又多了一位屈夫子，他临风骨立，大声独吟：举世皆浊我独清，众人皆醉我独醒！哎，怎么又多了一位披裘渔翁？定睛一看，却是那富春江边富春山下不事刘秀的著名隐士严子陵。

千山鸟飞绝，万径人踪灭。
孤舟蓑笠翁，独钓寒江雪。

千、万、孤、独。老娘不幸去世，革新派死的死、贬的贬，自己又拖着一身的病痛，希望在哪里？这孤独，比舜皇峰还高，比潇湘水还深，它不仅是柳宗元的，更是那些报国无门并惨遭迫害的各类志士的集体宣泄。

“投迹山水地，放情咏《离骚》”（柳宗元《南中荣橘柚》）。这场雪，似乎就是清醒剂，也是大洗礼，他从此就变得从容不迫了。永州山水甚好，没有官舍，就住寺庙，龙兴寺大火，那就迁至法华寺，再到愚溪旁购地造屋定居，与农夫为邻，与山林为伴，好好生活下去吧。他要静观，他要等待，静观时局之变，等待报国的时机。

四

壬寅盛夏，我用半日时间，徜徉在柳宗元“永州八记”的实景里。虽蜻蜓点水，却也是一种深深的致敬。柳宗元在永州十年，留下了九十九首诗，占他诗歌总量的三分之二，还有近三十篇山水游记及寓言。在我看来，沉郁的骚怨，俊秀的山水，闲适的田园，这些诗文，都是他唱给永州大地最美的歌谣。

柳子庙中殿上的牌匾“八愚千古”，我似乎看到了柳子的笑容。我乃本朝第一大笨人啊，“八愚”，有八种愚吗？有，还有更多！苦笑，怪笑，智慧的笑，柳子的笑容瞬时转换。

从柳子庙出来，我直奔千古之“八愚”，在愚溪边伫立。

溪不宽，水流静淌，阳光从树缝中射下来，水绿得有些凝固。愚溪不大，名气却大。柳宗元结庐而居时，溪叫冉溪，也叫染溪，污染严重，水呈黑色。他见不得这种与环境极不协调的黑色，遂带领民众治溪，清理与疏浚并举，还在数十里河道上构筑数十座堤坝，就如同现今河道的堰坝，既蓄水，水质又好，治理后的染溪，河清如镜，游鱼嬉戏，百姓欢喜得不得了。但柳宗元一反常态，将此溪命名为愚溪，还将溪边的泉井、池塘、山沟、山丘等，一律命名为愚泉、愚井、愚池、愚沟、愚堂、愚亭、愚岛，一共八愚。这反常的做法一定是有寓意的，他自己没有明说，但一般人都能推测出，八愚，不多不少，应该是纪念与他一起被贬的“八司马”。我自嘲，还不行吗？嗯，就是。永州百姓索性送他一个号，曰“柳愚溪”。

钴鉧潭，必须停下来。

这是愚溪上一个水流回转的小潭，钴鉧是什么？就是古人的熨斗。那么，这是个像熨斗一样的潭了。重点是钴鉧潭西边二十五步旁的那个小丘，丘不到一亩见方，上面却生长着竹子与树木，丘上之石头突出隆起，高然耸立，争奇斗怪，石头的形状，有的像俯身喝水的牛马，有的像山上攀登的棕熊，柳宗元喜欢得紧，仗着兜里还有几百文铜钱，就向小丘主人买了下来。游玩途中买到了好风景，索性整理装扮起来，铲杂草，伐杂树，点起大火将它们烧掉，呀哈，小丘原来天生丽质：嘉木立，美竹露，奇石显。再站到小丘中间观四周的风景，则高高的山岭，飘浮的云朵，潺潺的溪流，遨游的鸟兽，它们似乎全部为小丘献礼来了。在小丘枕石而卧，将身心交与小丘，与天，与地，与周遭山水，一时灵通无限。

柳宗元是在写小丘吗？是，这是他游玩途中，兴之所至花四百文钱买下来的，然而，他绝非闲着无聊，言外之意也极明白，如此小丘，是如何被埋没的？摸摸脚指头就想出来了。

从小丘再西行一百二十步，隔着竹林，就听到流水的声音，这水声极特别，就如人身上佩戴的珮环相互碰撞发出的叮当声，柳宗元的脚步迈不动了，我们更迈不动。这个著名的小石潭，水尤清冽，全石为底，潭中百许头鱼，皆像空中游泳，阳光照射到水底，鱼的影子映在石头上，呆呆的，又忽然全都动了起来，它们似乎在与人做快乐的游戏。

如此美的小石潭，不能一味赞美，在失意文人的笔下，终于也没能熬住。他坐在竹树环合的潭边，看了一会儿风景，就感到凄神寒骨，一股深深的忧伤，迅速在心中弥漫开来。

五

永州之野产异蛇，黑质而白章。触草木尽死，以啮人，无御之者。

我早年读《捕蛇者说》，总觉得有一股逼人的寒气。蒋氏捕蛇者要去捕那样的毒蛇，得冒多大的生命危险。然而，相较让人透不过气来的重赋，百姓却宁愿冒险捕蛇。在柳宗元眼中，蒋氏三代人的命运，就是普通大众的命运。

他忧啊，愁啊，这种忧愁，透显出深深的无能为力，只能为之悲愤，为之歌唱。这种呐喊，是从寒江雪的冰碴中挤压出来的，虽有人性之温暖，但依然透着彻骨的寒。

寒江谣，永州长歌。永州山水的欢快旋律，柳宗元的孤独与悲壮，共同铸就了中唐文学璀璨而绚烂的荣光。

陆春祥，笔名陆布衣等，一级作家，中国作家协会散文委员会委员，中国散文学会副会长，浙江省作家协会副主席，浙江省散文学会会长，浙江传媒学院客座教授等。已出散文随笔集《病了的字母》《字字锦》《乐腔》《笔记的笔记》《连山》《而已》《袖中锦》《九万里风》《天地放翁——陆游传》《云中锦》《论语的种子》《水边的修辞》等30余种。主编浙江散文年度精选、风起江南散文系列等40多部散文集。作品曾入选几十种选刊（选本），并获鲁迅文学奖、北京文学奖、上海市优秀文学作品奖、浙江省优秀文学作品奖、中国报纸副刊作品金奖、报人散文奖等奖项。

绿天庵之舞

□ 梁瑞郴

怀素家贫，无纸，出家高山寺，遂于寺庙方圆数里，遍栽芭蕉数万，以叶作纸，于其上尽情挥洒，退笔成冢，洗笔成池。天道酬勤，一个小沙弥，庙里长大的和尚，竟卓然一家，狂草名动四海，独步天下。

我于丁酉年初夏，涉足零陵，红日东升之时，临东山高山寺，寻访绿天庵，已废，不遇。遗址处，得传闻中笔冢墨池，睹物不再，只存念想，历史烟云，磨蚀岁月，消散风物，只留下多种传闻，许多附会。

眼前，清风微拂，便起了一阵阵绿波，蕉叶摩挲，发出袅袅梵音，脑中自然涌出想象中的绿天庵的样子。穿越时空，思接千载，不由得把僧人怀素奋笔疾书的画面推到眼前。

我对附会，向来是取宽容和赞同的态度。即便是让人忍俊不禁的附会，也多从杜撰者善心好意角度去考量，只是把种种疑问存在自己的心中。

我对怀素以芭蕉叶为纸、涉笔习书，向来持怀疑态度，殊不知蕉叶光滑，难以书写，即便能够书写，又需多少蕉叶，才能让怀素尽情挥洒，退笔成冢？

但此附会，我持完全赞赏的态度。

一片波光，万棵蕉树，绿浪迭起，佛音袅袅。天地间，只见龙蛇翻卷，烟云密布，飞沙走石，狂风大作，小沙弥于万绿丛中，涉笔成趣，挥洒自如。

这是一幅多美的画面！绿天庵由此得名。禅宗的神秘，山野的生机，天地的静谧，书者的勤奋，在一片绿色的包裹中，别有情趣，气象万千。

我以为，这个附会传说比历史的事实更真实，它将艺术之美与自然之美融合得浑然一体，在天地之间，构成一幅神奇殊异的画卷。

怀素习书，家贫无纸，在《自叙帖》中已有定论，但细细琢磨，现实生活中，他是以寺为家，以大地作纸，以枯枝作笔，以星辰作伴，以名帖为师，将汗水挥洒于大地，将勤奋书写于高天寺。

当是时，红日飞升，跃出天际。面对此景，自然想起李白对怀素无以复加的赞美："少年上人号怀素，草书天下称独步。墨池飞出北溟鱼，笔锋杀尽中山兔。""飘风骤雨惊飒飒，落花飞雪何茫茫……恍恍如闻神鬼惊，时时只见龙蛇走。"不敢想象，时年五十八岁，"天子呼来不上船"的谪仙李白，居然称只有二十二岁的怀素为"吾师"。李白一生桀骜不羁，这可是唯一一次低下高傲的头颅，俯首尊师。

个中缘由，思慢多年，总不得要领，近年偶有一得，虽是一己之见，但却愿意不揣冒昧，以陋示人。窃以为，李白与怀素，至少有两点惊人地相似。诗风与书风的高度统一，上天入地，天马行空，放浪无羁，飘逸遗兴的浪漫风格；酒风和酒品的相差无几，一个自称"臣是酒中仙"，一个醉僧无忌，狂放不羁。这种相似，不仅仅是外在表象的暗合，关键在其内在神似。

漫步绿天庵绿浪起伏的蕉林，思绪逐浪，神驱千年。我想起唐代另一位伟大诗人，为另一位杰出的舞者及书家的歌吟："昔有佳人公孙氏，一舞剑器动四方。观者如山色沮丧，天地为之久低昂。霍如羿射九日落，矫如群帝骖龙翔。来如雷霆收震怒，罢如江海凝清光。"这是诗圣杜甫《观公孙大娘弟子舞剑器行》中首段。除了对剑舞者最高的礼赞外，亦写出公孙大娘及弟子剑舞时天地动容、江海撞色的壮观画面，诗人由此还道出了一位"草圣"书艺大进与舞者有关的原因："昔者吴人张旭，善草书帖，数常于邺县见公孙大娘舞西河剑器，自此草书长进。"

不可思议，唐代乃至中华诗史上两位最伟大诗人，几乎同时为两位书家不吝笔墨，这不能不说是中国诗史上的两朵奇葩。

"颠张狂素"，中国草书史上的两座高峰。

"谪仙诗圣"，中国诗歌天空中的两颗巨星。

千年一赞，万古不灭！

我不知道，两位"草圣"不废江河，千古传诵，是否与李杜的推崇有很大的关系？但至少我驻足蕉林，注目遗存，脑海中就不断闪现出一幅幅惊天动地、山河壮阔、龙飞凤翔、神鬼莫测的场景。我分明感到，怀素的狂草，呼呼生风，寒光凛凛，在游龙惊蛇中透出阵阵剑气，我禁不住要高呼了：这不就是纸上的剑舞吗？

诗、书、舞，不就是艺术的同源，线条的共生吗？诗行的腾挪跌宕，草书的逆折变化，舞蹈的跳跃浑脱，不都是线条的变形夸张吗？这一切的最终追求，都是人类审美的需求，只有美才可以将这些线条归纳起来，抵达审美的终极目标，完成心灵花朵的开放，以臻万紫千红的世界。

我把思绪渐渐收拢，集中在绿天庵，背景是一块巨大的岩壁，平整如盘，怀素狂草，赫然在目，它那冲决一切、狂飙突起的状态，自由奔放、特立独行的风貌，神鬼莫测、变化万端的诡秘，生风挟雷、翻江倒海的气势，如巨浪扑向岩壁。天幕渐渐拉开，摩崖《自叙帖》映入眼帘，满壁烟云。

摩崖之下，有唐公孙大娘《剑器浑脱舞》正在表演，寒光四射，风雷呼啸，与怀素飞动的狂草双剑合璧，如洪波喷射，如九流回环，如连山喷雪，如绝壁挂松。风声，剑声，笔声，舞声，融合成一幅绝美的图画。

天地为舞台，公孙大娘独舞后，唐乐响起，又双人剑舞，八人剑舞，众人剑舞，在舞台翩跹，观者如堵，四野沸腾！

游目骋怀，情不自已，突然想起，怀素以"醉僧"名世，在绿天庵修行多年，青灯黄卷，何不呼——"济公"似的和尚，在"醉态"之下，挥毫如流星，运笔似挥戈。醉中有醒，醒中有醉，在趔趔趄趄中造一幅"醉僧"癫狂图。

风起蕉叶，绿浪连天，从东山望去，零陵古郡，文气升腾，万家烟火，一派安详！

我心中默想，刚才穿越古今的梦想，若有主政者全力打造，李白于云端，怀素于草莽，公孙于云霓，苍生于大地，都会受惠于文化的伟力！精心打造一台晚会，可以将无形化为有形，可以将文化变为财富，既告慰先贤，也造福桑梓。

绿天庵之绿，是永州大地的主色，今之善舞者，将会在主色中调入更多色彩，使民生的舞台更充沛饱满，使锦绣潇湘更生机勃勃。

梁瑞郴，中国作家协会会员，文学创作一级，为国务院政府特殊津贴专家。现任湖南省散文学会会长，湖南省作家协会名誉主席。曾任湖南省作家协会专职副主席、秘书长、毛泽东文学院管理处主任，《文学风》杂志主编。著有报告文学集《一万个昼与夜》《毛泽东生辰印记》（合作），散文集《雾谷》《秦时水》《华夏英杰》《欧行散记》等。散文《远逝的歌声》获中国作家协会和煤炭部联合举办的第二届全国煤炭文学乌金奖，《雾谷》获全国副刊优秀作品奖等。

柳子庙里的身影

□ 刘克邦

湘江上游，有段水域，称潇水；潇水河畔，有座古城，叫零陵。

零陵古城里有座庙，供奉着一个人，一千二百多年前的人。

这个人大名鼎鼎，读过书的人都知道，他姓柳，名宗元，又称“柳河东”“河东先生”“柳愚溪”“柳柳州”。

小时候，煤油灯下，听母亲朗读《捕蛇者说》，文章生涩、拗口，我听懂了一些，更多的是没听懂，但“苛政猛于虎”的句子至今不忘。

后来，又读到了《小石潭记》，文中那潭、那石、那水、那鱼、那岸，生动极了，逼真绝了，撩拨得我也想写写那样的文章，写出那样文章的味道来。

渐渐地，我对他有了更多的了解：出身士门，二十一岁中进士，三十二岁任礼部员外郎，领衔古文运动，创作诗文六百余篇，为“唐宋八大家”之一。真的是牛，牛气冲天！

我还知道，他是一个“不安分”的人，放着现成的官不好好做，去捅马蜂窝，摸老虎屁股，削藩镇，制宦官，惩贪腐，恤百姓，到头来事没搞成，反被“马蜂蜇得满脸红肿”，被“老虎”抓得浑身是伤。

皇帝不喜欢他了，权势更恨之入骨。他背时了，倒霉了，落难了，被赶出京城，贬至永州，任一闲官。

在永州，他居无定所，母亲、女儿相继病逝，穷困潦倒，百无聊赖，孤寂，悲凉，郁闷，哀怨，愤懑，满腔激情形同烟云，一身抱负无处施展，只得终日游走山水，将所见所闻所感所思付诸笔头……

人啊，有所失，必有所得；祸兮，福之倚。

这里的山，连绵起伏，绿色葱茏；这里的水，蜿蜒曲折，清澈见底。他触景生情，借景抒情，在此写出了大量的不朽诗文，山丘溪潭“文在兹”，猖鼠毒蛇“都是文章”，反倒成就了他“一代宗师”的盛名。

这个七月，天气有点极端，时而倾盆大雨，时而骄阳似火，湿与热搅和在一起。人们就像在大蒸笼里一样，汗水直流，燥热难耐。听说要去柳子庙，犹如吹来一股凉爽之风，参加中国（永州）山水散文节采风活动的帅哥靓女们，一帮痴迷于文字的“柳粉”，一个个雀跃起来！

柳子庙，像一位长途跋涉，从远古走来的老人。当临近零陵古城时，颇感疲乏，于是，它伴着溪水，在桥头歇息下来。这一歇，竟入梦境，不知不觉晃过了千年时光。

这座庙寺，坐北朝南，倚靠潇水，面朝南岭，虽历经沧桑，饱经风雨，仍沉着镇定，气宇轩昂，一副“孤舟蓑笠翁，独钓寒江雪”的样子。

庙门前，两只雄狮，威风凛凛，端坐两旁，守护着大庙的庄重与威严；几棵松柏，苍翠欲滴，一字排开，簇拥着殿宇的幽雅与灵动。狮子、松柏，这两种极具象征意义的事物，民间百姓意念中的活图腾，置于此地是再恰当不过的了。

高大、宽阔的院墙，一正两偏、一大两小三道拱门，将整座庙宇神秘地挡在身后。

正门上方，石刻竖写“柳子庙”三个大字，环衬五龙戏珠的雕饰，更添了大庙的庄肃与神韵。

门的两边，嵌一副石刻楹联，因年岁已久，字迹模糊，难以辨认。幸得导游在旁，替我们指认出来。“山水来归黄蕉丹荔，春秋报事福我寿民”，柳子开凿水井，兴办学堂，造福一方，楹联挂在门框，落在百姓的心上。

东西门楣，“清莹”“秀澈”两幅题额，一语双义，寓意绝妙，既赞美了永州的山水之美，又颂扬了柳子的品行节操。

我站在地面鹅卵石镶拼的大型花格图案之上，仰望佩戴珍禽瑞兽雕饰、似在蓝天白云下攀缘直上的屋脊、飞檐和风水墙，触摸风雨剥蚀、浊迹斑斑的庙墙，心如沸水，默默地念叨起来：柳子呀，柳子，您是我心中的偶像，今天我拜谒您来了！

进入大门，拾级而上，来到中殿。中殿过亭门枋上，挂一牌匾，“八愚千古”四字遒劲有力，格外醒目。“八愚”，是柳宗元将冉溪改为愚溪，亦将与愚溪附近相关的景物以“愚”命名，即愚丘、愚泉、愚沟、愚池、愚堂、愚亭、愚岛。“智者用，愚者伏，用者宜迩，伏者宜远。”“冰雪之交，众裘我絺；溽暑之铄，众从之风，而我从之火。”柳宗元在《愚溪对》中以“愚”为题，正话反说，貌似自嘲，实为痛斥那个年代智愚不分、黑白颠倒的社会现象。

封建社会，历朝历代的士人用笔如刀，皇权胆寒，百姓称快，千古不朽！

站在台阶上，转身回看，前殿戏台飞檐之上，又蹿出一方牌匾，亮出“山水绿”三个大字来。

“好一个‘山水绿’！”我不由得叫出声来。

这词，应该是从柳子的《渔翁》诗中摘取的。“烟销日出不见人，欸乃一声山水绿。”天人合一，心灵与山水对话，多么生动的场景，多么美丽的画卷！

一个人，在横遭构陷身处逆境的情况下，没有高尚的情怀和豁达的胸襟，没有内植于心、外践于行的自然观和民本思想，是写不出如此精美绝妙的诗句的。

来到后殿，柳宗元汉白玉侧身雕像端坐中堂，“利民”两字高悬在上。他身体纤瘦，衣着简朴，手持羊毫，心事重重，凝视远方……

想当初，他置身京都，春风拂面，在政治革新的舞台上充当主角，出演重头戏，没想到风云难测，宦官反扑，奸佞当权，革新胎死腹中，未竟事业终成流水遗恨；如今，他远离庙堂，落魄荒僻，空有一身才华和满腔激情，不能为国分忧，不能过问朝中大事，心焚如火，焦灼难安。

呜呼！此时此刻，又有谁能理解他的心情呢？

幸好，上苍有眼，永州的山水懂他，潇湘的百姓知他。

他在这里找到了寄托，获得了慰藉，驱散了心中的乌云，点燃了智慧的明灯，涅槃重生，从彷徨与困惑中解脱出来，在另一条宽阔明亮的道路上迈步、疾行、飞奔。

愚溪本不愚，西山岂知醉？柳子庙里的文气和灵光与日月同在，柳子的才情和精神与山水共存。

岁月，虽不断流逝；历史，却永远铭记！

出了柳子庙，太阳躲进云层，天空暗淡下来。骤然间，一颗、两颗、三颗……无数颗雨点临空而下，跌落在屋脊上、树林里和溪水中，传来一阵窸窸窣窣的响声。渐渐地，响声越来越大，噼里啪啦，宁静的寺宇热闹起来！

这雨，来得突然，不同凡响，如歌，如诉，似低吟，似呐喊……

刘克邦，湖南湘乡人，1955年出生于黔阳县（今洪江市），文学创作一级，中国作家协会会员，中国散文学会会员，湖南省文联委员，湖南省作家协会理事，湖南省散文学会名誉会长，中南大学、长沙理工大学硕士生导师。著有散文集《金秋的礼物》《清晨的感动》《自然抵达》《心有彼岸》《涟水谣》。获第六届冰心散文奖，湖南省第四届毛泽东文学奖，财政部、中国作家杂志社、中国财政杂志社联合举办的全国文学征文大赛一等奖。

永州三题（组章）

□ 谢宗玉

被误读的永州

一

我得承认，我对永州的关注度不够。少年时只背诵过柳宗元的《小石潭记》和《捕蛇者说》，我只知道，永州的山中有一汪清泉，永州的野地多产异蛇。

中年时，初入永州，是去宁远。雨天，车左摇右晃，忽上忽下，七拐八弯，在大山里爬行了很久，接着穿过幽冥峡谷，眼前豁然开朗，一望无际的平畴，扑鼻而来的稻香。给我的错觉是经过了漫长的幽洞，进入了“土地平旷、阡陌交通、屋舍俨然”的桃源，自此以后，我就以为永州是一片群山环抱的沃野。

也就是那回，第一次听说状元李郃，并且知道了号称江南第一村——宁远下灌村的来龙去脉。那还是南北朝时期，大将李道辨平乱成功，却得知自己的国家南齐发生了政变，被南梁所替，于是干脆化兵为农，铸剑为犁，在宁远一带扎下根来了。之后江北的“城头变幻大王旗”，山外的“你方唱罢我登场”，都与他们无关了。他们在这里晴垦荒地，雨修儒学，夜造娃娃，过着典型的耕读生活。三百年过去了，湖南的第一个科举状元，竟然花落这块偏僻之地。状元郎正是李道辨的十六世子孙李郃。不但如此，这个村先后还出了四十八位进士。真是出人意料。

想一想，又在情理之中。从东汉末期，到三国两晋南北朝时期，北方连年战火，加上五胡乱华，汉人十不存一，儒学道统、文明火种由北向南转移，可鱼米之乡的湘北，因为过于平阔，无险可守，同样被战火蹂躏得不成样子，先进的北方文明经过却无法存留，只好继续南迁。然后被南方的湘楚文化吸收、演绎、变成独具魅力的潇湘耕读文化，被湘南偏僻的角落永州给完整地保存下来了。正因为这样，永州成了湖南的文脉之所在。科举千余年，永州不但状元最多，进士也最多。

可现在，我看卫星地图才发现，从长江进入湖南，四周都是高山峻岭，唯一的通道，竟就在永州。永州根本不是桃源式的封闭之地，而是“水陆要冲，楚越咽喉”的通衢之口。当年秦始皇经略百越，在这里稍上游的兴安县，将湘水与漓水沟通，用人工运河灵渠运输兵员和战略物资，从而取得了关键性的胜利，长江流域和珠江流域也由此接连起来了。

也就是说，随后近千年，这里都是北方文明进入岭南的最好途径。而这才是古代永州人气和文气兴旺的最重要缘由啊。一种文化如果不能流通，没有碰撞，无法革新，那很快就会衰落萎靡下去。桃源式的封闭地，“不知有汉，无论魏晋”，文化是无法吐故纳新、自我完善的。

更令我吃惊的是，从卫星地图看，现在行政区划的永州根本就构不成地理意义上的整体，更像是强行搭配在一起的。阳明山纵横永州中央，将永州隔成西北和东南两大区域，永州才有“北五县南六县”之说。北五县祁阳、冷水滩、零陵、东安、双牌与邵阳、西衡阳自成一体、不分彼此。南六县新田、蓝山、宁远、道县、江永、江华则与郴州、南衡阳镶嵌紧密、一脉相承。正因为这样，在古代很长一段时间，道州（道县）和永州（零陵）是分开的。所以现在我们听到的“永州人怎么样”这种性格印象说，其实是一个伪命题。永州人是丰富的、复杂的、各不相同的、难以概括的。永州人并没有一种整体的性格特征。

二

正因为这样，我对潇湘文化的印象，几乎都错了。在我的印象中，潇湘文化是一种封闭的、恒定的、墨守成规的、田园牧歌式的、带有强烈巫性色彩的纯性文化。可现在我才发现，以永州为源头的潇湘文化，自古以来都是开放的、流动的、发散的、多面的、互相矛盾的有机统一体。它一直都不纯粹，一直都很斑驳，充满了纠结和绞绕。它既保守，又浪漫；既清亮，又晦涩；既祥和，又凄惶；既富足，又萧瑟；既洒脱，又抑郁；既安定，又动荡……与永州的地理风水山形是一脉相承的。

继而发觉，我对耕读文化的理解也是错的。我一直以为耕读文化是逍遥的、自由的、松散的、平和的、无欲无为的、自在自洽的、物质和精神上都可以自给自足的。就像陶渊明诗歌中写的那样“心远地自偏”。

可实际上，耕读文化的核心，是为了家族繁衍，人人各司其职，以耕供读，耕者埋头深耕，读者挑灯苦读，仕者统领全局，每个人都绷得紧紧的。整个家族如果没被摧毁，会百年如一日地向上攀登，以期枝繁叶茂，绵延永久。

就像一个蜂巢，在外人看来，飞飞舞舞的蜜蜂，多逍遥自在呀。而其实，它们的分工非常严谨，每只蜜蜂守着自己的任务、朝着共同的目标，熙熙攘攘，纷纷扰扰，一直忙到死。努力攀爬的大家族也是这样的。大家齐心协力，耕者供奉读者，读者进入仕途，然后反过来保护耕者和整个家族。要不然家族随时都会湮灭在历史的云烟之中。

耕读文化根本不是看起来那么洒脱，农耕只是表象，读书入仕才是主题。在中国历史上，没有哪个小农，是只靠单纯地耕作而成大族的。稍微富裕一点儿了，就会急急培养读书人，以期能一举成名进入仕途，清清白白三年，就可攒得“十万雪花银”。然后娶妻纳妾，开枝散叶，家族就迅速膨胀起来了，抵抗外界风险的能力也相应地增强了不少。

就比如说，宁远下灌村的李氏、江永上甘棠村的周氏，都绵延了一千多年。在永州这样的村庄，还有不少。

这在乱世时期的中国，是很难想象的。如果没有家族里一茬一茬的官员来反哺和护佑，战乱来临时，留在家中的蒙昧耕者，就只有给历史送头颅的份儿。不要以为这是危言耸听，763年前后，元结任道州刺史时，西原蛮就多次攻陷道州，烧杀抢掳，无恶不作。连道州城都被攻破了，下灌村这样的村庄又凭什么能逃过兵祸？只有两种可能，一是李氏大族早已与西原蛮暗通款曲，签订了互不侵犯条约。二是李氏致仕归乡，能有效组织兵丁族人，凭借多年积存的刀剑矛矢，已将村庄经营得铁桶一般。

值得一提的是，上甘棠村本是谢沐县治所，县衙在汉初就已建好。而县衙所在地，必有百姓围聚而居。可到了隋代，谢沐县衙竟凭空消失了，只留下巨石垒砌的遗址被藤蔓攀爬。乐观估计，是县城整体搬迁了。但真相很有可能是，这里曾被屠城过，并且杀得一个不剩。过了两百年后的827年，也就是李郃考上状元的前一年，大族周氏的其中一脉，才将这片兵燹之地，再次选作定居之所。自此后，这个村庄就再没有被焚毁过，千余年来，这里出了十几个进士，一百余名七品以上官员。直到现在，全村几千人，男丁仍全部姓周。即便是通途之地，这些大家族仍有强烈的排外性。

为什么要读圣贤书？是为修身齐家治国平天下。可如果更世俗一点儿地说，那便是这样的：读书是为科举，科举是为做官，做官是为名利，名利是为繁衍。这才是“修身齐家”的真相，也是耕读文化的本质。也只有背靠望族巨族，才有“治国平天下”的可能。最初刘邦之所以被项羽打得无还手之力，就因为项羽是根正苗红的豪族。

正如李氏一族占据下灌村时，李道辨已是一员大将。周氏支脉占据上甘棠村时，仅在永州，家族里就已有几十位进士了。可以肯定，下灌村和上甘棠村一样，经过近千年的开垦，村前已是肥田沃土一片，根本用不着李氏和周氏的祖先筚路蓝缕、胼手胝足再去拓荒。年年沃土上的丰收，一为修筑高墙，二为繁衍子孙，三为培育仕人。

与元结杀来斗去的“西原蛮”，现在说是广西一带以壮族为主的少数民族。可其实依我看，是文化变异后的先秦人。短命的秦朝占领广西和广东后，设立了桂林郡、南海郡和象郡。大将赵佗不及撤兵，秦朝就灭亡了，赵佗只好自立南越国，与汉朝对峙了近百年，直到汉武帝才将它征服。随后岭南就一直处在权力的半真空状态，属地虽归中央，百姓却是自由生长。留在那里的汉人与百越人互通婚姻，互染风俗，再结成松散的社会组织，然后就有了所谓的西原蛮。要不然，南方的少数民族，单凭一己之力，是根本攻陷不了当时文明程度已相当高的道州及永州等地的。而如果蛮族真能攻破城池，那周围的村庄也没有与他们媾和的可能。连语言都不通，怎么去商议和平协定啊？

三

元结任道州刺史四年。四十年后，805年，柳宗元任永州司马，在永州整整待了十年，这个司马的全称是“司马员外置同正员”，只是一个领工资的闲职，不需要坐班，连办公衙门都没有，并且连住房都没有分配。柳宗元一家只能借居龙兴寺，年迈的母亲和年幼的女儿先后病亡。他苦闷而抑郁的心灵，只能依靠游历山水和书写诗文，才得以遣怀。

但不管柳宗元把永州描写成怎样一个凄凉寂寞地，可事实却是，这里几千年前就有舜帝南巡，一千年前就有五十万秦军打此经过；从西汉到三国，这里有据可查的零陵太守就有十六位；下灌村李氏豪门已在这里生根了三百余年；上甘棠村作为谢沐县衙虽然已被摧毁，要二十年后，周氏一脉才会搬迁过来。但这时周氏一族在永州已落地七十余年了，单二代弘字辈二十四人，就有十八个中了进士。文脉之盛，令人瞠目结舌。这时的永州之野，或许仍产异蛇，但决然不是遍地乱爬的那种，应该已被捕得差不多了，再想捕捉，就得去溪沟隐蔽地寻找。

或许是柳宗元文名太炽，之后历朝统治者都中了《捕蛇者说》的毒，一旦有官员忤逆己意，气不过，就往永州扔。哼哼，让他被异蛇咬死好了！据统计，永州历代有名有姓的贬谪官员，就有八十余位之多，占了整个湖南贬谪官员的一多半。可谁知《捕蛇者说》一文也是模仿了《礼记·檀弓下》中的《苛政猛于虎》。泰山之下，孔子借虎讽刺苛政；永州之野，柳氏借蛇哀叹生民。这并不说明两地虎蛇太多，只能证明两地的百姓生活太惨。

当然，也可以换一种思维来理解。将人发配去永州算什么？还没像苏东坡那样被发配去岭南呢，被发配去琼州呢。贬去永州，可能还是帝王生了恻隐之心呢。要知道，宋代湖南共有九百零八个进士，永州就占了三百七十一人，如果以现在的行政县计算，前三名都被永州囊括了，分别是祁阳九十三位、零陵七十三位、道县六十三位。而宋代包括长沙、湘潭、益阳等地在内的大潭州只有一百五十名进士。到了明代，永州进士数额虽然不再一骑绝尘，但也位列湖南各市州之首。这样一对比就知道，宋明之时，永州的文明程度是湖南最高的地方。以零陵为中心，沿潇湘两水西溯东下，到处都是繁华的商业重镇。因为道路狭长，商旅必经，所以人气非常集中，不像湘北平原，太平坦了，从哪里经过都可以，人气反而散了，商业难成规模。

从卫星地图看，各色人马从长江进入湖南，常德和岳阳开口很阔，到了湘中，平旷之地逐渐萎缩，到永州被阳明山分隔成两条狭长地带。一路溯湘水而上，从冷水滩、零陵到广西的全州、兴安、桂林。一路从湘江支流舂陵江而上，从常宁、新田、宁远，到道县、江华、江永，进入广西贺州、梧州。因湘水与漓水相通，所以零陵一路更为顺捷。舂陵江止于蓝山，后面皆是陆路，且时有矮岗相拦，所以道县一路较为滞塞。

而且道州一途，很多山形类似桂林。比如说九嶷山，看起来群山耸峙，一派万岳朝宗之势。可走近了，你就会发现，山与山间距很宽，像屏风竖立，稍微绕一下，就过去了。其间更多的是平野、丘陵和河流。官道虽蜿蜒，但并不崎岖，河流虽曲折，但少有险滩。在这样的地方伐木造屋，依山傍水而居，是非常惬意的。

你甚至都无法定义自己是生活在一个什么样的地方。平原？是的，屋前阡陌交通，平野花香袭人。山地？是的，放眼群峰缥缈，恍若置身石林。丘陵？山不高不大，恍若丘陵，却不是丘陵，它非常陡峭，不好攀爬，可无须攀爬，一切用度，皆可取于屋前平畴。水乡？是的，家家户户都被溪流环绕，旱时水浅，雨时水高，但一直清澈见底，可以直取瓢饮，可以濯缨濯足。正因这样，很多大族都选在这里扎根。比如道县何氏一姓，名人辈出，现在其人口竟占了半个州县，被称为“何半州”。

而零陵一途，地貌与湘楚相同，若是高山，必成阻隔。若是平野，则无险可守。在这边扎根的望族，相对要少些，并且也晚了很多。可因沟通楚越的湘江之故，这边人流量极大，其商业发展很快就超过了道州一方。这里的读书人更多有商贾背景。商贾即便人丁兴旺，也不会聚首一地，而是分散在各个交通要道，经营大江南北的生意，财富积累比务农者要快得多，接触信息也多，见识面也广，因此家中读书娃成才就更容易一些。这也是两宋期间，祁阳、零陵之地的进士反超道县的原因之一。

潇湘文化发源于地理分割的要冲处，所以它既有中原文化，又有巫楚文化；既有农耕文化，又含商业文化；既有羁旅文化，又含军旅文化；既有梅山文化，又有百越文化；既有仙侠文化，又有佛道文化……总之，杂得很。所以，永州人其实一直很矛盾、很纠结，一直不知道是守成好，还是进取好；是居家好，还是闯荡好；是求取庙堂之高好，还是身处江湖之远好；是自强不息去拼搏好，还是厚德载物以养气好。

有些人埋头苦读，一朝成名，比如状元李郃、吴必达、乐雷发，可很快就发现，外面的世界很精彩，外面的世界也很无奈，与自己的高洁志趣，实在大相径庭。所以，只匆匆在庙堂和江湖亮个相，就隐居在故乡著书立说、培养后辈去了。

而另有一些人，从少年时就出去闯荡，一颗进取的心，至死方休。比如怀素、周敦颐、何绍基。出去后，就再没回来长居过。特别是怀素，他算得上是中国最有进取心的和尚，你无法想象，二十二岁初出茅庐的他，是怎样找上诗名满天下的老爷子李白的？并且还让他为自己写下了《草书歌行》！假如他晚出发三年，李白就去世了。没有了“少年上人号怀素，草书天下称独步”之句，后世怀素的声名会不会稍受影响呢？呵呵，现在很难判定。

总之，这个和尚一辈子就这样在江湖上拜师求友，以证书道，当无数名人都为他留下诗文时，他的草书艺术也到了登峰造极之境。“颠旭狂素”，后世将他与吴中另一书法家张旭并称草书二圣。怀素最独特之处在于，历史上所有的著名书法家都有功名和官职，怀素是唯一的白丁。这就要求他不但需有深厚的艺术功力，还要有强烈的成名决心和良好的人际关系。而周敦颐和何绍基等人的求知求学意志，完全不亚于怀素。甚至现在我还能从许多永州人身上，看到当年“怀素们”孜孜以求的心劲儿。

还有一些途经永州的文人和官员，会感叹光阴如流水，寄身如飘蓬，人生如幻梦。他们会在喀斯特地貌的高崖石壁，雕刻很多诗文、铭记或题字，以证明沧海一粟的此身，曾在急流飞瀑般的时间长河里秒存过。狭长地带的永州，就像一个穿风而过的弄堂，时光在这里仿佛突然加速，这时回首庙堂，或遥望江湖，不管哪一种情绪，都会在内心反应剧烈，让人或长啸，或恸哭，或大笑，很难自已。这也是永州诗文石刻特别多的原因之一。

可惜的是，到了今天，很多石刻字迹湮灭难辨，已不知晓他们的主人是谁，又是何意要勒石于此。只有少数幸运儿，还被光阴珍存着。但被时代操纵了注意力的今人，只会匆匆一瞥，再难停杯投箸，共景共情共笑泪了。

四

在潇湘合流处的萍洲岛，是潇湘八景的第一景：潇湘夜雨。如果细想，你就会觉得惊奇。夜雨只有声音，并无风景，如果硬说有，那也只有两色，两岸墨黑，一江微白，再多，无非中间点缀几粒灯火。这算哪门子风景？由此可知，潇湘第一景不在眼中，而在耳侧。或者说，在内心。内心有就有，内心没有就没有。

马致远的《寿阳曲·潇湘夜雨》给此景定了基调：“渔灯暗，客梦回。一声声滴人心碎。孤舟五更家万里，是离人几行清泪。”大侠金庸笔下的衡阳莫大先生，更是用二胡将《潇湘夜雨》奏得如诉如泣，悲咽凄凉，让人魂惊泪落。

现在看来，潇湘夜雨的意境，应该更为丰富才对。每个人都该有自己的潇湘夜雨图啊。“随风潜入夜，润物细无声”“夜阑卧听风吹雨，铁马冰河入梦来”“卧迟灯灭后，睡美雨声中”“昨夜风疏雨骤，浓睡不消残酒”“一庭秋雨，故人剪烛西窗语”“前山急雨过溪来，尽洗却、人间暑气”“一雨纵横亘二洲，浪淘天地入东流”“朝曦迎客艳重冈，晚雨留人入醉乡”“黄梅时节家家雨，闲敲棋子落灯花”……这么多的意象，都可以充当潇湘夜雨心曲啊。

在这个人来人往的通道，每个人都有自己的欢喜与悲忧，景本无情，相同的风景，因人而异，产生不同的情绪。

现在，出于一种微妙心态，永州人以水流量和河流长度为凭证，大力宣扬湘江的源头是蓝山潇水，湖南人也乐见其成。母亲河始于本土，又终于本土，不就形成了闭循环吗？

然而，它是形成不了闭循环的。即便我们能论证潇水是湘江的源头，可湘江还能改名为潇江吗？既然改不了名，那么以湘水为主、潇水为辅的文化特征，就永远也无法抹除。湘水东流，文化西去，都只是过境而已，就看半开半合的永州和兼收并蓄的湖湘，能留住多少了。

很显然，潇湘文化与潇湘情怀既有“采菊东篱”的悠然和明静，也有“诗与远方”的空灵和凄迷，还有“忠厚传家”的坚韧和持久，等等。永州是羁客的他乡，也是耕者的家乡和游子的故乡。种种情怀，只看是什么时候，对什么人了。

永州之永，喻示着永久与绵延，不但包括了永恒的不变，也包括了永恒的变化。从潇湘文化到后来的湖湘文化，那种包罗万象的胸襟气势、经世致用的实践方针和开放革新的动态趋向，更加证明了永州以及湖南，唯一不变的就是“变革”。我们一直在路上，也许会伤感，也许会停留，但向前进发的姿态至死不变，这既是潇湘的地理特征，也是湖南的文化特征决定的。

（载《湘江文艺》2022年第6期）

一个背着赞美诗上路的狂僧

一

东山是座矮山，比丘陵高一些。在东山与另一座无名山之间，修有城墙和城门，把古城零陵圈在里面。东山虽不高，却是古城的最高处，每天站在东山背脊的绿天庵前，日可观千家烟雨，夜可看万家灯火。如潮的市声传上山来，侧耳倾听，街坊的对答，都能听清。

少年怀素每天站在东山上，望着古城街头南来北往的人流出现在自己的视野中，没一会儿又消失了，突然就有了野心，他不想悄无声息过一辈子，他想在时间长河里，留下自己的名字。

这个想法，一经种下，就在心中破土萌发。

怀素俗姓钱，家中清贫。贫而无书，想象力才会被极度限制。最初“小钱”的理想，只不过是有口饱饭吃。更大的理想，就是餐餐有酒有肉。十岁的怀素，不顾父母阻拦，突然有一天，选择出家了。

据宋《高僧传》载，怀素的祖父钱徽曾做过广武县令。而《自叙帖》中怀素亲口说大诗人钱起是他叔父。《钱徽传》中则清楚记载，钱徽是钱起的儿子。那他就不可能是怀素的祖父。

宋《高僧传》成书于988年，距怀素出生已有二百五十余年，中间还隔着战乱频繁的五代，很多资料毁于兵燹，查阅又没现在方便，难免以讹传讹。所以，怀素的父亲做过左卫长史之说，同样经不住推敲。甚至连《自叙帖》中所说的“从父钱起”，也可能是怀素攀附宗亲之言。依怀素的性格，父辈若有官身，他不可能不提及。不过，不管怀素祖上是干什么的，到了怀素这辈，家里已一贫如洗，这就是事实。

怀素没说他出家的原因，附会之人说他天生与佛法有缘。有一天头脑灵光乍现，顿悟佛理，于是遁入空门，从此青灯黄卷，苦度一生。这显然是毫无历史依据的猜测。

引领他进入佛门的，应该是他伯祖父惠融禅师。惠融禅师也许就在东山出家，也许在东山附近。要不然陆羽的《僧怀素传》中就不会有这么一句：“至是乡中呼为大钱师小钱师。”就是说，乡亲们为了将他俩区分，一个称为“大钱师”，一个唤作“小钱师”。如果他们不经常同时出现，根本就用不着区分了。

为了让怀素有一个更清晰的来历，这里我们先普及一下唐代佛教的基本情况。

佛教从汉明帝时传入中国，只五百年，就发展到了“南朝四百八十寺”，这还不是实指，实际远不止这个数目。到了唐代，上至帝王，下至平民百姓，全国礼佛人口，已达到了一个骇人听闻的数字。

神秀，就是民间传说那个被师弟惠能弄得灰头土脸的和尚。他说“身是菩提树，心如明镜台，时时勤拂拭，莫使惹尘埃”，但师弟却说“菩提本非树，明镜亦非台，本来无一物，何处染尘埃”，让他哑口无言。但这个和尚到了长安，高傲如女皇武则天，都得拜倒在他脚前，亲吻他踩过的泥土。而唐僧（陈祎）去世时，前来送葬的，竟多达百万之众。唐朝人口最多的时候，不过四千万，相当于每四十人中就有一人跑来给他送葬。

据史学家考证，唐代最终灭于军事割据和僧侣资本。军事割据，就是藩镇割据，中学课本就有介绍。这里说一下“僧侣资本”。唐朝遵循隋朝，对寺院庙产不征税。到了武则天时期，初唐颁布的均田制已全面崩溃，大量自耕农破产。破产后的流民，一部分去当兵。无家室之累的，做职业军人；有家室牵挂的，做雇佣兵。这使得军阀势力暴增，为安史之乱及唐朝灭亡埋下了伏笔。

另一部分则进寺庙做佃户。甚至很多自耕农没有破产，为了合理避税，也把自己的土地献给寺庙，甘愿去做佃户。另有很多大地主，则在自己的地盘上，大造寺庙，招募僧侣，成为寺庙资本的背后控股人。朝廷完全被军阀、地主和僧侣架空，少得可怜的税赋很难维系国家运转。韩愈以一篇《谏迎佛骨表》来批评佛教，当天就被唐宪宗贬为潮州刺史。“一封朝奏九重天，夕贬潮阳路八千”，朝堂之上，多是佛徒，只有极少好友为他求情。

到唐武宗时，全国共查有四万多座寺庙，僧尼多达数十万之众。依附寺庙的佃户更是不计其数。东山之上，除绿天庵外，山顶还有大量寺庙群。

和平手段已无法解决现世矛盾，842年，也就是怀素去世四十余年后，唐武宗亲派军队，摧毁寺庙，驱散僧侣，还田于民。由于军阀割据，豪强遍地，政令不通，几年折腾，收效甚微。直到五代后周时期，周世宗采取更暴烈的手段才将僧侣资本压制住，给紧接而来的宋朝打下了农商业繁荣的良好基础。

所以，在“小钱”时代，出家是一个热门行业，没有本事，不托关系，只能乖乖做佃户，想遁入满满当当的空门，难度系数不亚于进“985”。“小钱”显然是走了惠融禅师的后门，才得以在绿天庵容身。

“小钱”着眼于生存，选择出家。“小钱”的父母着眼于繁衍，阻止他出家。这并不矛盾。在唐代做僧侣，什么都好，有酒有肉有地位，就是不能结婚生子。孟子说：“不孝有三，无后为大。”佛教过于兴旺，不但存在税收和社会秩序问题，还影响了人口发展大计。一堆男子，既不稼穑，又不生育，实在是浪费。怀素父子相争，背后其实是儒佛观念的较量。

二

惠融禅师热爱书法，据《僧怀素传》载，他临摹欧阳询，几乎可以乱真。有如此境界，前来索字的达官贵人必然不少。如果刘禹锡早生几十年，那么“小钱”看着眼前的热闹，定然会想起这句诗：“谈笑有鸿儒，往来无白丁。”

按马斯洛需求理论，人一旦满足了生理需求、安全需求，就会有社交需求、尊重需求和自我实现的需求。进了寺庙，能吃饱喝足，生理需求和安全需求没啥问题了。“小钱”的目光自然会投向更广阔的世界。而他最先见到的高山，就是自己的伯祖父。

惠融禅师凭借书法，从东山各大寺院的众僧中脱颖而出。名气大了，社会地位跟着水涨船高。时有人将他请出庙门，去赴一场风花雪月的诗宴。“小钱”眼中直冒小星星：大丈夫当如是。

“小钱”在心底种下书法家这颗种子时，也许还认不得几个字。学习佛理，便成了他的识字手段。或许三年，或许五年，通过佛经，他把常用汉字认全了，各种能够写字的地方，都留下了他稚嫩的痕迹，歪歪斜斜的，不是因为字不正，而是所写之字，根本就不在一个平面。这样，他又遇到了书法道路上的第二个难题，那便是无纸可写。

寺庙资本虽然雄厚，但也有穷庙富庙之分。东山寺庙就算富，绿天庵也不一定有钱。更何况，“小钱”只是无数沙弥中的一个。加上唐朝那时造纸术并不发达，驰名后世的宣纸才刚刚起步。一本好诗集，大家一传抄，纸价立马上涨。这正是古代书法家基本上都是达官贵人的原因之一。平民百姓想成为书法家，单纸张一项，就是一个巨大的拦路虎。

“小钱”不服气，想打破这种格局。他拿着笔到处乱写，不但把寺庙的墙壁写满了，就连晾在外面的僧衣，有时也被他偷偷给鬼画桃符了。可以想象，他被众僧追得落荒而逃的狼狈模样。也可以换一种思路，他凭借“大钱”的声名，在寺庙狐假虎威，让众僧敢怒不敢言。这些且不管它，乱写乱画，终究只可一时，不是长久之计。跟成为书法家所要求的练字量，完全无法相比。

可只要思想不滑坡，办法总比困难多。“小钱”开始瞄上了庵外的几株芭蕉。据《僧怀素传》记载：“（怀素）贫无纸可书，尝于故里种芭蕉万余株，以供挥洒。”什么意思呢？就是“小钱”开始把芭蕉叶当纸张啦。这一伟大创举，不但解救了众沙弥的僧衣，更是开辟了一条崭新的成圣之路。后世很多人提出质疑，蕉叶水光滑嫩，既不吸水，也不散墨，墨水涂上去，只会留下一行蜿蜒的小水珠，怎么练字？

说得没错。可这也是没有办法的办法呀。宣纸吸墨，可“小钱”没有，只能退而求其次，单纯追求蕉叶写字的手感。那种“永恒的触感，如丝般的顺滑”，是宣纸都不及的呀！笔走龙蛇，痛快淋漓！

至于字呢？你看不见，“小钱”自己看得见，心跟明镜似的。轻描淡写抹复挑，手如灵蝶，一切尽在掌控中。轻时墨窄，重时墨宽，快时墨枯，慢时墨浸，了然于胸呢。

感谢苍天，感谢大地，感谢东山上的几株芭蕉老祖，以及之后大片大片的芭蕉子孙，让中国书法从永远的“学院派”中，分蘖出了一支“江湖派”；从永远的“临摹派”中，产生出了一支“冥想派”；从永远的“写实派”中，涅出了一支“意会派”。

去看吧，看看沙弥“小钱”吧，不，去看看和尚怀素吧，看看禅师藏真吧。他完全入迷了呢，整天整天，一个人在绿海中穿行，一支秃笔在蕉叶上乱写。一会儿仰天，一会儿俯地，斜、蹲、立、跳，想如何就如何，想怎么写就怎么写，左一笔，右一笔，凌空一笔，回首一笔，侧身一笔，踮脚一笔，就看眼前的蕉叶是如何生长的了。

他哪里是在写字呀？他分明是在舞蹈呢，在打拳呢，在练剑呢。宽阔的新绿，被他戳得到处是洞，洞洞相连，便成缕条。如丝如缕，日渐枯萎。好在蕉林够大，新生的绿叶，正好能赶上他练字的速度。

越到后来，被他戳破的蕉叶就越少了。终于有一天，一支秃笔，在绿海中杀进杀出十八个来回，没有一片叶子被戳破。他的手感终于练成了。蕉叶上仍无字，横撇竖捺皆在心中，不大一分，不小一毫。运乎之妙，存乎一心。现在就算没有蕉叶，手指哪怕朝虚空划去，心中也会留下一笔可以自控的墨影。

三

嗯，我已经是一个书法家了。怀素对自己说。可周边的沙弥不认呀，零陵郡的达官贵人不认呀。没人请他题字，也没人请他赴宴。

你说你是书法家，写几个欧阳询看看？

可是，我没练过欧阳询。

那你练过谁？

我没正儿八经练过正楷，蕉叶只适合草书，练不了正楷。

那你练过谁的草书？

……谁也没练过，我自成一家。

切，那你根本就不是一个书法家。你的字如风吹乱草、窗映乱竹、篱缠乱藤，完全是野路子，是不会有前途的。

野路子也有春天，我得给自己找一个春天。饱受打击的怀素，一方面想寻求外界的肯定。另一方面对自己的书艺也产生了怀疑，想为自己的"野路子"去寻找师承。据《僧怀素传》载："怀素心悟曰：夫学无师授，如不由户而出。"意思是说，我这样搞，没有师父是不成的，不如走出去看看吧。

《自叙帖》中则说："然恨未能远睹前人之奇迹，所见甚浅。遂担笈杖锡，西游上国，谒见当代名公，错综其事。遗篇绝简，往往遇之。豁然心胸，略无疑滞。"意思是说，然而苦于不能拜赏名家书法，我的见识还很浅薄。于是挑着箱子，拄着锡杖，把和尚的行头穿戴整齐，出门西游京都，拜见当代名士，认真探讨书法这种玄妙的艺术。这时散佚难见的书法经典，也常能偶遇。我一下子豁然开朗，内心再无疑惑与滞碍了。

就在怀素将出未出之时，李白来零陵了。那时李白已五十九岁，怀素才二十二岁。一个名动天下，一个小荷露角都不算。这种情形，在当时那种文艺氛围下，两人很难有交集。举例来说吧，李白与王维，生死时间、才学名气都差不多，又同在长安好些年，却老死不相往来，连一首酬和之作都没有。

那么，唐代是一种什么样的文艺氛围呢？

这要从唐诗说起。《全唐诗》哗啦一下就是几万首，如果你以为，诗歌在唐代已成为人们居家旅行之必备神品，那你就大错特错了。唐诗虽盛，但仅止于上层。老百姓才不管你什么大诗人呢。要不然，杜甫晚年在成都草堂，就不会遭无知小儿戏弄；暮年也不会又饿又冻，客死在湘江一艘破船上。

唐诗大兴的原因，跟科举有关。从唐高宗永隆二年，即681年，诗赋就被纳入了科举项目。而一个人有无才华，诗赋最为直观。因此每到科举前夕，都是唐诗的爆发期。无数学子都想凭诗歌脱颖而出，让朝中大人，最好是主考官，记住自己的名字，甚至风格，从而成为他们鱼跃龙门的加分项。

另一方面，唐代虽设科举，但录取率极低。更多文人走的是干谒之路。所谓干谒，就是带着诗赋文章到处毛遂自荐，以期被达官贵人看中，并举荐给朝廷。李白一辈子都没参加科举，走的就是此路。李白一度很成功，成了唐玄宗的钦点翰林，专事宴会诗歌助兴。“我辈岂是蓬蒿人”，就是李白接到朝廷录用通知书后霸气侧漏的豪言。李白最红时，高力士曾为他脱过靴，此人被后世称为“千古第一贤宦”；一旁磨墨的，则是回眸一笑百媚生的杨贵妃。

很显然，要走通干谒一途，个人声名尤为重要。阿猫阿狗，谁理你？连朱门都进不去，更莫说举荐了。然而，没有广大群众评判，也没版税做比较，作为同人文学的唐诗，只能在圈内流传，因此内卷得特厉害。大家都有才华，都想冒头。而文无第一，只能互相倾轧。这才是文人相轻的源起。

而儒学礼仪当前，又不能直接开撕，以博取眼球，只能在“朋友圈”互相点赞。你夸我有多过分，我就夸你有多煽情，花花轿子大家抬。彩虹屁和花式夸人法，与华山的落霞齐飞，与渭水的长天共色。

可夸谁不夸谁？夸多少？怎么夸？是实打实地夸，还是明夸暗踩？是远夸近攻，还是漫天撒网？是夸老求前程，还是夸少圈粉丝？是夸古彰品格，还是夸今显性情？其中大有学问，名堂多得很。

就说李白吧，他夸起人来，看起来不管不顾，毫无底线。“杜陵贤人清且廉，盘中只有水晶盐”“吾爱孟夫子，风流天下闻。醉月频中圣，迷花不事君。高山安可仰，徒此揖清芬”“桃花潭水深千尺，不及汪伦送我情”“裴公有仙标，拔高数千丈”“若非群玉山头见，会向瑶台月下逢”……

可如果你把这些诗一扒拉，就会发现，李白只夸古人文章好，并且蛇随棍上，每每自比古人。同代之人，他更多的是夸人家的人品佳（豪门），气质好（皇妃），情谊浓（富翁），个性傲（诗人）。

李白夸人诗歌写得好的，同代唯有崔颢。“眼前有景道不得，崔颢题诗在上头”，随口一夸，马上就后悔了。很快他就步崔颢的《黄鹤楼》韵，写下了《金陵凤凰台》，并自认为稍胜一筹，才算放下这桩心事。

孟浩然大李白十二岁，两人也算惺惺相惜。李白明面夸他，实则跟在伤口上撒盐差不多。据史载，《赠孟浩然》作于李白宦游安陆期间，此时孟氏已有四十岁，刚刚长安应试不第，落寞江湖飘零，四处自荐文章，《望洞庭湖赠张丞相》便是唐代最著名的干谒诗之一。“欲济无舟楫，端居耻圣明。坐观垂钓者，徒有羡鱼情。”这几句诗充分表明他很期待朝廷给他“压担子”，可李白却说他“迷花不事君”，这究竟是想打他脸，还是想害他呢？

皇帝若看了李白的诗，会作何感想？既然人家说你孟浩然风流成性，“迷花不事君”，那就别来科举啊！张九龄看了，又是什么心情？人家说你人品“高山仰止”，连皇帝都不想侍奉，又来找我这个丞相干什么？一首夸赞诗，间接毁了孟浩然一生。李白给孟浩然写了许多首表达友情的诗歌，可孟浩然没给他写一首。其中况味，不言而喻。孟氏不傻。

杜甫跟李白的年龄差，正是李白与孟浩然的年龄差。杜甫夸李白，不像李白夸孟浩然虚头巴脑的，他一片赤诚，句句夸在实处，“白也诗无敌，飘然思不群”“笔落惊风雨，诗成泣鬼神”“李白一斗诗百篇，长安市上酒家眠”，夸人专业好，才是实夸，最容易变现。

虽然杜甫也夸李白“天子呼来不上船”，可这是给李白涂脂抹粉。此诗写作的前一年，李白已被唐玄宗“赠金放还”，其实是被赶出皇宫。杜甫那样说，算是给足了李白面子，挠到了他的最痒处。

杜甫给李白写了十五首诗歌，其中以《梦李白二首》为题就有两首。对这个深情的小迷弟，李白只给他写过四首诗，其中一首尚待考证，另一首则说：“借问别来太瘦生，总为从前作诗苦。”意思是说，分别后你怎么瘦成了这个鬼样子？原来还像以前那样在寻死觅活地磨诗啊。这简直是对杜甫“为人性僻耽佳句，语不惊人死不休”的无情嘲讽。

不得不承认，李白与杜甫不是一路人。性情、品格、诗风、理想，都迥异。李白喜欢杜甫，是喜欢杜甫对他的喜欢。杜甫推崇李白，是推崇李白才气纵横的诗歌。也许，在杜甫的心灵深处，也想得到李白一句夸赞吧？可李白直到去世，都没夸他。

杜甫一副苦哈哈的老农样，李白或许不喜。但杜甫诗歌不同凡响的美，李白难道读不出吗？后起之秀中，也许只有杜甫开创的沉郁诗风，才能压李白一头。

与杜甫相比，李白成于才华，也败于才华。人一聪明，张口就来，虽灵气逼人，可也失之浅躁。如果没有杜甫那种对家国民族的无限深情作对比，李白夺目才华中所包裹的那点轻浮与薄味，完全可以忽略不计。可以说，是杜甫把诗歌的另类风格作到了极致，才迫使李白那丝难以觉察的缺点现了原形。命中的克星啊，若晚出生三五十年，还莫管他，偏偏像个吊命鬼，就跟在身后，试问李白怕不怕？

李白同迷弟杜甫都处成了这样，与王维还能开启互夸模式吗？显然不能。李白与王维虽同龄，但性情动静迥异：一个崇道，一个参佛；一个奔腾如江河，一个静谧如湖泊；一个“仰天大笑出门去”，一个“独在异乡为异客”。王维很早就状元到手，诗歌成了他真正的精神寄托，所以越到后来，王维的诗歌越发精微沉静。而李白即便是《临终歌》，也充满了喧嚣与愤懑。

李白与王维的不同为人，从两首送别诗也可看出。“劝君更尽一杯酒，西出阳关无故人”。王维心系元二一路风餐露宿，阳关之外，再无亲友照顾。“孤帆远影碧空尽，惟见长江天际流”。李白则想让孟浩然懂得自己这份深情：你都走得没影了，我还在江边傻傻痴望。

李白差杜甫的，也正是这一点。杜甫的诗歌胸怀天下，李白的诗歌更多的是表达自己。可以说，李白是一个时刻渴望得到回报的人。他看起来豪放热情，四处交朋结友，内心却狂得没边，天下人皆不在话下。与人交往，李白心里总装着一句话：我的诗歌比你好，所以你得对我好。甚至在唐玄宗面前，李白都敢恃宠而骄。

正因为这样，李白朋友很多，但真心的很少。浮华急躁之人，心机本就不深，偏偏还要跟人玩心机，以致“冠盖满京华，斯人独憔悴”，之后随永王造反失败，“世人皆欲杀”，只有杜甫“独怜其才”。

说到这里，还得补充几句。李杜江湖名气很大，韩愈曾辟长诗盛赞他俩，开头就是“李杜文章在，光焰万丈长”，让人不由就想起另一句诗“天不生仲尼，万古如长夜”。但唐人六种诗选本中，只有两种选了李杜寥寥几首诗歌。为何？真是一言难尽。《国秀集》成书之时，李白刚被赶出皇宫，唐玄宗能允许他入选吗？杜甫晚年则扮演民间代言人的角色。“三吏”“三别”等一大批忧国忧民的诗歌，把盛唐华美的锦袍翻了个底朝天，里面跳蚤虱子乱窜。打了盛唐的脸面，也很难入选呢。后人以此为据，说李杜在唐代并不出名，这种说法根本站不住脚。“古来材大难为用”，古来材大也难入选呢。个中缘由，实在太复杂，得另辟专文细谈。

四

在这样的社交氛围下，怀素与李白相遇了。

有文章称，怀素与李白相遇洞庭。也有文章称，怀素与李白相遇零陵。不管相遇哪里，怀素找李白的可能性都很大。但架不住好奇心，李白主动找怀素也有可能。有一个人，不需纸张，单靠蕉叶，就练成了书法家，你说意不意外？稀不稀奇？爱看热闹的李白，一冲动，还真有可能让人将怀素唤来，一起参加宴会。

怀素不是一个能说会道的人，但他懂得抱朴守拙，与人交往，尽处下势。市侩与天真集于一身，功利和坦率融为一体。只有在醉酒和写字的时候，他才一副放浪形骸的样子。是的，几杯酒下去，年轻的沙弥在李白面前露了原形。初见时那点儿拘谨没有了，他大呼小叫，推杯换盏，最后倒在绳床上不能动弹。稍憩片刻，他开始给李大诗人表演书法。

对，没错，就是表演。因为相对他此时的书艺而言，他写字的样子更精彩，也更吸引人。手之舞之，足之蹈之，口中叱咤不停，像神棍，像舞者，像巫师，像侠客。“书法表演派”，从盛唐怀素开始，就这样一直流传至今，不信去看抖音。

“你无比嚣张的样子，颇有我当年几分神采。”李白看着眼前这个放荡不羁的小和尚，忍不住感慨唏嘘。怀素搁笔后向他索诗，他没有多想，便欣然应允。一首《草书歌行》挥笔而就。不拘格律的自由古风，与矫若游龙的草书，真是绝配。

同行是冤家，同龄是冤家，怀素皆不在此列。对杜甫惜墨如金，对眼前这位小和尚，李白却不吝赞词。“少年上人号怀素，草书天下称独步”，一开口，就把一顶金光闪闪的桂冠戴在怀素头上，并称小自己三十七岁的怀素为“吾师”，让后人大跌眼镜。一向眼高于顶的李大诗人，这回竞折腰了，而且还是在一个小哥哥面前。

其实在唐代，“师”是指和尚的意思。最先只有释迦牟尼才能称和尚，后来泛指有成就的僧人。和尚本就是梵文“师”的音译。看了《僧怀素传》和《怀素上人草书歌序》就会知道，后来颜真卿即便是以师长的身份指导怀素书法，依然称之为“师”。

原来李白的“吾师”只是一种昵称：“我家的小和尚。”可这也太腻歪了吧？素昧平生的，怎么一下子就成了你家的小和尚了呢？李白在诗尾给出了答案：“古来万事贵天生。”怀素好就好在“不师古”，清水出芙蓉，天然去雕饰呀。这才是我“天生派”艺术的传承人。实在太像我了。至于杜甫，根本就不是一路人好吧，他写得再好，也不过是在“万卷诗书”中寻章摘句罢了。

没错，这首诗就有影射杜甫的意思。其时杜甫已悄然崛起，声望日隆，大有与李白分庭抗礼的架势。李白此诗是借他人之酒杯，浇自己之块垒，他不好意思明言打击杜甫，就把跟自己没多少关系的书法界名人狠狠作践了一番："王逸少，张伯英，古来几许浪得名；张颠老死不足数……何必要公孙大娘浑脱舞。"

行书大家王羲之，草书之祖张芝，都是浪得虚名。刚刚死去的张旭，也不够看，你随心所欲就好，何必要模仿舞剑的公孙大娘呢？这完全就是意气用事了，艺术不但不能师古，连道法自然、借石他山都不行！

李白去世五年，杜甫写了一首诗，这回不是想他梦他，而是反击他。题目就叫《观公孙大娘弟子舞剑器行》，风格与《草书歌行》类似，说是观公孙大娘弟子舞剑，内容写的却是公孙大娘。前面还加了一个好长的按语，特意把张旭拉了进来，为他的"悟书于剑"大张旗鼓地点赞，直接否定了《草书歌行》里的艺术观。个中意味，一目了然：大哥你不地道啊，小弟我一生夸你，却得不到你半句回赞。你夸小和尚也罢了，还要借机兴风起浪，指桑骂槐，埋汰谁呢？

那好，我就认为"读书破万卷"，才能"下笔如有神"，我就认为张旭学书于剑很好，有本事你从地下蹦出来咬我啊。文人的心思，就这么幽窈曲折，连笔墨官司都打得琵琶半遮。

五

意味深长的是，李白写给怀素这份书法道路上的"通关文牒"，在十八年后怀素的《自叙帖》里，竟没有提及。同样没提及的，还有进士苏涣的《怀素上人草书歌》。有文章认为是李白和苏涣先后造反，怀素不得不避嫌。这种说法，值得推敲。

整个唐代，藩镇割据一直厉害，很多军阀都处在反与不反的状态中，换句话说，就是不怎么听朝廷招呼，小动作特多。李白多次为叛军永王摇旗呐喊，最后也不过是被流放夜郎。且未至目的地，中途就遇大赦。"朝辞白帝彩云间，千里江陵一日还。两岸猿声啼不住，轻舟已过万重山”，便是李白遇赦后返回时的诗作，欢欣之情，跃然纸上。其实就连永王本人，太上皇的旨意也不过是“降为庶人，谪迁于房陵”，只是永王宁愿选择战死。李白造反，连家人都没牵连，又怎么会因为表扬了某人，某人就会遭殃呢？当然，不受牵连，也有可能被边缘化，这才是怀素担心的。

《草书歌行》就是李白遇赦这年写的。之后三年，李白逝世。而怀素的世界才刚刚开始。也是在这时，怀素意识到师承的重要性。在书法界没有师承，寸步难行。

为什么？因为与文章相比，书法更为玄幻。诗书之好，一般识字之人，还能赏个六七分来；而书法之妙，门外汉只会看热闹。这时大佬说你好你就好，不好也好。大佬说你不好，你好也不好。反过来，大佬也需要弟子造势，抬轿的弟子越多，自己的书道就绵延越久，地位自然水涨船高。

而那个时代，草书一道，不管李白如何胡说，都无法绕过张旭这座高峰。张旭虽死，还有弟子无数。怀素要想另起炉灶，独树一帜，就得有炫丽的文采和深厚的理论功底，那样才能自吹自擂、自圆其说。

然而，怀素理论底子薄弱，诗才文采平庸。怀素现存诗两首，一首寄僧，一首题画，直白中带着拘束与生疏。他的《论书帖》更是行文平常，意旨含混，如隔靴抓痒，说不到关键。正如唐代戴叔伦所言，“人人细问此中妙，怀素自言初不知”。茅草地里结了个大倭瓜，老农却说不出个所以然来。所以在《自叙帖》中，满篇都是摘录他人对自己的表扬。让人看后忍俊不禁，这究竟是自叙，还是他叙呢？

这般给自己脸上贴金，对讲究含蓄的文人来说，是不可想象的事。但怀素不以为意，如怀揣异宝，沾沾自喜。也正是因为知道自己的不足，怀素才装疯卖傻，以乡下人自居，永远处在下势，让人毫无防范，借机讨取赞歌。他还成功地打入了张旭集团，让张旭的两个得意弟子对他死心塌地地好。这实在是太令人匪夷所思了。

一个是邬彤。据说此人是怀素的表兄，不但教怀素书法，临别时，还把手里王羲之父子《恶溪》《骚》《劳》三帖中的一本，送给了怀素：“万里之别，无以为赠，吾有一宝，割而相与。”这对当时的圈内人来说，不啻送了一座城池、一块和氏璧。

另一个是颜真卿。据《僧怀素传》记载，颜真卿把前人的书法奥义和自己的挥毫心得，循循诱导、毫无保留地教给怀素。他还为怀素抱来一堆“好事者”写的《怀素上人草书歌行》系列亲自作序，当然李白和苏涣的，则不在此列。

可就算《草书歌行》不在此列，颜氏百分之百也是读过的。李白把张旭作践成那样，颜氏还能为这本赞美诗作序，一来可见颜氏胸怀宽广，二来可见怀素化解矛盾的能力之强。又或许正是因为李白，颜氏才不得不作序以辩吧？

序言中，颜氏先略陈了怀素的草书成绩，接着罗列了草书的源起，及时将先师推出来：“以至于吴郡张旭长史，虽姿性颠逸，超绝古今，而模楷精法详，特为真正。”意思是说，张旭的草书看起来最为疯癫，可其实他以模楷为核心，因此也最为正宗。

再接着，他回忆了自己师从张旭的情景，并说自己因“资质劣弱，又婴物务，不能恳习，迄以无成”。先抑己，后扬人：“忽见师作，纵横不群，迅疾骇人，若还旧观。”意思是说，忽然看到怀素禅师的书法，纵横不凡，笔势迅疾骇人，仿佛看到旧时张旭写字的情景。

他进而夸道：“向使师得亲承善诱，亟挹规模，则入室之宾，舍子奚适？”意思是说，假如禅师能得先师张旭亲自传授，汲取法度规范，那么能得先师真传的弟子，除怀素外，还能有谁？

嘿，这话的意味可就深了。在这里，颜氏不惜自贬身价，也要把怀素置于张旭之下。并另藏潜台词：你怀素虽然才华纵横，但不得张旭亲传，也就这样了。我虽“资质劣弱”，但毕竟也是先师的亲传弟子。现在先师不在了，你只能师从于我和师弟邬彤，连超过我和师弟都难，你还能超过先师？

一篇两百多字的序言，提到十余人，而与张旭有关的篇幅就占了一多半。试问，颜真卿有没有跟李白较劲？李白那篇赞歌，伤害性不大，但侮辱性极强，都过了十三年，颜氏心里的阴影面积仍然很大。

怀素当然读得懂其中意味，你说他还会在《自叙帖》中提及李白吗？那时他已是张旭门下徒孙，得与颜邬保持一致呀，对侮辱张旭的李白，得同仇敌忾才对。李白那厮，啥也不懂，只会胡咧咧。我的书法，哪敢与祖师爷相提并论呀？

对于怀素是如何打入张旭集团的，《僧怀素传》中有一个细节值得关注。是说有一回怀素向颜真卿请教书法，忽有心得，忘乎所以，径直抱住颜氏的大腿不停摇晃。一派天真烂漫之态，脸上毫无诈伪之色。试问，你能做到吗？

这绝不是附会之说。茶博士陆羽给怀素写传，是应怀素之约，并经过了怀素的审定。陆羽是怀素晚年的朋友，早年之事，陆羽并未亲见，都是怀素口授。颜真卿大怀素二十八岁，装疯卖傻的怀素，才不在意是否抱过他的大腿呢，只要张旭集团对他敞开大门就好。

六

可李白是谁呀，大唐“第一网红”。当时所有的书法家加起来，都没他一个人名气大。何况他又是怀素的第一位伯乐，你说怀素会将他的赞歌弃之如敝屣吗？傻瓜才会。

一篇《草书歌行》，相当于涨粉神器。怀素为了不犯书法界，特别是张旭集团的众怒，他没将《草书歌行》收入颜氏作序的那个集子，并且在《自叙帖》里也没提及李白。但李白那首诗，他却贴身携带，只要没有书法家在场的酒宴，他都会“不小心”抖搂出来，并以此来求得更多的赞美诗。

证据呢？证据就是后来几乎所有对他的赞美，都是仿照《草书歌行》写的，并且连题目都一样：《怀素上人草书歌行》。有的懒鬼直接就抄李白的句子，而把李白诗句改头换面的就更多了。他们多着墨于怀素写字时的姿态，又对满纸线条胡乱一通比喻，很少论及怀素的书法成就。这惹得颜真卿在写序时都忍不住笑了，称这班人为“好事者”。如果不是怀素时常拿着李白的诗歌招摇，好事者又怎么会像约好了似的，都写成了“李白体”呢？

其中也有厚道人，比如王邕。他就帮怀素圆了李白的胡话。“君不见张芝昔日称独贤，君不见近日张旭为老颠。二公绝艺人所惜，怀素传之得真迹”，说怀素得了张芝和张旭的真传，相当于把参“野狐禅”的怀素，纳进了正统书法的序列。

还有一个最有力的证据，就是苏涣的《怀素上人草书歌行》。在诗中，他先是模仿李白的创意，表扬了怀素，但结尾却来了这么一句：“回首邀余赋一章，欲令羡价齐钟张。”说怀素请自己写赞美诗，是想让自己的润格跟钟繇、张旭齐平，并直接批评他，“南中纸价当日贵，只恐贪泉成墨池”。这就是赤裸裸地打脸了。

这样的诗作，怀素又怎么会将它收进集子，并在《自叙帖》中提及呢？此诗题下还有一行注文，说这首诗是兼送怀素去谒见广州刺史徐浩的。但历史上并没有这次会面。看了这首诗，三十岁的怀素或许连动身去广州的念头都没有了。

唐诗很多都湮灭了，偏偏苏涣这首诗给流传下来了。不管怀素怎么不愿意，后人都知道他索赞成癖。这也是怀素给人功利与市侩印象的缘由之一。

怀素因天真和坦率，以及对艺术的孜孜追求，在长沙、岳阳、长安、洛阳赢得了很多朋友。但也有更多人因他的市侩、功利，以及举止的粗鄙和见识的浅陋，没给他面子，比如杜甫。

杜甫大怀素二十六岁，算是长者。766年，二十九岁的怀素为杜甫书写了《秋兴八首》，那是写杜甫最好的诗作之一，但杜甫未有一字回复他。

有人说，怀素此帖并不成熟，当时其书艺还处于彷徨期，无论是起笔、行笔、收笔，远没达到大家境界。杜甫不置一词，是可以理解的。但知道了李白与杜甫的“暗战”，就不会这么认为了。怀素作为李白手中的一把刀，曾捅过杜甫。怀素写得再好，杜甫胸怀再宽广，都不会给他点赞。你们是“天生派”的，我这个寻章摘句的人不配。

晚年怀素写完其艺术成就最高的《小草千字文》，忽然起意，以六十二岁的高龄，从零陵赴成都，居宝园寺，很快就因风痹病圆寂了。成都有杜甫的草堂在。杜甫曾在浣花溪畔隐居四年，写下二百四十余首诗歌，其中名篇无数。风痹病是旧疾，或许知道自己行将就木，怀素才特意赶赴成都，去看看杜甫当年的隐居之地。越到后来，杜甫的名气越与李白不相上下，没得到他的赞美，怀素的心，终是空了一块。

但其实，这算什么呢？禅师怀素还是着相了。无论是身份地位，还是才华声名，当时怀素都无法与颜真卿相比。可有多少诗文赞过颜氏呢？颜氏又什么时候四处求过赞呢？就算是张旭，同辈中人，也很少有人作古正经地辟文夸他。

高适在《醉后赠张九旭》中说“世上漫相识，此翁殊不然”，意思是世间之人都喜欢交朋结友，可张旭这个老头全然不同。张欣在诗中则说“张公性嗜酒，豁达无所营”，意思是张旭就喜欢喝酒，人很豁达，不擅经营。

尽管如此，后世只要提及草书，都绕不开张旭。连表扬怀素的诗，几乎都有张旭，这才是真的厉害。说到底，在怀素内心，对自己那种来自山野、没有师承的书法，还是不那么自信的。

七

如今这个时代，练书法的门槛很低，要纸张有纸张，要名帖有名帖，要理论有理论。想把书法练好，非常方便。正因为这样，乡村野郊，隔个十里百里，就会藏着一个高段位的书法家。其书艺之强，令书协圈内人瞠目结舌。

但在唐朝，穷乡僻野也就出了个怀素，还好他做了和尚，要不然梦想很难成功。即便如此，被李白称为“独步天下”的怀素，见识仍很浅鄙，甚至连书法名帖都没见过几本，更莫说真迹了。要知道，那时制作字帖多费劲啊。

一是临摹。据说王羲之的《兰亭集序》，就是由历朝皇帝选人负责临摹，才有了不同版本，有的笔画结构类似，有的精气神酷似。但毕竟不是原帖了。二是蒙誊。用一张薄纸蒙在珍本上，照着隐约的字迹，用笔誊写。这很容易搞坏真迹，非至交不让。三是双钩。用纸覆在真迹上，先用线条勾勒出空心字，之后填墨。没有真迹对比，虽然形似，可墨的急缓、浓淡、枯湿，很难把握。

加上士族门阀和文官集团对下层百姓进行知识封杀，想让那些珍本、善本、孤本流出来统一制成书帖，想都别想。就连摹本也不行。如果谁送你一折摹本，或出示孤本让你鉴赏临摹，必是极好的朋友，天大的恩惠。

怀素有幸，长安五年，不但得到了颜邬师兄弟的关照，还得到了很多书法家的帮助。大家其乐融融，不吝成人之美。看起来书法界似乎要单纯一些，抱团很紧。

其实这只是表象。唐代佛教势大，里面英才荟萃，文学界、书画界和佛教界几乎不分家。脚跨三界的，大有人在。比如王维，号摩诘居士，就三界都跨。

怀素好就好在没啥诗才文采，也不怎么研究佛理。贯休说他“师不谭经不说禅，筋力唯于草书朽”，是个单项冠军。因此文学界、书法界与佛教界，都不对他设防。

在文学界，他一个和尚，又没诗名，不会挡住别人的干谒之路。在书法界，他一个和尚，又没思想，且专攻草书，不会影响人家题门楼、写牌匾、攒润格。在佛教界，他一个书法家，又不研佛理，且是外来和尚，不会来庙里争灯油、分善款、抢住持。

加上怀素又率真谦虚，在长安无论混多久，都像个乡村匹夫，世俗憨直，朴素本真，跟他交往，一点儿都不累。且看《食鱼帖》，“老僧在长沙食鱼，及来长安城中，多食肉，又为常流所笑，深为不便，故久病，不能多书，实疏。还报诸君，欲兴善之会，当得扶羸也”。意思就是说，我一个大和尚，却喜欢吃鱼肉，经常被街坊四邻嘲笑，一点儿都不方便。没有鱼肉吃，我就会生病，字也练得少，手生疏得很。大家若请我聚会，记得多准备荤菜，算是扶老爱弱了。

“苦笋及茗异常佳，乃可迳来”则是《苦笋帖》中的内容，意思是苦笋和茗都很好吃啊，以后不要问我了，直接送过来就是。

看这口吻，你会不会想起后世画家齐白石和黄永玉？直来直往，实在率真得可以，不管你喜不喜欢，他们都无所谓。

八

如果把书法比作烹饪，从怀素走出东山的那一刻起，他其实就已得香和味了，差的是“色”。到772年，怀素带着颜真卿传授的“十二笔意”，从长安返回家乡，专心临摹前贤书法，同张旭一样，真、行、草都练。这与少年时在蕉林笔走龙蛇相比，又是另一番情景。练得久了，秃笔成堆，埋于东山，人称“笔冢”。破于蕉叶，立于笔冢，“色”终于给补上了。自此怀素书法，形神气兼备，臻于化境。

这里说的“色”，是指他的线条、点画及空间架构，已不再是当初的随心所欲了。现在他的笔墨中蕴藏着前贤千锤百炼的古法。只有这时，怀素才深知，草书虽然强调笔势流畅潇洒，可细节必须到位。笔势飞动，点画顿静。动静结合，草书方成。如果草书只有线条，缺少笔法，就只能粗看，不可细赏。怀素最初吃的就是这个亏。

后世论书法，不少书家指出，怀素自出机杼，千变万化，是唯一学不会的书法家。比如唐代学者吕总在《续书评》中赞曰：“怀素草书，援毫掣电，随手万变。”北宋书法家薛绍彭则说怀素：“笔力精妙，飘逸自然，非学之能至也。”

先草后真，怀素的另辟蹊径，只有天才怀素才能走通，他人不可模仿。后世之人，偏偏忽略了这点。他们凭着对怀素的一知半解，都想像怀素那样走“捷径”，跳过隶碑真楷，直接临摹草书，甚至连草书也懒得临摹，而是意气任事，提笔就来，每天耗纸数十张，结果一辈子连书法的门都没摸着，可还要傲气十足，自比怀素。更有甚者，学怀素癫狂书写，其状如疯，真是东施效颦，可怜可笑又可叹。

在种类繁多的“江湖体”中，“老干体”强盛不衰，千百年来，声势浩大，把纯粹的书法界，搞得乌烟瘴气，乱七八糟。

怀素以他的光芒万丈，将后世多少效颦者送进了书法的幽谷迷雾中。从此书法界再无定法，各吹各的调儿，各弹各的琴，泥沙俱下，鱼龙混杂，良莠不分，高下难辨。书法也从一门实用美学，变成了玄学与心学，令人扼腕叹息。

（载《中国作家》2022年第12期）

江南江北，尽是潇湘意象

一

那天写永州，突然发现，“潇湘夜雨”不该是一景，而应是一曲。尤其在没有电的古代，舟灯如豆，远看似萤，完全撑不起一江夜景。这时，耳朵比眼睛要管用得多。与其让眼睛独对一江黑、两岸墨坨坨，心事茫然，行举无措，不如像白居易诗中说的“睡美雨声中”。当然，这需要足够定力：不管朝堂远近，身世浮沉，我自一苇渡江，天马行空。

但这何其难也！大多数人只能像马致远写的那样：“渔灯暗，客梦回。一声声滴人心碎。孤舟五更家万里，是离人几行清泪。”寒气夜侵，五更惊醒，发现美梦误人，家遥万里。拥衾扁舟，夜雨如泣，江流如诉，山风如叹。油灯扑闪，风来暗，风止明。自己仿佛被整个世界遗弃了。

所谓“潇湘夜雨图”完全不是眼景，而是烦乱的耳声、孤寂的心境，是由飘零、清冷、凄凉、离忧、寂寥、渺茫、惶然等多种意绪组成的“遗世孤独图”。

继而我发现，所谓的“潇湘八景”，很多都看不见。即便可见，能见度也很低。此八景，更多的是一种心灵体验。比如“江天暮雪”。薄暮冥冥，江天一色，世界混沌，大片大片的雪花，如飞絮漫舞。这时披蓑戴笠，独立江畔，能看到什么呢？只能看到纷乱如麻的往事、沉浮难料的命运和诸路尽失的未来。

又比如“平沙落雁”。黄昏、阴霾、极寒，雨似下未下。沙滩似雪，静江深流。即便有山，也半落在青天之外，如一帧似有似无的剪影。天宽地阔，只有几粒起起落落的黑点，拣尽寒枝不肯栖，寂寞沙洲冷。这又算哪门子风景？只不过是相同身世的共情罢了。身似寒雁：飞，不知所往；落，无枝可倚。

再比如“烟寺晚钟”。依然是黄昏。偏正词组，落在一个钟字上，不指钟形，而指钟声。寺庙也在烟霭中，只露出微微一角。眼前真正能见到的，是遮天蔽日的古树藤蔓。蜿蜒山路向前十几步，就拐弯看不见了。

临近黄昏，山中暝色悄生，连洗眸润肺的青翠，这会儿也漫上了混沌的虚黑。举头枝藤笼罩，不见天日，更不见“长安”。惶然间，一声晚钟，破了山中的幽寂，消了心中的焦虑，隐约间，还击碎了这如影随形被枝穹倒扣的劫数。既然前不着村，后不挨店，不如投宿野寺？这也是一种无奈的选择。不是风景，却如命运。

然后“远浦归帆”“渔村夕照”，还是黄昏，心情虽没那么惶然，但依旧清幽凄冷。暖暖的夕阳，朦胧着渔村，笑语喧喧，一派祥和。江浦码头，远出的帆船也归来了，人来人往，又一番呼爹唤儿的热闹。但热闹是他们，神色匆匆的羁客隔江相望，什么也没有，只有一颗空自羡慕的心，以及对万里之遥的家乡，如野草疯长般的思念。

“山市晴岚”，我以为这是唯一的晨景。山麓小镇，峰回路转忽见。晴空之下，岚霭迷漫，阳光如霰，人又在远山，小镇依然看不真切，但不会阻碍有一小团明媚的欢喜，涌入羁客的心中。

可马致远依然觉得这是黄昏之景。“花村外，草店西，晚霞明雨收天霁。四周山，一竿残照里，锦屏风又添铺翠。”赏景人虽在花村草店，齐看雨后晚霞下青翠的四周山。可是，主客心境不同，只能自乐其乐。

最后是“洞庭秋月”。与“潇湘夜雨”不同，这回是满月。又在湖上，水天同色，静影沉璧。那种意境应该是从范仲淹《岳阳楼记》演绎出来的。此时之景大抵是“浮光耀金，渔歌互答”，心情则是“心旷神怡，宠辱皆忘”，言行则是在船上与友人把酒临风，纵论江山历史。也许只有今夜，人与景才算融为一体了。

潇湘八景与其说是画，不如说是一种现在进行时的状态。只有后世那些把光影、配音、表演、意境拿捏得恰到好处、糅杂得炉火纯青的抒情小视频，或可表现其七八分。而只讲究光影效果的印象派油画，最多只能表现出四五分。中国画单凭线条和墨色，其实很难把主题的意境表现出来。只能靠构图的精妙和着墨的浓淡，来表现主题中深藏的人生况味和处世禅机，算是内化于心，寻找神似。至于外化于形，可能两三分都没有。

二

然而，在古代的中国，只有国画一脉，那就只能用国画表现了。据北宋郭若虚《图画见闻志》载，五代黄筌就有《潇湘八景图》传世，但考证存疑。后世多采用北宋沈括《梦溪笔谈》所记，认为《潇湘八景图》最早见于北宋度支员外郎宋迪。1056年至1063年，宋迪被贬长沙为官，迷醉绘画，尤善平远山水。得意者，共八幅，被好事者称为“潇湘八景”，后被描摹在长沙八景台上。只不过宋迪的八景图并未流传下来。现存最早的《潇湘八景》，是南宋王洪所作，被保存在美国普林斯顿大学博物馆。其虽晚宋迪近百年，但布局格调相似，画风幽远淡泊，萧山瘦水，皆在细心描染中。

国画最早不是起源于宋，而是要上推至汉，甚至更早。而描绘湖湘风物的诗文，在还没国画的时候就有了。楚辞中有，汉赋中有。唐诗中描写湖湘风物的，则不计其数。不少诗还是题画诗。这说明在唐代早就有以潇湘为题材的国画了。只不过那时还无“潇湘八景”一说。

从《梦溪笔谈》中可知，员外郎宋迪以潇湘为背景，随形赋意，作画无数。与其说自己满意的有八幅，不如说朋友们最喜欢其中八幅，然后命名为“潇湘八景”。这一不经意的命名，如起于青萍之末的微风，最后竟卷起了一场中国传统文化的审美旋风。

从湖湘出发，“潇湘八景”因为画的人太多了，被发展分蘖成潇湘派、华北派、江南派、海外派、禅意派等。很多画家从未到过潇湘，但并不影响他们画“潇湘八景”。自命名后，八景意境大致已定。画者既得其神，便可自设其形，并非一定要去过潇湘。

何况，当初宋迪沿湘江经返长沙永州各地，八景并无定属，皆沿江常见风光。纵舟江流，日升月沉，峰回路转，应情之景，时常入心。宋迪归长沙，借唐诗意，取沿途山形水势之印象，绘成数图，才有八景之说。而在地理上被具体命名的“潇湘八景”，则可能是很多年之后了。直到现在，有些风景所在地还被争执不休。

比如说，渔村夕照，就被很多人认为是沅水旁的白鳞洲村，与桃花源的水府阁隔江相对。这与宋迪的经历或有不同，但湘江沿岸，的确找不到比沅江白鳞洲村更美的夕景了，特别是站在水府阁所在的山头，望向江对岸夕阳下的渔村，那种摄人心魄的美，会把观者的各种情绪都勾引出来，让人忍不住泪水泫然，而笑如春风。

王夫之干脆说，除潇湘夜雨、洞庭秋月有明显的湖湘印记外，其他六景并非全在湘楚。正因为这样，各种“潇湘意境”的画派皆有不同。华北派以天寒地冻的寒林瘦山为表现内容，手法重工描。江南派以山遥水阔的烟雨荒村为表现内容，手法重墨染。禅意派以云遮雾罩的舟人岭寺为表现内容，手法重留白。整幅画，只有简单几笔写意，大片的空白，则以抒怀诗文填充。其中以画僧牧溪、玉涧最为突出，禅意弥漫，心机葱茏。国内风格，不论主题为何，一般都偏居一隅。可流传到国外，主题内容不但显眼，而且还会放大，比如“远浦归帆”到了日本，整个江面，都是又高又大的帆船。这种直白布局，对中国画家而言，是不可想象的事情。

潇湘意境画，不但去了日本、朝鲜、东南亚，还去了南北美洲和欧洲。国内则有定论：“中国山水画，半源起潇湘。”也有这么说的：“潇湘意境是中国山水画永恒不变的母题”“潇湘八景图是中国山水画的摇篮”。

三

从此，“潇湘情结”，或者说“潇湘意象”，就这样呈现出了越来越清晰的面貌。那么，何为潇湘意象？

潇湘意象是一种清冷幽深、低沉凄迷的审美旨趣。

舜帝南巡，崩于苍梧，娥皇女英，泪化斑竹，投湘殉情。这是潇湘情结的源起。南巡其实是战败南逃。之后屈贾被贬，幽怨不已。再后来，无数官员被贬潇湘，形成了一派消极而隐逸的诗风。

潇湘八景图，正是宋迪被贬后的作品。与其说他画得最好，不如说这些意境最能熨帖失意人的心灵，因此也最能唤起被贬官员和落魄文人的共鸣。这八景从夕夜交替的时辰选择来看，是孤独失意的情绪宣泄；从雁落帆归的主题景物来看，是思乡怀远的悲情表达；从晴岚雨雪的天气变幻来看，是抒发了一种人生无常、任意风雨的哲理禅机；从平远山水的构图来看，则是表达了一种平淡冲和、隐逸逍遥的空灵心境。

种种这些，构成了潇湘意象的全部。自此，作为地理意义上的江南和潇湘，便加快了它们分道扬镳的脚步。唐之前，江南是包括湖湘的。从宋朝开始，江南多指东南江浙一带，包括皖、赣、闽一部分。而湖南则被单独拿出来，冠以“潇湘”的标签。

“江南”一词，在中国文化中，隐喻了富饶水乡，充满了柔情和梦幻，是国人的心灵栖憩地。而“潇湘”一词，则喻意遥山远水，带着淡淡的忧愁和哀婉，是国人的伤心失意地。看着这两个名词，就好像看到“林黛玉”三字，脑中就有了约定俗成的印象。

由画而诗，而词，而曲，而文。潇湘八景之后，不但以潇湘为题材的山水画多了，连诗词曲赋文章也在大量增加。其中以“潇湘八景”为题的词曲更是暴增。马致远在戏曲《江州司马青衫泪》中以《水仙子》一个曲牌就将八景全部囊括：“再不见洞庭秋月浸玻璃，再不见鸦噪渔村落照低；再不听晚钟烟寺催鸥起，再不愁平沙落雁悲；再不怕江天暮雪霏霏，再不爱山市晴岚翠；再不被潇湘暮雨催，再不盼远浦帆归。”并且还以寿阳曲为题，将潇湘八景各赋曲一首。前文提到的，就是其中两首。

陆游说：“挥毫当得江山助，不到潇湘岂有诗。”这里的“潇湘”除了地理意义上的，显然还有审美意象上的。不但要得其形，还要得其魂。失意之心，借助遥山远水，诗情才会呈井喷式爆发，所谓文章憎命达是也。诗人以山水开头，用比兴的手法将山水风物比作自己的身世品性，来诉说心中忧思。

其后，对“潇湘意象”的审美又扩展到音乐、建筑、园林、戏剧、书法、宗教、风俗等各领域。这样隐隐就成了中国传统文化重要的美学旨趣。这时候，不但对湘人，对整个偏安一隅的汉人来说，都不是一件好事。

身世浮沉雨打萍，从一种抑郁情绪开始，到遗世孤独、前路茫然，转而寄情山水、梦托桃源，自甘以局外人、边缘人的角色去打量阴晴圆缺、悲欢离合的世间万物，如光阴寄客，在社会的大潮中从流飘荡，任意西东，最后结束这蜉蝣般的匆匆一生。这大抵便是潇湘意象群的心路历程。无非是流放文化、贬谪文化、隐逸文化和禅意文化的结合体，借潇湘山水诉衷、自慰、抒情、明志而已。

四

人世间的悲情，总容易引起人的共鸣。谪官的诸多情怀，酝酿出的“潇湘意象”，从影响官场开始，继而影响文人，再侵袭各个人文领域，最后全体汉人都浸淫在这种抑郁的审美旨趣中。这非常不利于民族的发展。它会让人丧失逆境奋发、涅槃重生的勇气与坚忍，它会影响种族对内图强、对外扩张的决然与斗志。

自汉唐到宋明，国土面积越来越缩小，种族体质越来越羸弱，民族斗志越来越衰微，审美旨趣越来越冲淡，人生态度越来越消极，这跟“潇湘意象”多少是有一些关系的。

宋词清冷、洁净、纤柔、无为、闲适、哀婉、抑郁的审美风格，的确与宋朝三百年一颓再颓、一败再败的社会局势极不协调。不能说是受了“潇湘意象”的审美影响，但多少有些互为因果的关系在里面。这也是我在另一篇散文《临安、宋词及文学流变》中要狠批宋词的原因。

唐代荆南路曾五十多年，无人中皇榜，直到长沙人刘蜕考中进士，才结束了这一尴尬局面，由此也产生了“破天荒”一词。湖湘乃物华天宝、人杰地灵之地，古代科举成绩不但不如中原、江南，以及相邻的江西，甚至连岭南广东都不如，只比桂、滇、甘、黔、辽稍强一些。清代之前，朝堂上的湘籍官员也少得可怜。好不容易中了状元，也多是昙花一现，只在历史上露个脸，就泯然于众矣。或落拓江湖，或隐居乡里。不能说是受了“潇湘意象”的心灵影响，但多少有些互为因果的关系在里面。

直到明末清初思想家王夫之、顾炎武、黄宗羲等人提出“经世致用”“天下兴亡，匹夫有责”等思想主张，湖湘人物才稍微从“潇湘意象”的审美文化中挣脱出来，努力从以“经世致用”为核心的新派湖湘文化中吸取力量，“睁眼看世界”，终于在清末民初，迎来了举世瞩目的湖湘英才潮，一振千年来被失意情绪笼罩下的人才颓势。

到今天，我们要蹚一条文化的新路，要回头吸取传统文化的精髓，要从固有的文化中寻找自信。那么，肯定要避开无数因时空格局而形成的诸多文明陷阱，再不能让过去某类人过于幽凄的审美情趣来影响新时代的整体国民性。

“潇湘意象”作为一种文化审美现象可以去解剖研究，也可以借助现代科技的光影效果去复原欣赏，但切不可再去迷恋深陷，以彼意象来标榜自己的高洁品行，从而掩饰自己在现世中种种捉襟见肘的无能表现。

事实上，在这个只争朝夕、缩地成寸的地球村，“潇湘意象”已失去了它的存在时空。弹丸之地，高铁呼啸而过，从北到南，只要个把时辰。山遥水阔、道阻且长等字眼，跟潇湘再无关系。这时还要去追求“潇湘意象”，无异于隔靴搔痒、缘木求鱼，徒增人笑料耳。现代国人，特别是家长及教育工作者绝对要引起重视，再不要鼓吹那些旧意象，把小儿辈教成一个个“寻寻觅觅、冷冷清清”的旧人。

人不能两次踏进同一条河流，民族也一样。就让旧时的“潇湘意象”消隐在历史的云烟之中吧。如今的潇湘，定有崭新的风物，与这个时代三湘儿女的情怀相契相融。2005年，湖南省旅游学会就从山水文化、人文景观、生态消闲等三方面分别评出了以张家仙界、伟人故里、湘流诗卷为首的“新潇湘八景”，这就是一种可喜的现象。从评出来的二十四景中，你会发现，在这个崭新的时代，湖湘人的精神面貌和心灵归往究竟是怎样的。

（原载《湖南文学》2022年第11期）

谢宗玉，文学创作一级，中国作家协会第十届全国委员会委员，湖南省作家协会副主席，毛泽东文学院管理处主任，湖南省电影评论协会副主席。湖南省“五个一批”人才。曾多次进入中国散文排行榜。有多篇文章入选中学语文课本。著有16部文学专著，曾获各类文学奖项10余种。

永州笔记

□刘　哲

四十岁之前，永州在我心中，只是个地理概念而已，从来没有任何交织。第一次去永州，是八年前，受宁远县邀请，随同老作家谭谈、梁瑞郴同志赴九疑山拜祭舜帝陵寝，同时还游览了舜源峰、玉琯岩、下灌村等景点，还参观了宁远文庙。到了永州，才知道，永州原名零陵，“舜南巡，崩于苍梧之野，葬于江南九疑，是为零陵”。永州是上古舜帝驾崩之处，《史记》都有记载，零陵由此天下闻名。

后来，又陆陆续续到了永州，到各区县走了走，印象逐渐深刻，永州的轮廓也逐渐清晰起来。特别是今年七月，在永州办了个中青年散文研修班，同时参加中国（永州）山水散文节采风活动，走马观花，去了零陵、道县、江永、江华，八九天的行程，近距离感受了永州的山山水水、风土人情，对永州有了更加立体、多元的认识，方觉永州不但是一片神奇的土地，更是一本有着无限美好情节、令人神往的大书。

千家峒：阻不断的回家路

千家峒是一个地名。它虽偏居一隅，却被瑶族群众视为瑶族古都。距离江永县城十一公里的千家峒瑶族乡，是闻名遐迩的省级风景名胜区，同时也是全世界瑶胞寻根访祖的圣地。

在千家峒采风，流传最多的故事就是瑶民赵德标三代寻宗问祖的传奇故事。荔浦县蒲芦乡瑶民赵德标，其一家三代人寻找千家峒，祖父、父亲耗尽家产，多年寻找，未能如愿。1983年秋天，赵德标在两个外出弹棉花的江永瑶民引导下，来到大远瑶族乡，经过仔细观察和了解，认定这里就是他们祖先居住过的千家峒。这以后，陆续有很多人来到大远瑶族乡要求定居，因为接收安置困难，只得返回。赵德标将女儿嫁给大远乡的一名瑶族青年，全家随女儿迁来定居。赵德标一家的回归，缘于一部瑶族代代相传的古书《千家峒源流记》。瑶族民间，流存有千家峒的种种古文献手抄本，如《千家峒源流记》《千家峒流水记》《千家峒古本书》《千家峒永远流水部》《千家峒木本水源》《世代流传祖居来历书》，等等。这些古文献所记内容，天然一致，其中包括千家峒的地形、地貌、地名，千家峒事件发生的时间及经过，以及当年逃离的种种情形，几乎是出于一种版本。这本书，祖上传到了赵德标手上。他拿出古本书一一对照，穿岩石门、鸟山、马山、鹅山、石童子……无论地貌地名，竟然处处吻合，便认定这里就是他日思夜想的千家峒，于是毅然与兄弟携儿带女一共十余口人，一齐迁到这里定居。而一些专家学者，也认定湖南永州市江永县大远乡就是传说中的瑶都千家峒故地。1986年，政府也顺应民意，将大远乡正式命名为千家峒瑶族乡。

殊不知，千家峒，隐藏着一个波诡云谲、可歌可泣的历史事件。拂开历史的迷雾，让我们还原那段不为人知的故事。

千家峒，在元代以前，一直过着实实在在的“不知有汉，无论魏晋”的生活，民风淳朴，与世无争。

元朝大德九年，当时一个税官进千家峒收税，千家峒的瑶民对他很热情，这家请喝酒，那家请吃饭，好酒好肉款待他，黄发垂髫，咸来问讯，颇有些“世外桃源”遗风。不知不觉一年过去，官府以为这个税官一定是被瑶民坑害了，于是起兵进剿。千家峒的瑶民毫无思想准备，哪能抵挡得住元朝官兵的残酷剿杀？石城墙、壕沟、山峦，也抵挡不住元朝官兵的入侵，瑶寨陷入一片火海。在这生死存亡的时刻，瑶族首领吹响牛角号，召集十二姓瑶人紧急碰头，将牛角锯成十二截，每姓瑶人一截，相约500年后，千家峒的子孙重回千家峒，再建家园。然后，各自分道扬镳，另寻生路。

瑶族是个非常坚韧的民族。700年来，它从来没有忘记过要回家的盟誓。瑶民赵德标三代寻宗问祖的传奇故事，揭开了瑶民的回家旅程。

也许，瑶胞们纷纷寻找的千家峒，已不是700年前意义上的千家峒，他们寻找的，是认祖归宗的愿望，是民族的信仰，是精神的原乡。

瑶族群众回归千家峒，符合朴素辩证法的基本普遍原理：我是谁？我从哪里来？将要到哪里去？瑶族同胞，将这个哲学思维诠释得淋漓尽致。

有追求的民族，才是最富生命力的民族。

一个民族，离开故土700年，仍能找到回家的路，实在令人无限钦佩。

两百多年前，居住在巴音布鲁克草原的土尔扈特族人，从伏尔加河边迁徙，历尽千辛万苦回归祖国故土。

土尔扈特东归200年后，瑶族人也相继从各地回归千家峒。

天道轮回，生生不息。只缘精神原乡的因子，已深深渗透在血液里，在心灵的最深处。

再远，也阻不住回家的脚步。

回家的感觉真好！

我爱何仙姑

何仙姑，是千百年来老百姓心目中的美神。

这个美神，竟与零陵有关。

何仙姑原名何琼，唐高宗开耀元年出生于零陵县富家桥一户普通的庄户人家。当地人说，在何琼出世的那天，一团鲜艳祥瑞的紫气笼罩在何家茅屋的上方，一群仙鹤在紫气中上下飞舞。不一会儿，一头硕壮的梅花鹿驮着一个扎小辫、身系红肚兜的女童飞奔闯入何家，就在这时何母生下了一个白白胖胖的女婴。

提起何琼的家乡零陵，可是一个山清水秀的风水宝地，先圣舜帝就葬在零陵的九疑山。零陵城正位于潇、湘二水汇合的地方，北望南岳衡山，南依巍巍五岭，是楚粤之门户。零陵郡西有一座云母山，山上盛产五色云母石，云母石是古代服食求仙的上药；一条清澈蜿蜒的小溪由山上奔流而下，称为云母溪，何琼家就在秀美的云母溪畔。喝云母水长大的何琼，出落得美丽灵秀，她自小就喜欢一人在云母溪边嬉戏漫游。十四岁那年，她在云母溪畔遇见了一位白发苍苍的长胡子老翁。老翁向她询问了一些当地山水的情况，何琼都伶俐地一一作答。老翁非常高兴，从自己的背囊里取出一枚鲜灵灵的蟠桃送给何琼。何琼接过，谢了谢老翁，然后三下五除二地把蟠桃吃下了肚。老翁看着她吃完，满脸笑容地点点头，转身就不见了。回家后，何琼一连几天都不感到饥饿，因而也就不想吃东西，精神却比以往更旺盛。一个月之后，何琼又在云母溪边遇到了那位老翁。这次老翁把她带到云母山上，教她如何采集云母以及怎样服食云母。何琼按照他的话，每天到云母山上采食云母，渐渐感觉到自己身轻如燕，往来山顶，行走如飞。此外，她还能辨识和采摘山中的各种仙草灵药，为附近的百姓治疗各种疾病，且能预测人事，因此周围的人都称她是“何仙姑”。

何仙姑，人长得靓，还有一颗金子般的心。

她父亲何泰是开药材铺的。她很擅长医药，替人治病，且常利用替人看病之机，劝人行善止恶，告诉病人诸病乃由诸不善所生，欲要延寿养生，先要戒杀含生，不食众生之肉，当行慈惠，以及虫蚁，要多行放生，孝敬父母，惠恤贫苦，广济群众，当知善恶报应，丝毫不爽。不少病人听从她的教导，修桥补路，行善广积阴德，同时服用她开的草药，果然诸病痊愈。

她在家乡零陵向群众传授辨识中草药的本领，让家乡人民有药可医。一些药农在山中采了几十年的草药，但是，满山遍野的草药中，很多药农只认识十分之一二。听说何仙姑是有名的药仙，一个药农便翻山越岭，攀藤缘岩爬上离地四五十丈高，在峭壁上的一个云母山山洞里，果然看见何仙姑在和一个道人下棋。他耐心等到日落西山，两位仙人下完棋，回首看见他，何仙姑才问他到此何事，药农说是来请教仙姑药草之事的。何仙姑带药农出洞，药农看见不少奇花异草，都是名贵的草药。仙姑教他一一认识后，将草药结成马，用草马送药农返家。后来药农就将从仙姑处学来的药草知识，传授给其后人。

何仙姑人美心好，而且多才，她还是一位诗人呢。

何仙姑题了一首《凤凰台》：

凤凰云母似天花，炼作芙蓉白云芽；
笑煞狂徒无主张，更从何处觅丹砂。

这首诗表面是写凤凰台，实际上暗藏着服食求道的真谛：服食云母的方法。

还有一首《题麻姑峰》：

麻姑笑我恋尘嚣，一隔仙凡道路遥；
飞去沧州弄明月，倒骑黄鹤听吹箫。

唐玄宗天宝九年，距离何仙姑成仙已经三十多年了。一天，大雨过后，碧空如洗，零陵的人们都看到一朵五彩祥云悠然飘过，何仙姑身着朝霞服站立云端。正当人们跪地膜拜之际，一束黄绫由空中飘落到凤凰台上，上面写着这样的诗句：

云母溪畔胜天台，千树万树桃花开；
玉箫吹过黄龙洞，勿引长度跨鹤来。
寄语张家与李家，休将尘事闹闲情；
蓬莱弱水今清浅，满地花荫护月明。
已趁神仙入紫薇，水乡回首尚迟迟；
千年留取井边履，说与草堂仙子知。

诗中有对故乡风物的眷恋，也有对乡人的殷殷叮咛，更有对神仙生涯幽寂情怀的剖白，劝导凡人要珍惜自己的生活。真是“人人都说神仙好，谁知神仙有烦恼，劝君惜取凡人时，莫待时光空自消！”

何仙姑的诗，意蕴浓郁，耐人寻味，而且富含真言禅意，老百姓爱读。但《全唐诗》没有录入其一首，看来，是编纂者眼拙了。

何仙姑作为女神，是八仙里“绯闻”最多的一位。铁拐李、蓝采和、韩湘子、吕洞宾都跟何仙姑被传出过绯闻。你看神仙也会有绯闻，照理说神仙修得正果后，早无男女之欲，也早无男女之事。但既然是民间传说，老百姓不给你弄出点儿色彩，大伙传着也就没意思了。

小时候，迷上电视连续剧《八仙过海》，天天跑到大队书记家看这部剧。剧情里，有何仙姑与蓝采和相恋的一个桥段。在凡间时，蓝采和很迷恋何仙姑，为了何仙姑经常喝得烂醉。可是何仙姑一心修道，志向是位列仙班，就是不答应他的追求。蓝采和整天喝得醉醺醺的，放浪形骸。据说为了何仙姑，蓝公子还曾经跳河自杀过。

韩湘子跟何仙姑，也闹过绯闻。这个很多人都听说过，说韩湘子出身富贵人家、知书达理，强项是吹笛子。有一个民间传说，说韩湘子和何仙姑本是一对夫妻。两人从小就是娃娃亲，后来结婚了，结婚后的韩湘子一心修道，整天参禅打坐，不近女色。何仙姑天天坐守空房，望眼欲穿，其实等于是守了活寡。后来韩湘子果然修道成仙了，把何仙姑一人给撇下了。何仙姑孤苦伶仃，多亏韩湘子的叔叔从旁救济，清苦度日。韩湘子的叔叔就是唐宋八大家之一的韩愈。何仙姑斩断俗世情缘，夫君修道，我也修道，两人一块儿成仙，这就是何仙姑和韩湘子的爱情故事。

但流传最广的，是何仙姑和吕洞宾的故事，他俩之间的绯闻是最多的。传说，何仙姑是吕洞宾度化成仙的。吕洞宾这人好色，见到漂亮女孩就挪不动腿。吕洞宾使一把剑叫纯阳剑，吕洞宾是乾卦，何仙姑是八仙里唯一的女性，是坤卦，乾坤交泰，男女阴阳调和，这象征着世间百态。一阴一阳一乾一坤，天生一对，神仙眷侣。

自古有云：湘女多情。

因为有情，尘世方可留恋；因为有情，方觉人间美好。仙界亦如此。试想，如果在神仙界，个个都是紧绷着脸，不苟言笑，正襟危坐，不食人间烟火，神与神之间，除了变弄法术，朝辞北海，暮宿苍梧，百无聊赖，岂不闷死？试问，谁还想历尽磨难去当什么神仙？

谈谈恋爱，和神仙哥哥一起到人间主持正义，献献爱心，演绎一场断桥会，或者一曲西厢记，牛郎织女银汉相思万古情，革命加恋爱，多么令人神往。

所以，我爱多情美丽的何仙姑，断不会爱上那个只晓得呆坐庙宇，不苟言笑，永远一种表情，拒人千里之外的泥塑之身。泥塑再美，也是泥胎一堆，了无情趣，跟我何干？

我爱何仙姑，爱那个敢爱敢恨，快意恩仇，明眸皓齿，娉婷玉立，而又不失款款深情的美神。

奇哉，永州。

永州之野产异蛇，还产美女神仙。

刘哲，湖南岳阳人。毕业于湖南理工学院中文系。湖南省作家协会全委会委员，湖南省散文学会副会长，毛泽东文学院（湖南现当代文学馆）班子成员。出版有报告文学集《武陵风流》，诗集《城市舞会》，随笔集《我的政协情怀》《从经典故事领悟领导艺术》，作文教学专著《让经典故事成为你的作文好素材》。现供职于湖南省作家协会。

清韵满勾蓝

□ 张雄文

勾蓝是一首唐人笔下的山水诗。

流水声细细碎碎，像琴弦滑落的音符，和着一缕缕午后的阳光，将我引入群峦深处的寨门，唐诗的意境便陡然漫滤开来：

四围山峦苍翠而别致，是典型的喀斯特地貌，不算险峻也难称壮硕，各呈独立的圆锥形，却在山腰处情人般握手相牵，恍若耸立的驼峰。不同的是，骆驼仅驮两座肉峰，而眼前山峦却耸峙如林，贴着纯净的蓝天绵延开去，缓缓消失在天尽头。一湾早已激越入耳的清流，像躺卧葱碧间的透明飘带，在我的惊喜里横在屋舍与林木间，也将环列的“驼峰”连同蓝天、屋舍、亭台、人影概然装入怀中。小溪两旁远远近近的屋舍或齐整或错落，红砖黛瓦，翘角飞檐；檐下檐端勾着白线或白点，漫溢遥远岁月的气息，像排蹲或围坐一群衣冠古朴的老者。屋舍前后直达四周山脚的原野，铺陈古树、果林、稻田、池塘与菜园，浓翠满目，果蔬飘香，荷叶田田，玉米蓊郁。我伫立溪边一座木质黑瓦的凉亭下，一时恍惚起来，不知置身天上还是人间……

这是地道的“永州之野”，江永县隐伏深山与凝固了时光的勾蓝瑶寨。

隋朝末年，勾蓝瑶先祖便因避乱而卜居于此，寨中古碑刻有“盘王出世，秦王（李世民）开基”，无声叙说瑶寨的起源。先祖环顾四野，见“山勾联透，溪水伏流，色蓝如锭”，“故名勾蓝”，欣然“不复出焉”。然而，饶是深山更深处，也有烽火与刀剑跟踪寻觅而来。子孙们只得高筑寨墙，连片屋舍也砌成可守的堡垒，且耕且战，顽强生息繁衍。大明洪武年间，朱元璋一纸诏令飞入重山，勾蓝瑶被恩准招安入籍，摆脱了“蛮”族的称号。或许，勾蓝人此后才有了较安生的日子，且耕且战也渐渐更换为且耕且读。因房屋只建不拆，开枝散叶多年后，便有了眼前古色古香、烟火气依旧弥漫的民居，多达三百余栋。这还不算散落寨中，供节日里祭祀、祷告的盘王庙、相公庙、水龙祠、关公庙和社坛土地，或平素娱乐休闲的舞榭歌台、歇息行走的凉亭桥梁。

我很快领略了保寨中老少平安的寨墙雄姿。溪边草地躺着一条青石板古道，侧身穿过一座碑刻乾隆某年修建的戏台与一株有四百六十年高龄的重阳木树荫，向不远处的山头延展而去。小心踏上青石板，阒寂无声，却有一股清凉似乎透过鞋底奔爬而上，直冲头顶。惬意间，我似乎听见了千百年前那些往来的足音，铿锵而又缥缈。

古道在寨中的尽头，是名为井头坳山头的寨墙与古寨门。山头古木参天，叶叶相交通，遮蔽了七月毒辣的阳光。寨门早已豁开，行人可自如出入，但硕大青石筑就的门框依旧苍古遒劲，斑驳苔藓间，似乎还残存着箭镞与刀斧的痕迹。门框两侧是向深山延伸而去的寨墙，照例是大青石所垒，披覆古藤与茅草，时隐时现，最终消隐在幽暗的丛林深处。有如此坚固的寨墙与寨门，只需三两个壮汉扼守，便可万夫莫开，寨子也便固若金汤。摩挲墙根一块黧黑而古拙的巨石，我久久慨叹勾蓝先人筑城的智慧与勇力。

古道穿过寨门，并未止步，而是枕着形状不一的青石板，继续向深山幽邃绵延。山的那一边，是鸡鸣入耳的广西富川。两地或者更远的地方，从来以古道互通有无，青石板上便常年商旅熙熙，挑在肩上的茶叶、粮食、柑橘、盐巴与各种日用品往来不绝，勾蓝人的日子也便丰润起来。然而，世事沧桑，因后来凿山而入的现代公路，古道渐渐人影罕至，只能在苔藓与杂草间默默反刍往昔的喧腾，唯有鸟影不时掠过。青石板则沉淀幽古的光芒，以时光深处的辙痕守护瑶寨返璞的安谧。

勾蓝淌着诗意，清韵最绵长的还是水。无数道山间清泉与寨中散布的水井，汇聚成大小溪流，几乎挨家挨户盘桓后才穿村而过，甚或从一户人家地板下淌泄而出。出村乃至出山后，它们奔入湘水还是潇水？我一时无从得知，只是无端想起宋人秦观“为谁流下潇湘去”的句子。寨子深处的门槛边、窗户下，都奏着和弦的水声。水面或窄或宽，宽者显然为寨民依需而拓。垂柳、古樟与老槐的树干爬满藤蔓，随处傍水而立，倒影婆娑可亲。三两只鹅鸭偶尔戏逐水面，一种山外难得的娴雅便悄然弥散开来。我疑心误入江南平原水乡同里，但瞬间又醒悟：同里虽也是上佳之地，却无此处古雅的屋舍与抬眼可见的山峦。

水边书香漫溢。顺一道叮咚作响的陌生水流，我与欧阳门楼猝然而遇。欧阳是瑶寨十三姓之一，门楼建于明代，典雅端庄，古意弥漫，呈八字形敞开。两根木柱像寨中所有屋舍大门一样，贴有字迹遒劲隽永的对联。瑶寨刀枪入库后，推崇耕读传家，文气昌盛，先后考取过八名进士，勾蓝也随之名闻天下。进士们以儒家为法，进则外出做官，兼济天下，退则回寨子任瑶王，反哺桑梓。欧阳家也不例外，设有私塾，聘请名师，勉励子弟灯下苦读，门楼隔壁便出过一任江永县长。私塾至今风物依旧，后人别出巧思，建起了书院主题餐厅，主打书香文化。时近黄昏，炊烟袅袅，菜香喷薄而出，我却隐隐闻到了淳古的书香。

小憩横跨水面的风雨廊桥，我披裹落霞，品一碗寨中手搓凉粉。清凉入心也入骨时，十几米外的屋舍门忽然打开，一个男孩端了盛满碗筷的木盆，下到溪边清洗。我见他虎头虎脑，神情专注，动作熟稔，便隔溪询问年龄。他抬头笑答，今年十岁，读小学三年级。说着，又埋头忙活了。不卑不亢，应对大方，透着诗书之家早慧的儒雅与勤勉，全无山外独生子女的骄娇之气。我倚着廊桥木质靠背，默叹良久。

寨中人也乐于戏水。蒲鲤井是勾蓝溪流主要源头之一，深不可测，水面宏阔，刚出地表便奔涌如溪涧。寨中人于水面以一步距离为点，横铺石墩，虚实相连，方便两岸往来。每年农历五月十三洗泥节，这里便是最欢快的场所。瑶寨被咫尺间的山峦所围，田地有限，需到遥远的寨外地界开辟新土，耕种劳作。一日之内难以往返，寨民索性在耕作处建了简易“牛庄屋”，吃住都在那里。春耕完毕，离家多时的寨民裹一身黄泥，牵了牛，扛了犁耙回来，先到蒲鲤井掬一捧甜水仰脖而尽，再洗却满身泥巴。这一天，也成为勾蓝人的节日，家家酿苦瓜、冲油茶、打糍粑、杀猪宰鱼，闹热远胜过大年。外出的子女无论多远，都会日夜兼程赶回家中，陪父母过节。

摸鱼是洗泥节最盛大的节目。一声口令，瑶家壮汉们纷纷扑入蒲鲤井前的溪面上，成为“浪里白条”，或露或潜，或俯或仰，围追堵截。水花四溅而起，鱼则跳跃不止。谁摸的鱼越多，寄寓收成越好。疲累而发蒙的鱼儿一条条被摸上来，岸上老少人头攒动，拍掌声、欢笑声一片。惜乎我来时，洗泥节已过，只能空对空荡荡的水面，怅然想象那些生动的场景。犹如唐人元稹笔下那位白头宫女，独坐“宫花寂寞红”的行宫，想象开元年间的繁华。我比宫女幸运的是，开元逝去，永不可再，而洗泥节我可明年从容相约，终有一逢。

夜幕缓缓降临，勾出四下黑黝黝的山影，水声却更清亮了。这时，寨子中心处的相公庙里，篝火熊熊燃烧起来。劳作一天的瑶家汉子与阿妹，就着溪流洗去汗渍，围了火堆，载歌载舞。篝火照亮静默的山峦，也映红了一张张素朴的笑脸。廊檐下的长桌宴也早一字摆开，凉菜、糍粑、土鸡、烧鸭、肥鱼、蜂蛹、茶香饭、勾蓝芋和南瓜等一一陈列，一壶壶寨民自酿的甜糯米酒也被端了上来。勾蓝人好客，又承继千百年来的敦厚古风，似乎在倾其所有，招待山外来者。我也顾不得斯文，随众人急急伸缩竹筷。推杯换盏间，火边的歌舞一直未曾停歇，像门外溪水一般洗涤我白日转悠的倦乏。

篝火越烧越旺，歌舞也进入高潮，正演绎勾蓝之名的另一种由来：瑶寨昔年盛行招郎风俗，“好女不出石墙门”，若哪家女子看中某位汉子，会大了胆，拿着鸡蛋上门提亲，外人称为“勾郎”。日子一久，瑶寨便被称为“勾郎瑶”，又讹传为“勾蓝瑶”了。勾蓝女子的热情奔放，令我蓦地有了“我有所思在远道”之念。须臾间，思绪随糯米酒催生的醉意绵绵而涌。

篝火已尽，夜已深，勾蓝的清韵依旧在四野流淌。我借宿一家民宅，枕着汩汩流水，咀嚼着勾蓝无边的清韵，渐渐入梦……

张雄文，中国作家协会会员、湖南省作家协会委员、湖南省作家协会报告文学委员会副主任、湖南报告文学学会副会长、株洲市作家协会主席、鲁迅文学院第三十三届高研班学员。在《人民日报》《光明日报》《人民文学》《中国作家》《北京文学》等报刊发表百余万字，多次被《散文·海外版》《散文选刊·选刊版》等转载，作品入选多个版本文集。出版有《无冕元帅》《名将粟裕珍闻录》《吹角连营》《雪峰山的黎明》《潮卷南海》《燕啄红土地》等十三部书四百余万字。曾获第八届冰心散文奖、山西省第九届“五个一工程奖”、北方十三省市文艺图书一等奖等多种奖项。

蘋岛文踪

□ 方雪梅

蘋岛浮在潇水与湘水交汇处，似一枚长锚，把两条奔走在千沟万壑间的江，挽在一臂之间；也让两江的文脉须茎，交织叠生于湖湘文化的沃壤之下。故而，到永州，不可不去蘋岛。

我是仲春时节上岛的。轮船从零陵区柳子街下的老码头黄叶古渡出发，沿潇水北行大约八里路，一座四面环水的绿岛，便迎面扑来。在树木堆垒成团的浓绿中，隐约可见黛瓦白墙的老宅和其翘立的飞檐。同行的当地朋友说，那就是湖南别称“潇湘”一词的发轫处——蘋岛了。

这座小岛，居潇水与湘水之间，衍生了“潇湘”这个名词，更承载了丰富的文化元素。传说因舜帝二妃掷罗巾于水中，岛便随水涨落，故又有“蘋洲春涨”之称。潇湘八景之一的“潇湘夜雨”，亦是此岛称谓。最让读书人肃然的是，这岛上，有一所孵化国之高才、扛起湖湘文脉的古老庭院——蘋洲书院。而正是这座古书院，隆升了小岛的文化高度，也让我对此行有了最大的期待。

在老码头下船，沿青苔石阶上行，穿过灰墙黑瓦的山门，便置身于蘋洲书院旧址了。这是一座方正的“四合院”，中轴线自北向南，围绕它建有奎星阁、讲堂、中门、大堂、大门、门庭、影壁和长廊。整个院落，显然已经过重新修葺，再看不到荒僻小岛上那个残院老宅的破败旧颜了。走在幽静的青石甬道上，绿树蕉风依旧，百年古桂笔立，而当年学子们的身影，早已隐入历史烟云的深处。

这麻书院，与中国其他书院一样，有一种担当家国重任的凛然之气，即使几百年风雨侵袭，也仍然从一砖一瓦、一石一碑、一字一句中弥散出来。此刻，在院中的讲堂大厅，我看到了迎面悬挂着的巨幅楷书，《尚书·大禹谟》所载舜告禹之言："人心惟危，道心惟微，惟精惟一，允执厥中。"此十六字，尧、舜、禹三帝皆以心从之，以心传递，也为朱熹、王阳明等后世大儒所推崇，可谓中国古代治道与学术境界的最高层级。讲堂侧面，则有"礼义廉耻"四字榜书。《管子》将此四字称为"国之四维"，并强调"四维不张，国乃灭亡"，足见"礼义廉耻"是治国、治家、治学的根基。最让人注目的是，大堂里有湘人王闿运所作的那副著名的楹联："吾道南来，原是濂溪一脉；大江东去，无非湘水余波。"此联从学术的本源和流派来俯视，以三江借喻，潇水支脉濂溪喻道州周敦颐，湘水喻湖湘学，长江喻理学，意谓理学皆发祥于周子。湖湘文化精神的大端，脉络毕现。

蘋岛的不凡，在于牵系二水，在于它与文化教育紧密勾连。据记载，旧时这里曾建有供学子读书发蒙的"湘口馆"，其书声高扬，直抵柳宗元老先生的诗行中："九疑浚倾奔，临源委萦回。会合属空旷，红澄停风雷。高馆轩霞表，危楼临山隗。"这琅琅书声又从柳先生的笔尖，传到了我们的耳畔。

清光绪十年（1884），江华人王德榜等人捐资修建此书院。与其他书院多由儒生士人捐建不同，蘋洲书院捐资人王德榜乃湘军将领，一生杀伐征战，且在中法战争中屡建奇功。从贵州布政史任上离开后，他回到故乡永州定居。自刀光剑影中抽身，卜居乡里的他，捐资公益，乐善好施，建成了这所永州八县的最高学府。第一任山长为周敦颐的后裔、前清翰林周崇傅。从山门中，曾经走出了八位贡生。辛亥革命后，书院易名为蘋洲学堂，后又改名为永郡联立蘋州中学，培养了无数学子。后来担任过湖南大学、武汉大学校长的哲学家、教育家李达，就是从这座书院走向社会政治舞台的。可见书院为湖湘育人之功。

一个多世纪后的今日，我在书院的亭廊里穿行，在古木下停驻。从怀素写蕉书处，到奎星阁的藏书之所，从"古潇湘"榜书，到影壁上的《九疑山诗图》石刻和长廊上的《潇湘八景图》，在这座大院里，我仿佛看到了先人们在文化沃野上躬耕的身影，仿佛看到了他们仍然在清慧堂、北渚馆、儒行斋聚集会讲、研读诗书。

与岳麓书院、石鼓书院等并称“湖湘四大书院”的蘋洲书院，同样也是中国封建社会教育史的最具象的载体。它将源于唐，盛于宋，衰亡于清末的中国书院史的辉煌与沧桑，将湖湘文化历经千年而形成的独特的底蕴，即学思并重与知行统一，独立思考与理性批判精神，昭示于文化天宇，留待后学瞻望与跟从。这是古老的书院对中国文化与教育最长情的陪伴，也是它们偏居幽僻山林，甚至墙塌院荒，却依然在中国教育史册上夺目耀眼的原因。

告别蘋岛，回望山门两侧“洞庭有归客，潇湘逢故人”的楹联，再悟“潇湘文波连四海，就此能悟，道在两仪太极；浮岛秋月映万川，于斯便知，学须一理殊分”之意，我想，书院这一独特文化成就的灿烂波光，必随潇湘二水，流向时空的远方……

方雪梅，一级作家，中国作家协会会员，长沙市作家协会副主席，湖南省作家协会全委会委员，湖南省散文学会副会长。出版诗集《结糖果的树》《疼痛的风》，散文集《伦敦玫瑰》《寂寞的香水》《谁在苍茫中》，报告文学集《时代微报告》，文艺评论集《闲品录》，作品见诸《中国作家》《人民日报》《青年文学》《诗刊》《芙蓉》等报刊，并被收入多种选本。

元结，右溪长歌吟

□ 奉荣梅

在道州古石城内，从南门直通北门的那条街，俗称北门街。父亲在世时，曾告诉我说，那条街也叫“次山街”。我问是什么意思？他说，不清楚，民国时期就听别人是这么叫的。直到读了《右溪记》，文后有注释：“元结（719—769），字次山，号漫郎，河南鲁山（今河南鲁山）人……唐广德元年（763）九月，元结四十五岁，出任道州刺史……”，我才明白这“次山街”是以元结的字命名的。

一

“道州城西百余步，有小溪，南流四十步合营溪。水抵两岸，悉皆怪石，攲嵌盘曲，不可名状。清流触石，洄悬激注，佳木异竹，垂阴相荫。此溪若在山野，则宜逸民退士之所游处；在人间，可为郡邑之胜境，静者之林亭。而置州以来，无人赏爱。徘徊溪上，为之怅然。乃疏凿芜秽，俾立亭宇，植松与桂，兼之香草，以裨形势焉。以溪在州右，遂命之‘右溪’。刻名石上，彰示来者。”

这篇一百六十余字的短文，是20世纪80年代中期，在高考的前夕，我从一本薄薄的文言文参考书上读到的《右溪记》。因为地域的亲近感，我读得格外投入，立马能全文背诵，并与同窗讨论它的确切位置，还曾按图索骥去寻找过，但无果。

只是，我怎么也没料到，那条儿时极为谙熟的叫“板子桥”的小溪沟，就是元结笔下那清流触石、佳木异竹相荫的胜境右溪的原形。在这座古城生活了近二十年，右溪应该就在我中学六年往返的路上，我曾从它身边无数次地擦身而过，它就潜伏在我的脚下。其实，在元结之后，右溪似乎一直就只存在于唐朝发黄的线装书里了，蛰伏在古道州千余年来变换了数十代人的脚步声里，仅在那些如元结一样“无人赏爱”的文人心底流淌、吟唱。

营溪，就是濂溪，在古城西门外百余步与潇水汇合。“板子桥”在濂溪的北面，在我的记忆中，是很杂乱的形态，在儿时的眼里，是个极为热闹、繁华而好玩的地方。一到濂溪河的南岸，驻足于宋代建的石桥西关桥头，十来米宽的混凝土桥下，可赏二水合流，可见石头做的桥台、桥磁、拱圈、水头石，满是青苔，三个石拱下，水草疯长。远远可见，桥那边，人头攒动，挑夫挑着箩筐、畚箕，推着板车，爆竹、冲天花炮在人缝间飙来闪去。而对岸桥头下，依稀可见“悉皆怪石，欹嵌盘曲，不可名状”，但从怪石间倾泻而下的水柱，不再是“清流”，与清澈的河水激起的是阵阵浊浪，轰然作响，显现出清晰的清浊界限。

已经无从知晓，元结之后的千百年间，是从何时起，这个郡邑之胜境，成了红尘的喧嚣？据县志记载，清光绪二十八年（1902），因县城人烟稠密，街道狭窄，平民生活艰难，泻症流行，死亡千余人。将军庙一带，因右溪污塞，沿沟住户，死绝十余户，殓尸石灰，遍地皆白。

历来本地人大多只是靠握锄头把子在田地里种粮为生，经商和手艺人稀少，一切匠事也多由外地人承担。到了清代，位于西门外的右溪和几条老街才成了县城的闹市，“富商大贾云集辐辏，多江浙邻境之人”。除旧有的木业、铁业、纺织业外，还有竹篾业、造纸、制皮箱、鞭炮、陶器、银锡铜器具等手工业逐渐兴起，榨油、酿酒、制皮蛋、烧木炭的……本地多为小本经营，也有装运桐油、茶油、木料、木炭等货发卖（俗名“走下河”）。

在一个春日，我曾溯右溪找到了它的源头。从老文庙旧址，循右溪迂回北行，走了数里，到了曾经是郊区的良田大队，也是我的老家，那“东阳观，没得鱼虾不吃饭”的地方，到处是不规则的池塘。溪水的上游仍是清澈，有许多的开口，分流一路的田地、池塘。右溪的源头是村落后面的大塘，塘中有汩汩繁荣的泉眼，四季不干涸，活水不断，鱼虾肥大。

这条溪水，沿途流经村庄农户，穿越民居，再潜入公路下面，被世俗扔进了多少的污垢。它虽有些浑浊，但依然执着地在千百年间奔腾不息，因为它有源源不断的活水作为坚强动力，它有前方的濂溪、潇水、湘江、长江、大海的召唤；它流经了唐宋，流经了元明清，流到了现代，因为它在千百年前，已经与它的伯乐元结有个千年的约定，永不停歇地奔走着，去赴一个美好的约会……

在唐代宗永泰元年（765）春天，元结曾进《舜祠表》，请求建一座舜祠以彰显舜德："舜葬于苍梧九疑之山，在我封内，是故申明前诏立祠于州西山南，已而刻为表。"第二年，舜祠就建好了，元结就选址在他钟爱的右溪入濂溪口数十步的元峰山下（现道州宾馆内）。现在，山上尚存元结的石刻，但舜祠早已不存。

后来，那里还曾有气势恢宏的文庙、濂溪祠、濂溪书院，一直文脉不断。直到1945年，日军犯境，那些翘檐斗拱的古建筑，连同县城主要街道，均被炸毁，右溪边的板子桥一条街的店铺和民房都倾圮了。从那个时候开始，这条寄托了元结雅致清净心情的小溪，变成了杂乱的棚户沿溪错乱而建，长短的木板随意在溪面搁置，"板子桥"就成了溪水的指代。

道州本地人虽不善经商，但耕读世家多，出读书人。不知是否巧合，在元结出任道州之前，此地出的人才并不多。但从他到任道州的763年往后推，数年后，何坚赴长安朝考进士及第，除授太学国子监司籍，得到当时著名文学家、太学博士韩愈赏识；四百年后，有北宋理学开山鼻祖周敦颐；五百年后，出了个南宋特科状元吴必达，擢奉议郎尚书、礼部架阁兼给事中；一千年后的清朝，出了殿试一甲三名探花、官至尚书的何凌汉，乡试第一、四川学政、自成一体的大书法家何绍基。据说，周敦颐的哲学思想，就吸收了元结的"有无"观，他对元结十分推崇。

二

从"次山街"出北门，郊外不远处有个叫"九井塘"的地方，曾建有一座黄龙庙，是祭祀元结的。自唐初始置营州，唐太宗贞观八年（634）改称道州以来，这里一直是州治所在地。这虽是僻远的小州，“蛮夷遐方”，但因其“襟带两粤，屏蔽三湘”，一直是个湘南军政重镇，朝廷便不断地向这里贬官谪吏，元结、阳城、吕温、薛伯高等人都曾在此做过刺史，南宋宰相寇准也在此任过司马。

颜真卿在《元君表墓碑铭》中说：“既受代，百姓诣阙，请立生祠，仍乞再留。观察使奏课第一，转容府都督兼侍御史本管经略使，仍请礼部侍郎张谓作《甘棠颂》以美之。”在古代，一个人还在世时就立祠庙叫立生祠，能够享有这种资格的人，是微乎其微的。道州的黎民自发地请求为在这里做过父母官的元结立生祠，把他供为“元子菩萨”，可以想见，这个州官，曾经在这方百姓的心目中，有何等至高至尚的地位。

孙望《元次山集前言》有说：“元子的性格特点是刚直、热情，生活作风敦实俭朴，除具有浓厚的儒家思想以外，他还有一定的道家思想。”元结少年时放任不羁，后专心读书，唐玄宗天宝十二年（753）考取进士。乾元二年（759），应诏进京与肃宗当面陈策，并上奏《时议》三篇，被皇帝认为“卿能破朕忧”，任命为右金吾兵曹参军，摄监察御史、山南西道节度参谋，授著作郎。元结一生只做过地方官，在道州为官五六载，但他尽可能地在自己的职责范围内实现着自己的政治理想，做个“欲济时难”的社稷之臣。

广德元年（763）九月，元结四十五岁，出任道州刺史，次年五月到任。头年，道州被西原蛮攻陷，焚烧杀掠，从四万多户锐减到不足四千户。元结到任不到五十日，就收到催税的符牒两百余封。他以“顾惟孱弱者，正直当不亏”的刚正、惠慈之心，宁愿冒贬削之罪，也要替百姓呼吁，上奏朝廷“请免百姓所负租税及租庸使和市杂物十三万缗”，获得代宗诏准。（《春陵行》）第二年，元结又奏准减免道州“岁正租庸十万缗”。同时，免徭役，营房舍，招抚流亡，恢复生产，使遭受兵燹之苦的百姓有了生机。

广德二年，西原蛮再次侵犯永州，元结以“武略以制暴”“文才以求疲弊”，以“清廉”“身率下”，率领守军和州民防护守卫道州一百多天，西原蛮攻下邻近的永州、邵州，唯道州没被进犯。元结深有所感，写了一首《贼退示官吏》的长诗，“使臣将王命，岂不如贼焉？……谁能绝人命，以作时世贤？”“将家就鱼麦，归老江湖边。”这表达了就是丢官也不能逼迫百姓“绝人命”的为官准则。此诗被选入《唐诗三百首》中，传诵千古。尔后，元结升任容管经略使，加左金吾卫将军。五十岁卒，赠礼部侍郎。

道州的这方山水，成就了这位诗人，山水的神奇和为官的生活，使其诗文艺术成就达到了最高峰；这位诗人，也使这方不为人知的山水名扬天下，他的足迹遍及都庞岭、九疑山、潇水河，他为这里的山水命名，写下大量山水诗文，开创了柳宗元山水文的先河。

元结现存诗九十首，在永州十年（805—815）年间，写下了二十五首。其中在道州没多久就写下代表作《舂陵行》和《贼退示官吏》，得到杜甫的称道，为此写下《同元使君舂陵行（有序）》：“观乎舂陵作，欻见俊哲情；复览贼退篇，结也实国桢……道州忧黎庶，词气浩纵横。两章对秋月，一字偕华星……”两首诗是新乐府性质的现实主义名作，是唐代最早写新乐府诗的诗人，游国恩在《中国文学史》说：“元结、顾况等人用诗歌反映现实，是杜甫同调，也是新乐府运动的先驱。”

他还开创了山水游记文的先河，清末古文家吴汝纶评论他的散文，“次山放恣山水，实开子厚先声，文字幽眇芳洁，亦能自成境趣”。他的山水游记文，笔力雄健，格调高古，为柳宗元在永州十年取得的山水游记文的最高成就，起到了启示和铺垫的先河作用。还有《欸乃曲》和散文《自箴》《厅壁记》《右溪记》《五如石序》等著名作品，特别是《右溪记》，只一百六十多字，借描写道州的秀丽景色长期无人赏爱，寄托了他怀才不遇的身世之感，被选入多种经典游记选本中。

元结也是祁阳浯溪碑林的首倡者，761年撰写了《大唐中兴颂》，后来大书法家颜真卿将此文书写下来镌刻于浯溪江边崖石上，因其文奇、字奇、石奇，被后人誉为浯溪“三绝”。

三

在道州古城内外，你不经意就能与元结曾经的足迹重叠，从中体悟诗人诗文中的古韵和寄寓。

古城东门外的潇水河畔，有一群石，各具形态，踞中一石，高一米五，上尖下阔，如笋破土，用石敲击，声音清越，故又名响石。河边还有五如亭和石拱桥，左溪蜿蜒而过，流水潺潺，亭水相映。我曾在桥上走过无数个来回，在那片柑橘林里穿行，但没见过亭子。那桥名为寿安桥，现在遗留的是清代所建，条石浆砌，桥面上曾经还有铺面三间，供过往行人歇息。文才一流的元结，在赏玩之时雅兴大发，撰《五如石铭》及序，刻于石上。

过“五如石”，沿潇水北行不过几百米，在东门村尾，有一湖，通潇水。湖中有石如鱼，“秋水落，石鱼现”，故名“石鱼湖”。元结公余之暇，一路游来，写下名作《石鱼湖上醉歌》并序。据说，湖岸原也有一亭，现也无踪影。

从南门口沿着北门街北去，出古城北门数里，是九井塘，就是元结曾经垂钓的地方。塘呈不规则牛轭形，水面宽不过五平方米，其神奇之处在于，塘底是石灰岩，浅处裸露水面，泉水从石隙中冒出，碧波粼粼，四季不涸。曾在塘岸边建有黄龙庙，祭祀元结，不知道什么年代被毁。而那条街，就是曾以元结的号“次山”命名过。20世纪80年代，我每天清晨在北门跑步，黄昏在那附近散步读书，只见有一电排站，在路边的田地间，零星可见一些突兀的石头，也不知道，可曾是元结那时见过的石头。

千百年的沧桑风雨和兵燹，多少代人的来来往往，沧海桑田，更足以把一个亭子、一个池塘倾毁夷平。幸运的是，元结给我们留下了这么多山水名篇，在一千多年后，我们还能在他留下的诗文里，寻觅到他留在这个土地上的气息和足迹，还可以读到这个古城曾经的一些奇石异水。特别是那条右溪，那条在今人眼里的下水道一样的阴沟，却也因为他的千古名篇而名播千载。

元结虽是盛唐诗人，在新旧《唐书》中有他一席之地，但他的主要业绩在于政事，其诗文虽然古朴清雅，却难以与后起的韩柳抗衡，故人们对他的印象似乎就比较淡薄了。就像那“月明星疏”的苍穹，不是星星自己的光辉太微弱了，而是参照的对象过于光芒夺人，在历史的天空中，被对方抢去了镜头，星光就为月辉所消融了。

元结似乎和那条右溪，一直有着一致的宿命。在文学史上，他毕竟写下了光辉的一章，虽不是浓墨重彩，但他毕竟有过耀眼的时刻；更重要的是，他在道州百姓的心里，是一个清正廉洁、敢为百姓请命的父母官，他在后世文人士子的心里永远被赞颂，像那条右溪一样，长歌千百年，不绝不涸。

奉荣梅，中国作家协会会员，资深编辑，专栏作家，主创散文随笔与读书札记，“浏阳河西岸诗群”成员。近二十年来倾心湖湘文化遗址田野考察，撰写《道州旧影》《古代寓湘文人寻踪》等系列历史文化散文，在多家报刊开设读书、历史随笔专栏。出版散文随笔集《浪漫的鱼》《寒花淡影》《迁客骚人潇湘情》(合著)《品读长沙·风流人物》等。

愚溪，愚溪

□杨　丹

隔着一千二百多年的时光，裹一身七月的骄阳，我在心里轻轻地说："愚溪，我来了，我又来了。"

目光抚过眼前的小溪，心头滑过一缕失望。溪面不宽，两岸杂草丛生，由于连日下雨，水质混浊，水流汹涌。

想象中，那溪应是清澈见底的：游鱼在自由地穿梭，鹅卵石懒懒地躺在溪底，偶有圆滑的青石露出水面，那是飞鸟蜻蜓的驿站。潺潺水声中，嘉木挺立，修竹摇曳，白云悠然……若遇日头正好，溪面如镜，会将这一切倒映成一幅画。

这不是我第一次来愚溪，来拜谒柳子庙，但心中仍流淌着莫名而青涩的悸动。眼前之溪与心中之溪落差实在有点儿大，可这并未削减它在我心中的神圣感，反而更激发我一路访古寻幽的热情。水清濯我缨，水浊濯我足。愚溪之美，既在眼前，更在心中。

行走永州，如入宝地。这是太有故事和历史的一方山水。

永州古称零陵，得名于舜帝"南巡狩，崩于苍梧之野，葬于江南九疑，是为零陵"。零陵是我国夏代就已出现的全国三十四处重要地名之一，有两千一百多年建郡历史。因湘江与潇水在永州的萍洲汇合，故永州又雅称"潇湘"。

"挥毫当得江山助，不到潇湘岂有诗"，秀美的自然风光，深厚的人文底蕴，让自古前来永州“打卡”的名人络绎不绝：怀素、元结、颜真卿、寇准、米芾、苏轼苏辙兄弟、张浚张拭父子、陆游……但论永州山水的千古知音，当非柳宗元莫属。章士钊说：“世无子厚，山川之秘奥，遂乃千古无闻。”

如柳子般，施施而行，漫漫而游。我没有柳子“漱涤万物，牢笼百态”之笔，写不出“青树翠蔓，蒙络摇缀，参差披拂”之幽，描不了“若牛马之饮于溪，若熊罴之登于山”之奇，甚至来到了钴鉧潭边，由于河床的改变，硬是没感觉出“熨斗”的形状（钴鉧为“熨斗”之意）。可心，却一步步在行进中被填满，千年时空，一跃而过。

“自余为僇人，居是州，恒惴栗。”这是柳宗元“永州八记”首篇《始得西山宴游记》中的首句。意思是自从我成为受贬谪的罪人，住到永州来，常常感到忧惧不安。因“予以愚触罪”，柳宗元索性将在永州所见之景均以“愚”命名。溪叫愚溪，泉叫愚泉，丘叫愚丘，沟叫愚沟。一个“愚”字，几多辛酸。是希望能大智若愚，还是会在此终了余生，不得而知。可以肯定的，是永州的山水啊，消解安抚了他的不安。永州与柳宗元，彼此互相成就。

奔流不息的愚溪，任凭风霜拂面。溪水无言，蜿蜒东去，融入潇水。掬一捧愚溪的水，我仿佛打开了时光隧道的开关，触摸到了柳子无言的悲欢。

粼粼的波光中，那不停闪烁着的，不是深沉的母爱吗？

从“孟母三迁”到“岳母刺字”，从“临行密密缝”的慈爱到爱迪生妈妈对他各种奇思妙想的鼓励包容，古今中外，留下许多关于贤母教子、慈母爱子的故事。母亲是我们的第一任老师，也是我们终身的导师。弗洛伊德说：“受到母亲无限宠爱的人，一辈子都保持着征服者的感情，也就是保持着对成功的信心，在现实中也经常取得成功。”这说的其实是一种心理支持。

柳宗元也有一个深爱着他的伟大母亲。柳母卢氏，出身于著名的士族范阳卢姓，文化素养较高，贤淑有见识。她生有二女一子，柳宗元是最小的。四岁那年，父亲柳镇去了南方任职，母亲卢氏带领他住在京西庄园里，教年幼的他背诵古赋十四首等诗文。“永贞革新”失败（805），柳宗元被贬官永州时，他的父亲早已去世，两个姐姐先后病殁，母亲垂暮之年，强忍丧女之痛，跟随唯一的儿子来到这南荒之地，没有丝毫怨言。她还安慰儿子说，“明者不悼往事，吾未尝有戚戚也”。

初被贬邵州刺史，赴任路上再被贬永州司马。“永州司马员外置同正员”，这是柳宗元在永州的职务，司马的官位为六品上。“员外”就是编制之外的人员，也就是个“闲员”，只领俸禄不管事。初到永州的他，没有地方可住，只得借住在龙兴寺的西厢房。

年迈的老母亲长途奔劳，身心俱疲，加上水土不服，生活条件恶劣，不久就病倒了，不到半年就去世了。

本为天之骄子，一朝获罪，从繁华的京城长安来到荒僻的永州，相依为命的老母亲又因受连累而去世，柳宗元内心的悲愤可想而知。这还不够惨。因为是获罪之身，他“不得归奉丧事以尽其志”，是堂弟替他将亡母归葬回乡的。

无法想象柳子当时的沉痛。虽说“国家不幸诗家幸，赋到沧桑句便工”，永州的山水要感谢柳宗元的这段经历，可这样的日子毕竟严重损害了他的健康。没几年，他竟“行则膝颤、坐则髀痹”。

在愚溪的浪花里，还绽放着流传千古的友谊之花。

美国思想家爱默生说：“友谊是人生的调味品，也是人生的止痛药。”柳宗元有一位可当止痛药的“生死之交”，那就是“诗豪”刘禹锡。两人同科登进士，有同年之谊，同怀报国之志，同历“永贞革新”，革新失败后，同被贬谪，同在诗文上造诣很深，是中唐文坛上著名的“双子星”。

两人的第一次见面，是793年，进士及第后在长安大慈恩寺内的大雁塔。

唐朝初年，科举盛行，为表礼遇，中了进士的学子可以“雁塔题名”，即到大雁塔内题上自己的名字或感言。这是个莫大的荣耀，也是当时风靡一时的雅事。这一年，柳宗元二十一岁，刘禹锡二十二岁，精英俊彦，同气相求，惺惺相惜，遂为知己。

据史载，唐朝共开科举二百六十八次，录取进士总数七千四百四十八人，平均每次不到二十八人，进士的稀有和难度可想而知。“三十老明经，五十少进士”，刘柳二人如此年轻就中进士，可谓了不得，一时声名大振。

了不得到什么程度？我们也许可以从白居易的题诗“慈恩塔下题名处，十七人中最少年”得到旁证：那一年进士共有十七位，白居易是最年轻的，同侪都比他年长。那是贞元十六年（800），白居易二十八岁。

在柳宗元被贬永州的同时，刘禹锡被贬朗州（今湖南常德）。两人书信往来十余年，唱和、辩论、探讨诗文和哲学问题。相较于柳宗元的敏感内向，刘禹锡性格更刚毅豁达。这从他被贬后所作的《秋词》“自古逢秋悲寂寥，我言秋日胜春朝”以及《陋室铭》可以看出。好友间的交流，尤其是刘禹锡的乐观坚强，应该为柳宗元那孤寂苍凉的日子增添了不少光亮与慰藉吧！

被贬出京城十年后，刘、柳二人奉诏回到长安，但不久又同被再贬。起因是刘禹锡在两人游长安玄都观时写的一首诗，“玄都观里桃千树，尽是刘郎去后栽”。权贵们觉得从诗里听到了牢骚和不满，于是，“刘郎”被贬播州刺史，“柳郎”被贬柳州刺史。

播州在今贵州遵义，比柳州条件更恶劣。柳宗元不仅没埋怨好友，反而为他忧心不已，刘母已年近八十，此番调往播州，必为死别。于是，他以孝道向朝廷上奏，希望能让刘禹锡去柳州，自己替他去播州。御史中丞裴度被感动了，帮忙求情，刘禹锡得以改播州为连州。

有友如此，夫复何求！“以柳易播”遂成佳话。

两人结伴同行再贬之路。走到湖南衡阳，不得不就此别过。无限感慨，付与诗中。柳宗元先赠诗一首《衡阳与梦得分路赠别》，“垂泪千行便濯缨”，刘禹锡答诗《再授连州至衡阳酬柳柳州赠别》，“相望长吟有所思”。你来我往，依依惜别。

在四十七岁盛年病逝于柳州之前，柳宗元曾遗书托孤于刘禹锡，请他抚养幼子，整理文稿，送其还乡。闻知噩耗，刘禹锡“惊号大哭，如得狂病”，曾三写《祭柳员外文》以疏解思念之情，并作有《伤愚溪》一诗。对于好友的临终托付，刘禹锡均一一办好：护送灵柩回故乡，使其叶落归根；待柳宗元的遗孤“同于己子”，将他们抚育成人；花了二十余年的时间为好友整理遗稿，编纂成集，即三十卷的《唐故柳州刺史柳君集》。生死相托，肝胆相照，大抵如此。

不知愚溪岸边的草木间，可曾有异蛇？千年的时光镜中，那“黑质而白章”之异蛇，成为永州偏远落后不开化的标志物，也是柳子为民请命的象征。

无论居庙堂之高，还是处江湖之远，他都在关心百姓的疾苦，敢为人民鼓与呼。政敌的迫害，生活的磨难，没有泯灭他替百姓做实事的初衷，没有消磨他立身行道的勇毅，没有污染他热血激荡的灵魂。他伟大的人格，与灿烂的华章，均与永州山水融为一体，辉映于天地间。

他寄情于山水，但对待人生的态度始终是积极执着的。他一生有两项重大活动：一是参与“永贞革新”，一是领导古文运动。他既身体力行了“励材能，兴功力，致大康于民，垂不灭之声”的政治理想，又和韩愈一道倡导了“文以明道”的古文运动，提出以儒家经典为“取道之源”。

柳宗元在永州生活了十年，不仅写下“永州八记”，《柳河东集》的五百四十多篇诗文中有三百一十七篇也创作于永州，给后人留下了一笔巨大的思想财富。

之后，在柳州任刺史期间，他更是致力于与人民生活息息相关的改革，如废除了人身典押的陋习，释放奴婢，还兴办学校，开荒建设，开凿水井，推广医学。老百姓为了纪念他，建了柳侯祠。

“欸乃一声山水绿”，一千多年的时光，多少风流已被雨打风吹去。盈盈在《渔翁》里的清波，与不舍昼夜的愚溪水一样，今天仍然能够洗亮我们的眼睛。

临近小暑，正是湘南最热的时节。可透过岁月的缝隙，我似乎看到了漫天风雪的愚溪之畔，正坐着一个静默的、孤舟独钓的蓑笠翁。

杨丹，湘西凤凰县人，土家族，《湖南日报》“湘江周刊”主编、资深记者、高级编辑，湖南省散文学会副会长，湖南省作家协会会员。曾多次获中国新闻奖和湖南新闻奖。发表散文作品若干。

石语绝色

□ 袁姣素

去到永州，我们一行循着柳子足迹，探访了钴鉧潭、小石潭，从袁家渴沿潇水而上，又看了石渠旧址，跟随柳子笔下的山随水转，人与石语，一路向南，就到了湘南边陲的江永县了。几经迂回，眼前忽然一亮，一块巨大的“寻梦勾蓝”于眼前一晃，便到了勾蓝瑶寨。

也许，勾蓝的神秘在于“勾蓝”本身。三个原始古朴的瑶族村落环抱在群山拱卫之中，如三块璞玉掩映在青山绿水之间，小是小了点儿，也不亮眼，却鸡犬相闻，男耕女织，一派淳朴、安宁、素颜的天然之态。“勾蓝”又是个独特的存在，“四个鸡蛋定终身，这下勾蓝的鸡蛋要被抢购一空了”。一群人不由得哈哈大笑起来，惹得几个青年男子的阔脸倒像是刚下完鸡蛋的母鸡一样羞红起来。在盘王的地盘，“男嫁女娶”的民俗沿袭至今，让江永的山水也变得柔情蜜意，超凡脱俗。而这片水土养育的人文智慧，竟就孕育了千年的女书文化，成为世界性别文化的发源之地，有专属于女性的文字与节日，使得勾蓝又多了一重神秘与象征。

千年以来，江永的山水流转，承载着繁衍生息的人们，日出月白，炊烟袅袅，在时光的润泽下，循环往复，弥漫开去，似一幅汲取了天地灵气的八卦图。而我们这群身着汉服的闯入者，投身其间，蹚过绵长、清幽的兰溪，在溪水叮咚、潺潺耳语中沿潇贺古道攀缘而上，一路笑语欢歌，聒噪四起，打破了勾蓝的宁静。进得山林，但见山岚葱茏，碧翠如盖，口鼻之间清新馥郁，令人心旷神怡，脚下生风。跳入眼帘的还有一大景观，便是沿路的石头颇多，高耸在溪水中的，埋伏于山林间的，蜿蜒在各个关道隘口的……各是各的姿态相貌，各有各的石语石味。我们脚下的潇贺古道就是一条石头驿道，石径曲折，大小不一，周围的青黛之色在时间的水墨中晕染开来，装点着它们古老的容颜；水墨的至柔，石头的阳刚，让人仿若穿越了时空，体味到了天地灵气陶冶而出的阴阳之美；或是岁月洗磨，阴阳开阖，使得江永的古驿道都有了特殊的气味。

大地无言，石径有语。步入江永的茶马古道，似乎无意间就开启了勾蓝与外界的密语。风吹万物，大地生长，人有喜怒哀乐，石头亦有万象；它在风雨侵蚀中感应着时光里行走来去的路人、动物、流水、花草传递在身上的悲欢离合，瞬息万变。如斯，这条茶马古道可曾留下过柳子的足音和体温？悠悠岁月，远古之事，今人不知，石头知道。在勾蓝与广西搭界的这条茶马古道，看似无言，却绵泽万语，把乡民自耕自织的粮食、茶叶、桐油以及做工精美的绣品运输出去，再换回人们需要的盐巴和其他货物。我们沿石径而上，站立顶端，瑶寨的房舍、稻田、清澈见底的溪水、形状各异的石头，一览无余，令人神清气爽，有风唧唧耳语，仿佛还能听到阿哥阿妹在山上对唱情歌。可见，这条血肉交融的情感线还链接着两地人们的姻亲嫁娶，演绎过多少感人和美好的传奇故事。这条连接两省的驿道由一道石城墙横亘其间，算是跨界的标志，城墙由几块巨大的石头搭建而成，牢固坚硬，易守难攻，隘口仅容一担挑夫或一驾马车通过，远远望去，蜿蜒而去的驿道全是光溜溜的石头。它们看似杂乱无章，却有着高低平仄的节奏与韵律，恰到好处地镶嵌在大地的纹理中，如一排耸立凸出的脊骨，又如一个个跳跃的音符，大小不一，老幼相携，那种骨肉相连的默契流淌在大山深处，默默无言，风雨无阻，千载不变，输送着过往的物资与文明……

与隘口迎面的是一座庄严而高大的戏台，两根巨大的檩条木头竖立前排，支撑着整个戏台的骨架。戏台已然斑驳，椽木色泽暗沉，台上寂然空荡，檐角蛛丝尘网迎风摇曳，昔日的闹热已不复存在，却仍坚挺如昨，默立山林，慈颜善目，迎来送往。当我们一行鱼贯而出，通过隘口，行走在驿道上，足音清脆，嘚嘚有声，竟有种时光倒流的恍惚。猛一抬头，仿佛穿越到千年前的一个午后，戏台上正唱着瑶族哭嫁歌，前台演出，后台准备，换装的换装，补妆的补妆，穿梭、忙碌，却又秩序井然。他们专注的神态俨然赴一场盛大的正规演出，锣鼓一响，报幕的报幕，上场的踩着鼓点鱼贯上场，身段、动作甚至表情，都是那么投入与到位，唱腔起落，字正腔圆，萦绕山林。村寨里的人们搬着自家的小木板凳早就占据了前面开阔的坪地，后面驿道上也站满了人，从对面隘口过来的马车和行人也伫立不去，纹丝不动，大家挨挨挤挤，时而欢呼，时而鼓掌，时而挥泪，时而静默。一些淘气的孩童，蹦跳几下，看不真切，干脆爬到路边的树上去了。拉货驼人的马或驴子，甩着尾巴驱赶蚊虫，竟也静静地一边嚼着路边的青草，一边抬头目视戏台，那浓重粗黑的睫毛也随之扑闪扑闪的，仿佛也沉浸在那或悲切或欢畅的故事中……突然，耳边的锣鼓之音消弭而去，但见一位身着瑶服、唇红齿白的年轻姑娘招呼着我们从驿道下来。不禁莞尔，原来眼前的场景复原是这位勾蓝女子的娓娓道来。

然眼前的戏台还是戏台，驿道仍是驿道，各有其貌，各表其味。与关隘城墙相视相连，与那条吸纳了千百年来人们的体温的驿道血脉交融，注目千年。这里的一草一木，一石一鸟，络绎不绝的行人，或动或静的生灵，都在它们的相视无言中走过，飞过，活过，沉入岁月，幻化而羽。都说石头坚硬，冥顽不灵，而这条从古至今被无数人踩踏过的石头驿道，是大地的生灵，是自然的孩子，它从历史的皱褶处而来，栉风沐雨，吐纳天地之气，历经繁华与转世尘空；默默轮回、遁入归隐，成为时间的证人，历史的隐者；它洒脱、快意、不羁，载风而过，逶迤而去，绵延不绝；比石头还石头，比阳光更阳光，自成风景，言说千古一绝。

从欧阳修的“画图曾识零陵郡，今日方知画不如”，可谙陆游的“不到潇湘岂有诗”。

行走潇湘，一路诗意。既到江永，上甘棠村的月陂亭不容错过。这个天然的石亭，鬼斧神工，是大自然的杰作，是古代通往两广的古驿要道，可供行人休憩，亦是文人雅士驻足流连、吟诗作赋之处。驿道风景如画，亭旁有纵深凿壁，有二十七块古代石刻，绵延唐、宋、元、明、清五个朝代。镌刻内容辐射广泛，有叙事、唱和诗、八景诗，亦有劝谕文、感怀诗，千年之石刻家谱。伫立碑前，默诵古人的千古文章，品咂其中的人生经验与感怀心得，竟有心神合一的意会与通融。古往今来，以石刻体现文化景观，少之又少，罕见，珍贵，洞见古人智慧。历史是时间的沉淀，亦是生活的明镜。据《宋史·文天祥传》记述，咸淳九年（1273），广西恭城秦孟四起义军攻破永明，安抚使江万里委派文天祥赴永明县平定秦孟四起义，驻军湘桂交界的上甘棠村。一天，文天祥经过“濂溪书院”，目睹书院墙上“忠、孝、礼、仪”四字驻足不前，沉吟良久，顿生感慨。其时，周敦顾、朱熹的理学思想已在民间形成一定的影响，文天祥对周敦颐的《爱莲说》更是推崇。时值元兵大举南侵，南宋已到危急之时，文天祥为坚定“忠君报国”之心，挥笔写下“忠孝廉节”的题词。据说，题词原是写在大布上，一个字就是一块布。乾隆二十八年（1763），永明县令王伟士十分崇敬文天祥，得知布快要腐烂，便叫人把这四字镌刻在月陂亭石壁上，留与后人。直至今日，摹刻的“忠孝廉节”碑赫然在目，字字嵌入石壁，遒劲有力，气势磅礴，浑然天成。见字如面，不管史料如何，今日的我们伫立碑刻驿道，仍是心潮起伏，耳畔仿佛传来千年战马的嘶鸣，“留取丹心照汗青”的铿锵之音经久不息，流传千古，让今日的我们仍能感知这个久远的故事的温度，拊掌触摸，令人思绪联袂，穿越时空，欲觅古人行踪。

令人叹奇的是，驿道上方是一块巨大的岩石，并不见泥土，岩石顶上却树木成荫，正好为这些碑刻遮风挡雨，也为行人支起了天然屏障，免去日晒雨淋之忧。行吟驿道，冬暖夏凉，清风送爽，无比惬意，许是天公作美，驿道上全是岩石，晴不沾灰，雨不带泥，干净爽利。竖立驿道旁的摩崖石刻更添了上甘棠村千年的神秘与厚重。足踏驿道，如沐梵音，一首“独石时耕景色明，甘棠晓读旧书声。山亭隐士敲棋局，清涧渔翁坐钓亭。西岭晴云浓复淡，昂山毓秀翠还青。龟山夕照纱笼晚，芳寺晓钟对鹤鸣”萦绕在耳，此际晚霞辉映，人影重叠，仿有古人随行，一路衣袂飘飘，诗词歌赋，次第花开，经久不息。如此，月陂亭驿道就不单单是一条驿道了，在石头上开出的诗篇，活色生香的道德文化，琅琅有声，开枝散叶，染碧山水，生生不息。

与月陂亭一河之隔、成掎角之势的文昌阁下就是步瀛桥了。这是一座三孔石拱桥，是到目前为止发现的唯一一座宋代古桥，千百年来，连通着湘南与桂北的运输往来，是古驿道上的重要交通枢纽。步瀛桥由清一色的青石板组成，三个拱桥采用半圆形薄拱，造型别致，清朴脱俗。它的神奇在于塌了半边，却仍横亘河上，坚固无比，千年不倒。踏上这座古桥，望着那欲塌未塌的桥沿方石，竟步履稳健，丝毫不乱，行走如风，顿生种种说不清的久远与神秘。

既有千年历史，定有神奇传说。据载，该桥始建于宋靖康元年（1126），由当时的周氏“族之长者”周惟广、周惟彦等“唱率子侄偕族属辈”而修建，此桥还有另一名字，古称“渡仙桥”。传说建成后，举行踩桥仪式时，正好碰上八仙云游至此。八仙下到凡间，也走到桥上，不想铁拐李用脚使劲一跺，石块震落，桥就塌了半边。百姓见了，愁容满面，可铁拐李却哈哈大笑起来“只塌了半边，是座好桥！从此以后，只要桥上落下一块石头，上甘棠村就会出一位七品以上官员”。仙人不打诳语。据说，桥上一共落下一百零二块石头，上甘棠村果真就出了一百零二位七品以上的官员。传说甚是神奇，真假难辨，欲说还休。但若是走得累了，坐在步瀛桥的石阶上歇息一下，举目四望，但见田畴碧浪，清风送香，衬着炊烟人家，在湛蓝的天幕下，一幅田园风光，如诗如画。再远眺上甘棠村，依山傍水，天高气爽；村寨青砖黛瓦，勾檐翘角，错落有致；几对扛锄归去的阿哥阿妹点缀其间……好一派静谧、祥和、恬淡之态，世外桃源亦莫过如此吧！

静心屏听，谢沐河蜿蜒而下的潺潺之音，在耳一侧，沁人心肺。这座神奇之桥下的流水竟也承载着神奇的故事。据说，谢沐河由两条河流汇入而成，谢水来源于都庞岭雄川的高山雨水，沐水则出自石灰岩洞穴中的涓涓潜流，故称为雌雄水。阴阳谢、沐二水原本各遵其道，当流至昂山脚下时不期而遇，由此，来自天地的两条流水，一清一浊，阴阳相合，水乳交融，诞生了这条永不停歇的谢沐河。千百年来，青山、古道、石桥、流水、天地自然，滋养孕育出了上甘棠这方风水宝地。据说，上甘棠村还是全国有名的双胞胎村，自古以来，村民养育的子女以双胞胎居多，许是谢沐河哺育使然罢。

暮色渐浓，沉醉于斯的我们不忍归去，多想再吸一口山中的空气，摘一片绿叶，掬一捧溪水，走一回石头驿道，与古人诗酒茶话，挥洒豪气风流……再回首，我们立于苍穹之下，仿佛有人再次踏入江永的茶马古道，驻足月陂亭，走上步瀛桥，夕照倒映河水，眼望万里长空，立于天地，静如处子，一时之间，影像重叠，竟分不清融入这人间奇观的是古人还是现时的我们。

然千年已远，今人如斯。江永的石头驿道在时间的轮回中定格，生发，自成人间风景，自在高古远意，自有石语绝色。

袁姣素，湖南省文联文艺创作与研究中心《湘江文艺》编辑部编辑，研究方向为中国现当代文学。

永山永水行记

□ 张雪云

余久居武陵雪峰之隅，四围苍然，小村一二，点缀其间。时观墟烟浮动，冉冉升腾，四野暖暖，杳藐深远，其间多有可爱。然丘山见惯，略无奥秘，宜痴坐相对，宜暇刻伫想者亦鲜矣。壬寅季夏，余自蓝溪出，逐沅水东行，逾桃源，过常德，越资水而抵星城，立东城天心古阁，观河西岳麓之野，但见湘流北去，洲浮云起，一碧溶溶。是日晨，雾霭濛漾，长烟引素，簇簇幽林，芳草未歇，乃与众始游潇湘。

洞庭之渊，潇湘之浦，谓潇者，水清也。潇水出九疑三分石，过大洋出青口，入于泷，径流百余里，于古郡零陵萍岛合于湘水，始得潇湘雅称。溯潇水，向西，向南，山巍林茂，飞瀑千寻，陆瞰不测之渊，水多错阵之石，尽有山圩水市，州邑之胜，宜樵宜渔，宜诗宜赋。高山浮云处，水天一色，熙然可亲；近水幽亭边，弦歌清韵，渊然可近。夹岸城郭，幽秀其中，文有文曲，武有武庙，半山半埠，皓月濯烟，皎洁新鲜，漏石嶙峋，百叠成岭，俨然可畏。明山秀水，嘉木繁荫，皆自然馈赠。循名觅踪，玲珑款行，赏之，乐之，安之。

永山永水，四时竞妍，萍洲春涨，可想桃红，绿天蕉影，堪发幽思，夏则恩院风荷，楚楚有致，冬有愚溪眺雪，夹岸皑皑。更兼一蓑香零烟雨，满城山寺晚钟，然若子厚不到，到而不游，游而不记，则其山川官奥，千古无闻矣。丘山、潭石、溪涧、游鱼，因柳子之诗文，今犹耀采，石崖有元郎之颂辞，鲁公之笔迹，垂芳后世。永之山水，因柳子八记而幸，柳之左迁异域，彷徨羁旅，虽材不为世用，道不行于时，然山之绮逻诡谲，水之悄怆幽邃，雄深雅健，仁智之乐，固所自得，亦柳子之幸也。

沿途所见闻者，楚岫云归，飞鸟出林；渔舟倚岸，柳荫蝉鸣。落花水香，夜雨天霁，欸乃一声，波光粼粼。群峰攒聚，环抉东向，谒柳子庙，观小石潭，访濂溪书院，祭盘王殿，寻上甘棠，品洗泥宴，赏瑶乡歌舞。虽行色匆匆，舟车劳顿，然乡人情厚谊深，醇醉流年，深悦其中，感山环成坞，锦绣幽澄，人文荟萃，所见皆风物，所闻多奇趣，耳遇目得，一思一念间，可观，可品，可叹。

潇水岸，夕阳近，十里村庄，百里城邦，炊烟袅袅，熏风漫卷。愚溪畔，柳子庙，山水来归，黛瓦青墙，黄蕉丹荔，春秋报事，福我寿民，都是文章。书法碑记，石刻拓片，古意盎然，法度庄严。芳村外，小潭西，绿韵幽幽，隔了篁竹，水响清越，蝉鸣声声。千秋迭梦，道在人心，八愚千古，民至于今，尚受其惠。

谒周家大院，连阡累陌，稻浪起伏，荷叶田田，远山绵渺，廓外曛斜。至村，有老翁，袒胸赤足，憩于户外石阶上，以手捋须，意暇甚，若世事洞明，了然凡尘者。濂溪河畔，圣脉清泉，蕴藉奥妙，文气沛然，斯乃理学鼻祖诞生之乡，湖湘文化发祥之地。濂溪故居有院、有殿、有馆、有亭，形胜之地，建筑有常，中轴对称，尊卑有序，主次鲜明，规矩合度，隐隐有大气象。

入瑶都梦境，天清气朗。高山峡谷，溪流潺潺，清莹秀澈，锵鸣金石。万物峥嵘，草木竞发，山光水色，映人衣裳，照人眉睫。使人欣欣然安闲自在。和风且媚东郊，时物尚滋南薰。江永民谣，勾蓝瑶寨，马头墙、古寨门、守夜屋，檐饰彩绘，青瓦伶窗。门楼巷道，雕花抱石，穷工极态。城堡积石嵯峨，累累相连，古色古香，经久不衰。阳华胜迹，暖谷春容，有旧时八景，有奇婚异俗，寨内屋舍凉亭，舞榭歌台，清风明月，小桥流水，真世外桃源，一派天然画卷。

瑶族祖居地，千家峒寻幽。水秀山青，土厚载物，十二姓瑶民，十二截牛角，历经风雨，五百年后重聚合，长鼓铜铃歌不断，子子孙孙回龙源。千里寻亲，得成夙愿，寻根归峒，垒垒而进，缅怀先祖，共绎心声。千年上甘棠，勿剪勿伐，昂山毓秀，独石时耕，溯其渊源，可至汉唐。步瀛桥古朴，谢沐河静深，文昌阁典雅。有村史博物馆，文脉传承，乡风源远。月陂亭下摩崖碑林，溪河古道牛儿悠闲。八十一个他字歌，慈悲为上。乡风民俗，淳朴仁厚，宁静隽永，意之所安。

观摩崖石刻，穿岩通幽，独揽胜迹，蔚为大观。船游涔天河，青山盈盈，绿水迢迢，出以风韵，态度幽娴。山影重重，枝叶扶疏，犹见芭蕉滴翠，一泓漾之。抵爱情小镇，许愿塔前，桃花岛上，水木明瑟，默许虔诚。歇桐冲口，品洪沙大宴，观篝火晚会，感风物淳淳，灯火煌煌。夷勉堂前，云山雾罩，鱼鸟藻荇，溪水淙淙；风雨长廊，载歌载舞，乐而忘返，俱有情致。

天地之廓，得山之耸拔，或轩邈，或逶迤，或磅礴；得水之潺浸，或清浅，或回环，或激荡。山环水绕，山得水而翠蔓，水得山而清妩。夫山，仁者之所乐；夫水，智者之所喜。仁者静，智者动，动静之间，眉眼盈盈处，青山行不尽，绿水去何长。同游皆雅士，谈诗论文，研文章之法，叙文学情怀，挥洒笔墨才情，书之，吟之，歌之。

平明行，雨歇风止，烟笼雾锁。昨夜有雨，可为潇湘夜雨？昨日有风，可是汉唐之风？风雨皆去，山水有深意，余亦有愿景，如弘祖，山水为邻，烟霞为友，翠微熹光，掩映其中，云帆远近，纵送目前，风池分付夔龙去，万顷潇湘属湛然。永山永水，潇湘之美，五色鲜明，锦绣纷叠，莫可一一言语，是为记。

（原载于《广西民族报》）

张雪云，苗族，中国作家协会会员，中国民间文艺家协会会员，湖南省报告文学学会副会长，文学创作二级，供职于湖南省作家协会毛泽东文学院。有多篇文学作品发表于省内外报刊杂志，散文集《蓝渡》入选“二十一世纪文学之星”丛书，报告文学集《桃李春风》入选“脱贫攻坚在湖南”系列丛书，并荣获长沙市“五个一工程奖”。

『新永州八记』山水题材征文获奖作品

一等奖

母亲眼中的山水

□ 刘笑宇

倘若我心中的山水，你眼中能看到，我便一步一莲花祈祷。

——题记

风死了。

这个七月，在永州，是流火的。十年前，趁休假，我领着母亲去古城祁阳。上午的城里，人多车多，水泥路冒烟。在县城转一圈后，热死人，想寻个清凉之地。

我知道在县城边，有一个地方叫浯溪，有浯溪碑林。其旁依湘江，缩天地于方寸之间。百十来亩土地，奇石耸立，绿树掩映。仰天地造化，鬼斧神工，造就了这个充满灵性的奇域。浩瀚天地间，这小小盆景，不甚雄浑，不甚壮观，奇和险也是小的。溪水蜿蜒，曲径通幽，小路崎岖而陡峭。

浯溪有山有水，整山的树木像一把大伞，想必凉快。但我和母亲来到这座小山，没走几步，汗水就冒出来。"天老爷连一滴眼泪都冇得""日头像惨白的纸""我儿子还是蛮土，带我到山包包来"，只会写自己名字的母亲，埋怨都带泥巴味。

母亲没出过远门，常年在山里转。对她而言，这个山包包，是有点儿老和土。旁边的湘江从古流到今，春天涨水，冬天见沙。河边起势的大石头和一块块石碑，年代已经许久。溪边石头上的青苔，绿得发黑。树木有老有新，日头射进来，地上印满一件件花衣服。偶尔有几声鸟叫，在这个季节，也是干干的。母亲不认得字，更不晓得什么元结、颜真卿、何绍基，这么多石碑，以为是谁的祖山。

在母亲看来，比起家乡的大山，这里是不起眼的。

家乡的山叫天明山，树大山莽，春夏秋冬色彩不同。过去人多田少，想把日子过甜，就得上山。母亲砍柴爬树、捡茶籽、割牛草、找蕨根、摘野果、挖草药……那里似乎有无尽的宝藏。母亲被毒蛇咬过、被黄蜂叮过，被野狗追过。有一次，砍柴回家，天黑了。她挑一担柴，发现前面有一个人影。她走，那影子也走，她停，那影子也停。母亲以为见鬼了，就壮着胆，朝那人影扔了块石头。那人影哇哇哇叫了起来，原来是村里的哑巴。恐惧让胆子练肥了。反正，山是母亲的命，也是孩子的养分。我考上高中，为了给我交学费，母亲天天去山里捡板栗卖。有一天从山坡上滑了下来，扭伤了脚，伤筋动骨一百天，急得母亲哭。

母亲眼中的山水，是艰难岁月可以补充营养的乳汁；是健壮水牛可以背动一年的生计；是点燃柴火不断升起的袅袅炊烟；是儿女走出山外念念不忘的汩汩清泉。

这浯溪是摆看的。春夏季节，浯溪花红水碧，鱼跃鸟飞，岚影沉浮，霞光掩映，这是读书人的讲法。这一圈水域多洲滩，有成片的芦苇起舞。如果母亲来，可以看到野鸭鹭鸶等水鸟，定会乐滋滋的。至于元结造字占山，写下《大唐中兴颂》，由颜真卿书刻于摩崖之上，元文、颜字，加之天工造就的峭岩，文奇、字奇、石奇，世称摩崖三绝，被尊为国宝，这些个名堂，是与母亲无关的。

爬到浯台，浯溪最高处，有一阵风吹来，母亲脸色好看多了。登高望远，母亲说，儿子，还莫讲，这地也好。一河水，晓不得难，一年四季照样流；一山的树，从石缝里长，弯弯扭扭的，可怜又有味，没事的人可以散心。你说那个姓元的官，一定是受了什么委屈，在这个水边边砌亭子，写东西，过日子。我们穷苦人家，哪有这份闲心。

母亲靠石头坐下来，突然发现，石头上有两个深深的脚掌印，顿时兴奋起来。说，哪个神仙，脚劲真大，可以把石头踩出来几寸深的印子。

母亲用手量量，用脚试试，像当年做草鞋打样。母亲打过草鞋，是从山上把笋壳捡回来，晒干、剪成片，揉成索，按尺寸，做成鞋，换成钱。记得村里死了人要抬上山，披麻戴孝穿草鞋是必需的，要不然脚会打滑，担不了力，寿器上不了山。

浯溪的山路平平仄仄，石头被踩得光溜溜的。山虽小，却也是上山容易下山难。此刻，七十多岁的母亲下山却比我们快。我知道，故乡的山路就是被许多母亲踩弯踩细的，再苦再累，山里人同样把平凡日子踩得顺顺溜溜。

浯溪真有一条清亮亮的溪水，不知从何而来，也不知向哪里去。母亲蹲下来，像在打量自己，继而用溪水洗了把脸。像在家乡的井边，打水前先打量自己，生怕脸上有烟渍。母亲经历过乱世，她知道如花的年华和美丽当不得饭吃，用处不大。但她见到水，是有感觉的，这感觉是常年捞鱼打虾积累的。丝瓜煮虾米，是母亲的拿手菜。即使穷，母亲也很讲究。梳好头发，她要抹上一点儿清油。母亲斗大的字不认得一箩筐，但发明过很多土得干净而有趣的山歌。心里苦时，寂寞时，她就唱。如：山对山来坡对坡，鼓对鼓，锣对锣，燕子对对回到窝。苦不苦，甜不甜，饿了露水也是甜，等等。

母亲把孩子当成小树来养。哥哥牙齿有点儿龅，就叫驼子树；妹妹偏瘦，叫长竹竿；弟弟调皮，叫刺毛树；我算听话的，好养，叫水桐树。目不识丁的母亲，在山里水里穿梭，心思像纳鞋底的线脚，缜缜密密。

在陪伴母亲的这一个上午，我一路走一路思考。我想，浯溪的水也是母性的，甚至是孤独的。作为母亲的儿子，不知道山一程水一程，见过无数风景的元结，是不是这样想的？不然，元刺史为何在母丧守制时，隐居蛮荒之地的这一处？

智者乐水，仁者乐山。763年，元结第一次路过浯溪，就爱上了这里。“爱其胜异，遂家溪畔，修耕钓以自资”。叹其潺潺汩汩，奔流不息，命名“浯溪”。“浯溪”之“浯”是元结首创出来的汉字，取“吾”之意。767年元结在《浯溪铭》中写道：“园林之美，豪富所私；山川之胜，天下公之，公者千古，私者一时。”他把浯溪并非当作“吾的溪”，而是当成了自己的精神家园。

比起柳宗元的“千万孤独”，元结是幸运的。作为平定安史之乱的中兴功臣，曾两次出任湖南道州（今道县）刺史，五过浯溪，对浯溪山水钟爱有加，留下了不少诗文。安史之乱时，唐肃宗召元结进京问策，元结上书《时议》三篇受到赏识，擢为右金吾兵曹参军，后又多任职务。761年安史之乱平定之年的八月，元结在江西九江写下了《大唐中兴颂》。其文高简古雅，义正词严，忠肝义胆，可谓金石之音，星斗之文，云烟之字。明代解缙在浯溪石镜摩崖边写道：“水洗浯溪镜石台，渔舟花草映江开，不如元结中兴颂，照见千秋事去来。”

母子连心。元结对母亲情深而愧疚，慨叹自己“将兵不得受，做官不至达，母老不得尽其责，母丧不得尽其哀”。在写下《大唐中兴颂》十年后，元结居母丧，隐居浯溪，徜徉于浯溪山水之间。面对天造地设的石壁，想起了自己在《大唐中兴颂》里的“歌颂大业，刻之金石”的夙愿。于是请好友颜真卿书写，请能工巧匠刻于石上，便有了“摩崖三绝”。

长长的岁月厚了，厚如高山；茫茫的历史深了，深如瀚海。千百年来，米芾、黄庭坚、范成大、朱熹、李清照、曹安、徐霞客、张耒、张孝祥、董其昌、王世贞、何绍基、吴大雨等文人墨客、高人雅士，在此挥洒风雅。从此，那些峻峭的山石变得灵动起来。元结清癯的面容，颜真卿慷慨磅礴的气度、笔力千钧的书法，何绍基柔中带刚的意蕴，陶铸寄情故园的不朽诗章，如此等等，淌金泻玉，流光溢彩，留下千年可范的儒雅和圣洁。一时间，浯溪刻画了永州祁阳精彩的印记。而今，《大唐中兴颂》字迹斑驳，依然可以托起一处名胜一方天地的风华。

风很低，浯溪水静静地流。母亲像要把水看出鱼虾来，我的思绪远了。

“这里山水是好，就是少了一座庙”，母亲喃喃地说。我说：“妈，这山下有一所学校。这个山包包风水好呢，我就是在这里考上吃国家粮的。”山里的孩子，像鸟飞出山，今又回到亮翅的地方，母亲终于明白我陪她来浯溪的原因了。

我与浯溪注定有缘。母亲不知道，我曾就读的祁阳三中，就在这座神奇的山下。我早读于浯溪，晚行于浯溪，梦醉于浯溪，眼前的浯溪碑林，不再是零星的艺术的碎片，而是不可磨灭的书法艺术的浓墨重彩和历史见证的精神符号。爱好书法，从浯溪始。我在这里经受了不止于山水的厚重洗礼。

毕业近四十年，山水依旧，母校已经改成“陶铸中学”，模样也变了。往事如烟，鬓毛挂霜，物是人非。怯怯的我，都不敢叩开学校的大门。

母亲看看我，看看校门口的松树，一句话也没说，眼泪流了下来。在此刻，母亲是不是想起了养猪砍柴卖山货送我读书的岁月，她是不是记起来当年与父亲吵架，拆房子卖瓦也要把我送出来的情景！

风来了！

一阵凉风从浯溪山上的绿树中吹来，吹动了母亲稀疏的白发，我用纸巾轻轻揩掉了母亲的眼泪。此刻，在山水间，母亲高大起来。母亲算不上智者，但一定是仁者。孩子们那些生命、青春、才华，原来不过是被时间不断挤掉的水分，不过是父母用坚毅和希望缝纫了山中月亮的缺角。父爱是山，母爱是水。我说，父母是儿女眼里不变的山水；而在父母眼中，儿女便是整个世界！

二等奖

水田的脸谱

——致蒋家湾或湘南

□ 蒋林奇

水田种稻，亦种憧憬。岁岁年年，踩着农谚和民谣的脚印，在白、绿、黄三种色泽及其恩光中，转换，推移，轮回。白水漠漠，绿波绵绵，金滔汤汤，便是祁阳城郊外东北处蒋家湾活版的农业景观和豪情时光。

白：一幅水墨的等待

蒋家湾槽门坐西朝东。门前一大片狭长的平川，似一张超大的芭蕉叶，仰面铺陈在大地上，南北绵延数里，祁水从中间懒懒地流过。经田园化和农业开发，水田已成井田。家乡人叫这儿大甸，湘南丘陵一个稻作区，祁阳盆地粮仓之一。

祁水河里的水，经良基滩河坝水轮泵低成本泵到河岸上高于田亩的渠道，常年自流灌溉，分泌乳汁和慈悲。

白，水田的长期素颜，在秋收后到下一年春插前。

田里留浅水，浸泡着泥土深邃浩瀚的睡梦。田休养生息，以水为介质，沤得泥巴、稻草、农家肥咕咕冒泡，为再次孕育积蓄力量和能量。

苍穹之下的大甸，空旷，蛤蜊白，线性的黑便是阡陌，即田埂。阡陌将平川分割成田亩、池塘、沟渠，宛若在白宣纸上打了格子。

白得虚灵。田、池塘、垄上，甸东边丘岗及远处挂榜山黛色峰峦，几只飞燕或一行鹭鸶，若添几条黑水牛及牛背上横吹的牧笛，再洇染几抹霏雨的朦胧，分明便是师牛堂欲说还休的梦底家山。

白是涟漪和细浪，水田悠悠的柔情和旋律。此时，旷野里只有牧鸭人将一根丈余长带梢鞭的竹竿插在田角，自己靠坐在草垛阳面打盹儿，任由鸭群在微波间展翅嬉戏追逐，掀起比风顽皮的水花。

风平浪静之时，水田如明镜，将天空及云朵的进行时写真实录，储存到泥土深处。

白霜、白雪、白冰冻子，是天空撒给田野的水晶、羊脂玉、珍珠、银子情谊，水之恩情周期表，米之德泽同位素。

“冬天打大霜，五谷堆满仓。”霜降到水里，冰清玉洁很快被水珍藏。霜落在田埂枯草上，如月光眷顾留着的痕迹。

经年，总会有几场冰雪降临蒋家湾。

“屋檐挂棒冰，种田不操心。”田里结一层一二指厚的冰，天生一味良药。亦有小毛孩推着底朝天的小板凳，试图滑行，给快乐插上翅膀。

“大雪小雪，谷米不缺。”偶尔弹匠弹成飞絮的漫天大雪，纷纷扬扬，如清洁剂泡沫喷在原野上。五爷袖着手，站在槽门石阶上，瞻望吉祥，边跺脚边赞叹：白玉满堂，好年成，好年成啊！

书载，吴冠中先生晚年独钟黑白二色，认为黑白是“视觉刺激之顶点”，将江南提炼、概括、抽象为黑白线条和方块的诗性意境意象。也许是他洞悉了水田极其简洁素朴却又浩繁博大的内核和本真，得了真经吧，创造出有别于木刻又让人倾倒的纯粹绝美和线性美育。

水田融雪，黑白有间，一派水墨气韵，多汁，多情。

大甸按捺不住骚动。

过罢元宵，被酒、龙灯、狮子、鞭炮、响器闹腾过的蒋家湾，迎来了酝酿一个冬天的数声响雷和几条闪电。雷电带着余醉，简洁并且隐约。

雨点儿并不一定能如期而至。有无雨点儿亦无关紧要，雷声电光已足够点燃春天的引信。

“燕子不到春不来，太阳不照花不开。”燕子和阳光一样身价不凡，像一个铁色的诺言，来了。燕子是春天的信使、序曲、宣言。燕子衔来谚语和童谣。燕子撒播的农谚和童谣一着泥，便会萌芽。

隐身术大师布谷鸟当然会抢抓时机开口，响亮又执着的话语，像深情的告白，在田野不知处飘荡，似乎在催促：“阿公阿婆，插秧割禾！阿公阿婆，插秧割禾！”

雨终究会来，淅淅沥沥，打在水面上，是轻漾和跳动的音符。小溪、圳坎里的水流动起来，且欢快着。

杏子坞老民的长棉袍袖子捂也捂不住，几粒水墨落进池塘、水田、小溪。胖头墨点在水中甩着长尾巴。它们是刚孵化的平仄，从唐诗宋词，从清明谷雨走来；它们是新春里懵懵懂懂的新兵蛋子。春天开始游动了。

白鹭，水田中的绝句，时或亭亭玉立，时或三三两两，时或成群结队，扑腾着翅膀，四处盘旋侦察，等待五爷和黑牯牛及犁田机掀开春天，翻出泥里鲜活的蚯蚓、蝼蛄、泥鳅，欢抢。

还有一白，便是稻花。稻花很低调，老是躲在叶子的拥抱中，羞羞答答的，其香也躲在青草稻叶之间，淡淡的。这种白被青葱翠绿掩映，没有梨花香雪那般抢眼，那般沁人心脾，几被忽略，其实很要不得。

绿：母性的波涛

我奶奶、我娘和本族众奶奶、婶子、伯娘从冲里成群结队走进蒋家湾，据说都是因为她们的父亲——竹木一样质朴的木匠、桶匠、篾匠、樵夫、伐木汉、背树佬，相中了槽门前这片茫茫水田。父亲们热切期望女儿一辈子像水稻一样得到肥沃幸福的滋养。

看过些许名山大川后，我便像我老外公一样老套了，偏爱大丘大甸，热爱水田稻浪。

水田一沾上春天湿漉漉暖烘烘的繁衍力，便会发芽。

几场雷雨，人们在甸中间奔走相告。田埂上眨眼之间便钻出无数探头探脑的草尖尖。

田野的绿是草的本性，总想如一块巨型翡翠，献出永远的纯粹的真诚的绿，生动，鲜活，浅绿、深绿、淡绿、浓绿、鲜绿、碧绿、油绿、墨绿……

孕育绿色，滋养天下，是职责，是使命，是理想，水田义不容辞。

“惊蛰蛤蟆叫，谷种浸三到。”谷种被水彻头彻尾淋透两三天，便打开生命传承的缝隙，两头白。稍扁平的一头生出稍长的白须，这是要扎进泥床的根；稍尖的一头冒出一点点白尖尖，这是将直指苍穹顶着露珠的芽。

秧谷跟着蛤蟆叫声，赶早下田，播下漫长繁忙农事的开场白。

艳阳一出，五爷比油菜花丛里的蜜蜂还积极，率先脱去棉袄，荷犁，赶着黑牯牛走向甸里。“一犁犁出千里路，一耙耙得水起花”，牛蹄子踢开的水花，飞溅着五爷高亢的吆喝声。

田野的绿，跟着谷种和秧苗，一场一场落泥，漫游，传播。

三周半以上的秧苗，赶紧扯出，扎成小蛮腰秧把子，也有育秧车间育出的秧盘，一股脑儿大张旗鼓地出阁，莳到大田里，开启一株水稻开枝散叶结籽壮粒的生命新征程。

“甸里大丘宽又长，郎妹插秧排成行。插到日头落了山，插到星子伴月光。”以前种田起早贪黑，扯秧、莳田、割禾、脱粒、担谷，都靠一双手、一双脚和一副肩膀，极辛苦。若种双季稻或三季稻，更需打泥滚出黑汗！有言道，一担汗水半箩谷。谷粒就是汗粒的集成。

现在，有插秧机从泥里滚过，留下一排排齐齐整整的绿诗行。或可在傍晚时分来到田埂上，手持秧苗往空中一抛，一把根须带泥的秧苗呈降落伞状落到泥里。第二天早上去瞧，秧苗已自动站立，笔挺着，任凭风吹浪打，根子牢牢地岿然不动。

历十天半月，田畴便禾苗依依，渺渺茫茫泛开淡淡的绿意。

整个原野，母亲孕育般庄重。

“芒种忙忙种，夏至谷怀胎。”怀了种的田垄上，农民三三两两，施肥，杀虫，薅田，一路环环相扣步步紧跟，深情地护卫抚育禾稻扎根、分蘖、拔节、抽穗、扬花、结实、灌浆、壮籽。

禾站立着，默默地履行着自己的职责。

扎出强劲的根系，联通水土与茎、叶、花、穗，联通阳光露珠，把水土无私的灵魂输进稻花深处，送上忠贞的稻浪。

与风雨同行，相依相伴。享受风的梳抚，接受雨的洗礼。绿波一浪接一浪，一浪追一浪，像曾经在田畴上跑过的我那野生童年。即使腰匍匐下去，很快又顽强直立起来，绝不在完成使命之前退场。

夜晚，田间喧哗。有了飞翔的萤火伴舞，最是“稻花香里说丰年，听取蛙声一片”。跌宕的蛙声，是盎然的田野奏鸣曲，氤氲泥巴气味、绿叶芬芳、稻花清香。

稻田青翠期，一粒谷从抢建嫩绿的谷壳起步。像宫胞，盛装水田、农夫和牛丰收的梦境。稻株用水田大恩大德酿制的白色生命浆汁，从稻秆的主干支脉和毛细血管一丝一缕一点一滴集结，入驻到稻壳里，再多糖化、淀粉化、果冻化，将壳鼓胀得饱饱满满，直到白白胖胖的米粒固化定形，被壳的金箔包得牢牢实实。

一株稻子终于举起丰盈抛物线的亮丽旌旗。

田野倾其所有竭尽所能，将一方水土的绿色希望，堆高、铺满。蒋家湾大甸，从无到有，由虚到实，稻菽涌浪，绿禾泛波，郁郁葱葱。

黄：丰赡与芳香的凯歌

如果说绿是水田的元音基调，那么黄应是水田芳香的凯歌。绿色终于捧出丰赡的籽实，一片土地最好的成色。

雁阵南飞，长唳划过长空，像秋天高洁的题跋。

黄色便给稻田镀金。

黄是劳动芳香的宪法。

凡·高的黄，激越、激昂、高亢、高贵、赏心悦目。

蒋家湾的黄偏向米勒的黄，是弯过腰的勃发地气的黄，像釉面一样质感富厚滴油，像跋涉后的夕阳，静美。

油菜花美学，是大甸充分利用闲暇时光嘹亮的春天灿烂的号角，是稻浪黄的前言。

勤快人秋冬种，水田开沟放干，栽上油菜。春风乍到，便将满天星子撒在田原。这种黄，不是目的，只是手段。目的是薄壳包着的黑籽粒。遍野黄澄澄的油菜花，粉嫩，水灵，鲜艳，被嗡嗡的蜜蜂亲吻得像竖琴弦索一样颤动。

油菜籽让春天的青翠叙事亦能流金。

蒋家湾对田畴的期望，就是如此直奔绿色母性的实际，多产高产，丰收丰饶。金色谷粒在晒谷坪被红爆子日头晒得蹦蹦跳，古法榨油厂响彻春油号子，便是农家欢乐的鼓点。

黄，可啖。黄，养命。黄，中用。黄，可期。

稻浪生生不息，浩浩荡荡，才是蒋家湾认定的正宗黄，主题黄，洪亮黄。

夏黄很短，在烈日灼烤下躲在支棱的半黄半绿的稻叶之间，不显山不露水，很快被“双抢”争分夺秒地抢下，堆集到晒谷场。

秋黄却耐咀嚼耐反刍多了。

“燕来催下秧，燕去米汤香。”燕子退出，鸿雁传书，田野和时节便从墨绿慢慢转黄。

黄，祖宗黄，血缘黄，雄雄赫赫，来了，乘着秋风，揣着希望。

风是稻浪的制造者，风景里的动词、动能。

“早禾南风节节高，晚禾北风呵呵笑。”一场又一场劲风哗哗啦啦，在稻子身上使劲刮扫，搓揉，掀起一重重大匍匐大膜拜的波浪，将太阳的光辉和金子的颜色，大块大块浓墨重彩地泼到稻子上。

大甸看似漫不经心却一天深似一天地，黄，金黄，铺天盖地地黄。

稻浪之上，除了风，时有一群群低飞的蜻蜓将天空遮得密不透风，这是短雨的征兆。另一些常客便是群飞的鹭鸶、山雀、八哥。禾垄间还不时窜出灰褐色禾鸡，以及一种土名叫麻钻的鸟，它们都将窝直接盘在粗壮的稻束肩部，下蛋，生儿育女。

稻子黄，有分量的黄。

黄熟近干透了便有了斤两，丰收的稻低垂着头，沉甸甸的。杂交稻尺余长的稻穗，禁不住下垂，穗尖趋近吃水线，谦恭地似乎要以深吻致敬自己的脚。这时微风显得力不从心，稻穗肩挨肩，头挤头，相拥相簇，攒动金砂般内敛的权重。

捋几穗金色谷粒，搓下饱含稻香的颗粒，用牙尖一咬，若嘎嘣脆，田野和秋天就熟了。

五爷的镰刀和打稻机，早已擦得锃亮。红壳子收割机，从机耕道上突突奔来。箩筐和蛇皮袋在田埂上排着队。

收割当然是一幕动人的景致。人们虽劳累，心里却敲着喜庆的锣鼓。大面积黄很快被堆成晒谷场上一座座丰满的小山包。

水田用一年时光，诞生黄，创造黄，黄的宏旨凯旋，黄的历史成就走向仓廪。一部土地的历史，何尝不是一部黄的历史？！

秋天扫尾的黄，便是坐落在田角的一堆堆草垛，似莫奈的印象画。

一蔸绿禾，田野主角，从舞台中央，历史前台，退到幕后，力挺力捧黄熟为中心、为主角、为目的。奉献谷穗，奉献金黄之后，老去的稻秆作为一棵草，退入另一种生命形态。

五爷说，粮草粮草，草和粮，平起平坐，万万不可“收了粮，丢了娘”。

稻草码成垛，便于收藏，不易枯黄，生机持久。道县玉蟾岩驯化稻后的乡土中国，稻草是农民不可或缺的生产生活资料，亲密伙伴。可饲养牛马驴骡，抚育我的牧鞭。可送出屋瓦上的炊烟，还可还田养田。稻草铺床，美其名曰“金丝毛毯”。祖先的历史和历史的我，就在这美名上滚爬孳息。

往草垛上靠上一靠，靠在金字塔式绵软的乡愁上，闻着草香，享受着窝巢的温暖，似不可抗拒地陷落，掉进胎息和人类童年软和幸福的包围。

田野是灵魂休憩场，草垛宛如一颗颗胖墩墩的金色的铜豌豆。

我陪五爷坐在槽门门槛上，红春联横批“万象更新”四个烫金大字悬在头顶。五爷指着门前这片水田，满怀热望地告诉我：“有工程师来甸里踩点儿，说以后种田不用面朝黄土背朝天，犁田、粑田、莳田、割禾、杀虫、除草，铁牛、无人机和机器人就是强劳力。甸里将安装摄像头，打开手机、遥控器，手指点一点就能稻花飘香。”

我听后比五爷还迫切，期待几千年的农业劳动快点儿从繁重体力向高科技智能颠覆性转型，遍植智慧绿色，波动微笑曲线，水田的脸谱，是稻浪永不停顿的簇新。

二等奖

从柳子庙到贾谊故居

□ 吴远华

但凡江南的城市，总得有那么一两条依山傍水的小巷，它们横亘在繁华市井和郁郁寡欢之间，青石地板和苍翠青苔掩盖着历史的沉默，偶尔被一两个历史过客的马蹄声惊醒，随即又像凌晨巷口贩卖完最后一杯豆浆的小贩欣欣然闭合了双眼。

我想说的两条小巷，一条是蜿蜒于潇湘水岸、西山脚下的柳子街；一条是横卧于湘江河畔、吐纳着繁华长沙的太平街。它们本都是自己城池里最为普通的存在，却因为南漂过来的贾夫子和柳河东各自在小巷深处的山川故人间洒下了几段笔墨、留下了几段佳话，这两条山水相连的普通江南小巷就活了。它们默默记录着离人的委屈，安放着楚人的柴米油盐酱醋茶；它们沉浸着江南的烟雨，旁观着文人墨客的瞻仰留恋。严嵩在《寻愚溪谒柳子庙》里写道："城青湘岸杂花草，洲晚渔歌唱竹枝。才子古来多谪宦，长沙也羡贾生辞。"隐隐道出了隐藏在柳子街和太平街历史尘封间的个体隐忍与宏大叙事间的矛盾撕裂。是的，在柳子街和太平街的深处，滤掉历史云烟和市井繁华后，你可以清晰地感受到一丝疼，它是柳河东在登临西山后"悠悠乎与颢气俱，而莫得其涯；洋洋乎与造物者游，而不知其所穷"的豁达乐观；是贾夫子在《鹏鸟赋》里"祸兮福所倚，福兮祸所伏"对世事无常的叹息。这种疼，来自后辈对两位文豪悲愤一生的哀叹，也是众生被他们清冷目光揭穿内心贫瘠后的无地自容。

从柳子街到太平街，是可以选择一叶扁舟顺着湘江蜿蜒而下的，但是十年前的我选择了搭乘绿皮列车轰隆奔赴。车厢内挤满了青春荷尔蒙和生活的嘈杂，车窗外流淌的是初夏的阳光和不远处闪现躲藏的湘江，碧波万顷，禾光连着水光，过雁城衡阳，须臾间就遇见了长沙的繁华，还有被热闹簇拥着的太平老街。

因为是湘西人，大山褶皱深处大大小小的老街巷子经过的不少，和太平老街的初次见面并不觉得惊艳。乍一看去，太平街也和它们差不多，仿古的街头牌坊，贩卖地方特产和纪念品的街头小铺，大隐隐于市的古董玩物，间隙点缀的酒吧清吧安放着一代人的青春年华，人声鼎沸、商贾云集是它留给我的第一印象。这时的它，就如同秦淮河畔的苏小小，浓妆淡抹，恰到好处，浅唱低吟着属于长沙人的楚风民谣，她假装看不见湘江对岸的岁月静好和城墙外的车马喧嚣。青石古道上的车马辙换了一道又一道，岁月匆匆，太平安好，终究没有敌过蒋某人在文夕年间的一把大火。这把火烧得惨烈，三天三夜将长沙的历史积蓄掏了个精光。但在火光四溅的深处，在两千一百多年前，贾夫子也在此地耗尽了他一生的才华和名望，他用三十三年的光阴为长沙、为太平老街篆刻下最深的惦记。我想，长沙人是感激和惦念贾夫子的，不然，世事流转，他生前的一方庭院如何又被保护和发扬得如此完好？现今的他，如同一位见惯了世事沧桑的老者，安静地坐在堂屋最里面的角落，眼角眯眯地看着后辈们儿孙满堂，偶尔有人的敬奉会让他有些欣喜和惊慌。

居于长沙已近十年，从放浪形骸于太平老街拐角处的酒吧到在人潮汹涌外踌躇，我始终都没有靠近读懂过贾谊故居，我怕被贾大夫穿越两千多年而依然冷峻的目光注视得无地自容。犹记得是同一位王姓好友一起跨入贾谊故居的，小院里的亭台楼榭和草木竹兰都成为脑海里的过眼云烟，印象最深的是院内的一口叫“怀仁井”的双眼古井，据说它的名头不亚于三里外的白沙井。但相对于白沙井的盛名远扬，怀仁井沉默得让人生疑，犹如它主人的眼神一样清冽深邃。那是盛夏时节，我将脸置于水井上方想一窥它的秘境。井不深，一眼就能看见底，水沉默不语，托举着两三片倦惫的夏叶，呆呆地注视着我，涟漪微微激起的清凉让我顿时忘却了夏日的焦躁。关于那次注视，我久久不能忘记，就像独行山间偶遇一条田园家犬，你注视着它，它警惕着你，沉默或者逃离都不是最佳选择。时间久了，我就将它想象成贾大夫的眼睛，满是不甘不屈，但眉目间的忧郁又渴望着世人的靠近和读懂。

从太平街口右拐可以上湘江码头，如有游船你可以上溯约五百里到达零陵，我不知道一千一百多年前的柳河东先生是否选择了这样一条坦途，但是我想他一定在长沙拜会了贾大夫，他们在诗里品酒论政，共叩“天问”。如有遇见，我想贾大夫一定会告诫柳河东先生政治的惊险，告诉他对长沙风物和人情的喜爱，不然在零陵后，他怎么能那么气定神闲地赏江雪、溯冉溪、登西山，信手拈来就开创了中国古典山水散文的一个高峰？永州人民对于柳河东先生是虔诚地惦记着的，虽然不是所有人都读懂了他的《江雪》和《捕蛇者说》，但毅然一砖一瓦地为他建起了一座庙堂，虽不宏大辉煌，但在永州人民的心头却重于千钧，当地每年的清明亦被称为祭柳节，经年流传，恒久不衰。

一个信仰古典唯物主义的文人和改革家，被后人堂堂正正地用一座庙堂供奉和纪念着，倘若泉下有知，他一定会挥毫洒墨和纪念他的人们辩论。当然，除了纪念，永州人也在柳河东文脉流传的熏陶下收获了抚慰与敬仰，说永州是一本读不完的书应是对一个湘南小城最高的褒扬，还有在它身边延绵开来的零陵古城和安居于其间的酒肆茶坊，无不沾染着柳河东先生的文气和孤傲，他们没有“酒香也怕巷子深”的担忧，一杯浊酒、一杯清茶，两三老友，须臾间就是一个午后。在所有的江南小城里，零陵古城最为宁静淡然，很容易让人忘记这是一个花了重金投入的商业旅游项目，也许是受到了隔壁柳子庙和柳子街太多殷泽的缘故。

夜色清凉，避开日间的繁华，我选择了在一个夜色阑珊的晚上再次靠近柳子街和柳子庙。萍洲路上樟树高大苍翠，在愚溪安稳的呼吸声中，我找到了柳子街的入口，麻石在月光下泛着冷光，陈旧的樟香在木楼间弥合聚散，阁楼上点缀着一些发黄的灯笼，那些门头上撕下又被贴上的对联，它们告诉着我这里万物的源远流长。沿着巷子蜿蜒前行约三百米，就遇见了柳子庙，然而高墙耸立，它仅仅用一副对联就打发了一个返乡人的念想，“山水来归黄蕉丹荔，春秋报事福我寿民”，河东先生一生挚友韩愈用近乎白话的文字为他的一生做了一个注解，也为后人的靠近拜祭立了一个规矩。是的，在这个夏夜里，我不该如此唐突地惊扰河东先生，犹记得那夜星空闪亮，无数的繁星围绕着柳子庙的高大门楼与之一同沉寂，将它融入灿烂的星海。有那个瞬间，我都想要告诉河东先生，我从长沙的太平街来，带来了贾大夫的问候，我想他们会变成一对挚友，不用孤钓江雪，而是像范仲淹一样在岳阳楼上用极致的华丽演绎这世间的美好。然而，眼前的愚溪静默，它捎着西小丘的问候、带着小石潭的幽深，一路洒脱地汇入了潇水湘江，它们终归会在橘子洲旁的一个渡口相遇。

从柳子庙到贾谊故居，从柳子街到太平街，因为湘江的一衣带水，柳河东和贾大夫用文人的柔弱呼喊，挑起了湖湘文化的半壁江山。而这个被我丈量了十年的距离，也因为交通方式的不断迭代而不再是遥不可及，在时光深处，我们也许会遇见他们两人在湘江泛舟、赏万山红遍。

三等奖

永州的盛宴

□ 刘佳音

一座有品的城市，必有自己独特的味道。

这种味道不只在于餐桌，用她的香、辣、鲜、嫩来款待你；更在于她，用独有的山水文化来诱惑你。这种味道弥漫于巍峨之高山，嶙峋之怪石，清越之江水，带来的都是振奋人心的芬芳。这种味道萦绕于典籍，历史的厚重藏于市井烟火，却于笔尖嗅到千年前的深情。

我要说的就是无与伦比的永州山水的味道。

在永州，徜徉山水间，沐浴文化里，一山、一水、一溪、一石组成的一桌别致的盛宴，绝对会让你大快朵颐，痛快淋漓。

山之宴

每个地方都有那么一座山，它自城市兴建之前便俯瞰城市，怀揣着这里最古老的传说和神秘的风景。只不过，永州很幸运，这样的山，远不止一座。

早在上古之时，舜帝就看中了这样一座山。为退出权力斗争，他选择在晚年南巡三苗，避居于四百里越城岭山脉的腹地，后世命名为舜皇山。重峦叠嶂，云海苍茫，在这一派秀丽之中，舜竟又生出开创事业的想法：他抚慰、教化三苗，示之以德，促使其移风易俗；来到弟弟象的封地——潇水流域的有卑国，重聚兄弟情谊，探索道德治理。《尚书》云“德自舜明”，舜皇山的存在似灯塔，默默普照着四千年前于这片大地点亮的德行。

然而，舜帝死后却并不葬在这里。舜禅禹位，南巡百越，崩于苍梧之野，葬于江南九疑。因以山为陵，谁也不清楚舜帝到底葬在哪座山下，故称九疑山。虽说不知舜帝位于何处，但九疑腹地深处那一柱擎天的三分巨石，就像是舜帝的化身，巍峨矗立。而周边“百里画廊”的座座山峰匍匐其下，形成“万山朝九疑”的胜景。朝拜三分石，朝圣舜帝陵，一种华夏文明的自豪感于群山深处油然而生，亦如山间云雾，翻腾不息。

永州的名山甚多，除了舜皇山和九疑山，还有一座高名山，那就是阳明山。《永州府志》载：“朝阳甫出，而山已明者，阳明山也。”属于萌渚岭的阳明山百分之七十的山峰在海拔一千米以上。群山连绵，山峰环立，海拔一千六百二十四米的主峰望佛台，上可观九疑，下可眺衡岳，山高谷幽，极目千里。

“天下名山僧占多。”明嘉靖年间，生于永州的秀峰禅师三十九岁时在阳明山万寿寺坐化成佛，其身不朽，被世宗皇帝封为七祖佛，并赐“名山千古仰，活佛万家朝”的寺联。自此，阳明山便成了参禅拜佛的圣地。传说蒋介石在退踞台湾前曾来到万寿寺，求高僧指点迷津，此后为感念高僧，便将台北的“草山”改为“阳明山”，为这个名字增添了一段秘密传奇。

崇阿座座，构成了永州的文化底色，也是这场山水盛宴的头盘。青葱树影，配以极天云雾，以红紫杜鹃饰之，佐以传说古迹，实乃千年共享之精品，沁人心脾。

水之宴

倘若把永州的山水比作一桌佳肴美馔，那潇水无疑就是最引人注目的那道。那颜色勾起食欲，那气味撩拨心弦，让食客们只想大快朵颐，贪婪地全身心浸没其中。

从永州火车站出发前往零陵古城，你势必会见到那条河。从车里望去，一条湛蓝的飘带自云朵间垂下，粼粼的光影，让人忍不住想要伸手去触摸。这样的蓝有些熟悉，我在“水景之王”九寨沟见过，在“高原明珠”洱海见过，可洱海毕竟不是“海”，九寨沟也只能称为“沟”，我还从未在这样一条宽阔的河中见到这种蓝。

还是得去看看那条河。落榻于古城零陵，没想到刚走出柳子街就和这抹蓝撞了个满怀。近看，这蓝的边沿是整块的清。澄澈的河水反射着细碎的阳光，思绪好像回到记忆深处的某个午后，在那里总有这样一条干净的水，承载着童年时柔软的记忆。水波摇荡，在心中泛起圈圈涟漪。

总该要踏上一次潇水的游船吧。泛舟其上，才能算得上是不虚此行。于是，驶向蘋岛的游船晃晃悠悠，载着多少这顷碧波的爱慕者。两岸青山依依，绿树疏朗，小船划开水波，进入画境。

在船上，凝望潇水，像是凝望一双眼睛。眼波流转，仿佛回到数千年前的潇水之滨。舜帝南巡而崩，娥皇、女英二妃，远望九疑，痛哭流涕。她们的泪洒于湘江之竹，竹上便生出点点斑纹。想必这泪也落入潇水，让这条河流淌千年仍带着汩汩痴情。也难怪林黛玉要将自己在大观园中的住处命名为“潇湘馆”，把诗社的别号取为“潇湘妃子”。“潇湘”二字好似林妹妹那双“似喜非喜含情目”。不知妹妹的眼泪是否也同二位湘夫人一样，从书里流进缓缓的江水之中。

掬起一把江水，像是触摸女子眼中噙住的泪，可放下这一捧澄澈，让它回归深远的湛蓝之中，又能看见另一种目光。它看似寂寞，却暗涌着坚定。“孤舟蓑笠翁，独钓寒江雪。”柳宗元笔下这位渔翁，代表的是潇水的另一面。天与地的寒冷孤寂似乎要将一切吞没，他却依旧独坐，带着凛然不可侵的坚决，在白茫茫的画布上留下自己的身影。是迫于生计也好，出于兴味也罢，这种独具意味的执着，让人于绝望中生出希望，也让他面前的这条潇水，除了女子的柔情，更多了份流淌千年的笃定。

山水如宴，风景如歌，无论来零陵小住还是长居，潇水总能给你惊喜。它是永州山水盛宴中难得的珍馐，品来唇齿留香，让人回味无穷。

溪之宴

言有尽，而水流潺潺，绵延不息。永州的水有太多故事，就算远离潇湘氤氲，躲入山间，这里的每条溪流都在向你款款走来，带着泠泠脆响和经年的脉脉深情。

这些溪流总是激起人的占有欲。不然谪居于此的柳宗元，为何要将冉溪改为愚溪，让这泓不谙世事的流水，染上自己的“愚”？又是缘何，移居江西莲花峰下的周敦颐，见峰前一溪，便取旧居濂溪以为水名，还以之为号，“濂溪先生”自此青史垂名？更不用说元结，一条无人问津的小溪流淌千年，仅为自爱之故，独创一“浯”字，当场就要将这涓涓清水“据为己有”……每个久居永州之人，似乎都要找到那条属于自己的小溪，唯有见它从身前流过，才能抚平百端交集的万千思绪。

同时，这些溪流也能唤起人的分享欲。纵使柳公云“天下某能争是溪，予得专而名焉”，他还是将愚溪“善鉴万类，清莹秀澈，锵鸣金石”之美入诗入文，引得欧阳修“欲买愚溪三亩地”。周敦颐更是将“濂溪”写入名字，日后，他的所思所想都彰显着溪水的清冽。“溪毛秀兮水清，可饭羹兮濯缨，不渔民利兮又何有于名。”濂溪有的不仅是美景，更是安身立命的至“诚”之道。至于浯溪，元结的《浯溪铭》为它打造了一张隽永的名片。“上摩石崖与天齐，江头落日云凄凄”，由唐到宋，从古至今，多少人来此长歌一曲，并以丹砂书刻，共享瞬间即永恒的心情。

一个是官场失意，贬居永州；一个是政事精绝，出生营道；一个是迎难而上，两拜道州。柳、周、元三人与永州的相遇如此不同，但面对眼前的一淙溪水，却生发出相似的感怀。这是这片土地赠予的慰藉之言。一道溪水，让人发现天地万物的更多可能，这溪如我，也如全世界。它似乎有一种力量，让所见之人更洒脱，更从容地面对人生。而正是带着这种力量，它于群山中走来，于时光不息中走来，熨帖着千百年来两岸之人以及所有抚摸过它柔美身段之人的心。

溪水醇香，溪水清冽，永州的溪，如一樽与山水华筵最相配的美酒，只是小酌一口，也有来自天地的悠长余韵。

石之宴

从九疑山到潇湘水，从愚溪至月岩，独自乘兴于永州游玩几日，却总觉得身边有人影相随。直至浯溪碑林，抬头看见石壁上镌刻的款款文字，我才发现，原来自己行迹所至的那么多地方，总有一个人在书丹刻帖，为这里的一池一木、一虫一鸟留下属于自己的千古诗篇。

清代《金石索》云："就山而凿之，曰摩崖。"自唐以降，永州的自然山水间多了表达文人兴味的摩崖石刻，为原始野性的风景增添了些许经时光沉淀的婉约。漫步浯溪，于颜真卿笔下的《大唐中兴颂》里，依稀能听见雄强圆厚的欢呼，那是对收复失地的歌颂；而在绿天庵蕉叶掩映下，怀素的《千字文》龙蛇翻卷，那是狂放不羁的醉僧飘逸无忌的修行。于柳子庙拾级而上，韩愈撰文，苏轼书丹，柳公坐堂，三人的身影在这块"荔子碑"前重叠，晃晃悠悠地走进千年岁月；又不知何时，米芾、黄庭坚泛舟潇湘，挥笔写就行云流水般况味悠长。楷隶行篆，横竖弯折，连点成线，碑刻将永州的山水串成乐谱，上面跳动着的是工匠锤凿錾刻的叮叮回响。

我曾思索，为何从古至今人们都执着于将字刻在石上？是希望这些文字能够与石一道实现不朽？与山，与水，与风，与月，跨越千年，在风化剥蚀中无限接近永恒。或者，这里的摩崖石刻，还有另一种可能。

说到永州的摩崖石刻，就不得不提一个人——元结。作为道州刺史，同时也是潇湘水石的知音，元结可谓这里摩崖石刻的开辟者，那些连绵成片的石刻群，或多或少都与他有着某种内在的联系：

唐永泰元年（765），借宿道观，游附近岩洞，题篆"无为洞"。永泰二年（766），三访浯溪，作"三铭"，令季康、瞿令问、袁滋书丹，刻于崖上。数月，至江华，作《阳华岩铭》，县令见之，摹于石壁。又登奇山，遇一亭，凉爽非常，作《寒亭记》，摹刻石上。初冬，经永州，见潇水西岸，怪石嶙峋，遂上岸，寻一岩洞，名曰朝阳岩，刻石作铭。大历二年（767），见一石，似龙，似虎，似雁，似龟，似觞，遂作《五如石铭》，命人刻于其上；又作《右溪铭》，加之以石刻。

我从未见过像元结这般摹刻的疯狂爱好者，像是想将一切言语以石为证，说与岁月听。但思忖片刻又发现，这些记山记水的文字似乎并不需要以石壁为媒。江上清风，山间明月，本身就是古今共适之不朽，何须文字佐以永恒？若想文章千古，书于纸上倒更便于传阅，费力篆刻于人迹罕至的山石间，岂不本末倒置？

或许摩崖，就是和风景本身的一种交流方式。这些文字，只有镌刻于此才能让花鸟水石听见，才能在第一时间让后世亲临此地之人感受那份跨越时空的惊艳。

一方方石刻，是山肴海错的菜单。永州的摩崖石刻，以最优美的方式，为这里的山水盛宴写下流传千年的注脚。

文之宴

千百年来，风景不语，但总有知音。将风景摹成画，撰成文，于史卷中展开，构成一桌流动的筵席。柳宗元就是永州山水的知音。“永州八记”就是一桌柳子家宴。

从潇水西岸的西山出发，途经愚溪西北面的钴鉧潭，潭边西小丘，再从小丘西行百二十步，便能找到“小石潭”。或者从永州南门出发，在南津渡过河，寻至沙沟湾村一处石岛，便是“袁家渴”。从袁家渴沿潇水而下，行半里可得一小溪，又折西行，可得“石渠”。从石渠继续沿潇水下，约一里，翻土山，穿石拱，可见“石涧”。最后，循愚溪之北山路而上，约一里，便到“小石城山”。

不过，若沿着柳宗元当年的路线游玩，你大概会失望。多年的城市建设，这一切早已不复千年前的样貌。但循着文字，我们依稀还能看见那些萦青缭白之景，感受这里曾经疏淡峻洁、清深意远的风情。

“笔笔眼前小景，笔笔天外奇情”，金圣叹这样评价《小石城山记》。的确，“永州八记”描绘的多是小丘、小潭、小石、小渠这般眼前小景。可这小丘有的是嘉木、美竹、奇石；小潭至清至寒，“潭中鱼可百许头，皆若空游无所依”“凄神寒骨，悄怆幽邃”；小石“若床若堂，若陈筵席，若限阃奥”；小渠“潭幅员减百尺，清深多倏鱼。又北曲行纡馀，睨若无穷”。这些眼前之景在柳宗元笔下逃离了往日的庸常，简单雕刻，却独具幽深的美学韵味。而这，或许就是文字的永恒魅力。

“永州八记”中有的绝不仅是一隅偏居荒芜的超然景致，还有柳公物我合一的纯真性灵。如柳公所言：“余虽不合于俗，亦颇以文墨自慰，漱涤万物，牢笼百态，而无所避之。”八记之中皆是性情文字，永州的一丘一石，在这里成了他不可多得的知音。观石如观己，这些隐于乡野的幽丽小景，若是安放于人烟辐辏的中原，定会获得更多欣赏，但如今却似与自己一般怀才难遇。不过，即便如此，它们的瑰丽没有于时光湮没，所幸，仍有“闲人”愿寻幽探胜，刻石以文，表白心迹。

想到这里，不知柳公是否快然饮酒，施施而行，漫漫而游的步伐里多了些许坚定。这是山水的神秘之法，它们总能给人以力量，踽踽独行的人生路，也因此生出花来。

美景，奇情。这场文之宴，更像是品完山水之后留在口中的回甘，复杂细腻到须调动起全部的情感体验。然后发现，那么多独特的滋味写在永州这本大书里。

三等奖

阳明山杜鹃记

□ 宋雪丽

东风一架蔷薇雪，老尽春风是杜鹃。

人间最美四月天。那份姹紫嫣红的美，是以杜鹃花开压轴的。

走遍千山万水，想起春天的风景，会想到多彩的杜鹃；想起山水的美丽，会想到永州中腹的阳明山。这些念想一旦重叠，阳明山的杜鹃就径直走了过来。

在五岭之一的都庞岭山脉，一千两百多米的海拔，让杜鹃花开的节点有些延后，可并不妨碍人们对它一见钟情。

在永州，你也许会觉得沧桑与传奇无处不在，眼前的诗画总容易被忽略掉。从自然和精神层面上来感受杜鹃盛开，享受大自然的恩赐，让过眼烟云成为白纸黑字里的回忆，是件令人愉悦的事情。

我们渴望原始风景，渴望自然呼吸，因为感触那里的第一缕阳光，抚摸那里的第一颗露珠，心灵很容易走向另一重高度。

天空，空旷如漠。我们驱车沿山路盘旋而上。

起伏的山峦像极了忽明忽暗的鱼鳞，让心也跟着明暗变换而起伏。

当一轮红日从山腰探出脸来，风景便开始闯入我们的视野。

阳光似一柄削铁如泥的宝剑，把朝霞截下一些交给阳明山，这才有了云锦杜鹃的盛开吧。那份自然韵律和自然水彩，容易让人产生共鸣，步入更加深邃的主题。

几只雄鹰似黑点一样，在山峰之上往复盘旋，它们仿佛已把这里当成了自己的家。

身无双飞翼，我们只能羡慕。

人过留声，花开当红。其实，这不是功利的说法，是一种自然的流露。花儿不及的地方，留白不能太过明显。譬如山峰，云雾会及时绕过去遮掩，山峰也顺势柔软和温暖起来。

站在阳明山，我触摸到了湘西南最绚烂饱满的晨光，它让心灵充满了明亮，让心灵注满了轻盈，那种奔涌的喜悦和自由的随想如影相随。

阳明山，你的名字应该叫自然。

阳光见灵见性。一串七彩光环，不用瞄准，就对着一片杜鹃。一朵又一朵的粉彩，一片又一片的热烈，一野又一野的诗画，潮水般地涌上阳明山。

白的、粉的、紫的、红的，你方唱罢我登场，由山脚向山脊层层推进。斑斓如锦的彩把人引入一种暖意和热烈之中。

直至一片杜鹃花海从四面八方把我们围住，我们才下车，认真端详起杜鹃花开。

如火如荼，灼灼而燃，轻歌曼舞。许多种杜鹃你追我赶地开着。

赢得光明磊落，输得也心甘情愿。它们只是在暗地里较劲，绝无一点儿权术。

它们自然率性，能借助风力相互打着手势。寂静无声，并不代表没有对话没有沟通，只是不语罢了。

外界的鼓唇摇舌，与己无关。

和煦的风里，目力所及似一幅摊开的山水画。十万亩辽阔固然震撼人心，可有些花儿还是一不小心开到了纸外，似乎它们已不是杜鹃花了，而是一条生命，需要露水再次滋润，需要轻风再次抚摸，需要阳光再次着色，便可化羽而去。

如果说走进阳明山就享受了诗画之美，享受了吐故纳新的安逸自如，那踏入杜鹃花海，绝对是一场奢侈的流水宴，那种氛围让你压根儿就不想离开。

贵族鹿角杜鹃、云锦杜鹃和素有花中“大熊猫”的猴头杜鹃捷足先登。“天下第一红”的头衔，并未让作为主角的红杜鹃踌躇满志。对于“第一”这个头衔，它是没有兴趣的。它们没有高矮胖瘦的说辞，没有多少深浅的比较，更没有高贵卑贱之说。

太多的人生是在重复，于杜鹃花来说却不是一回事，唯有层叠才是它们拥有潮水般张力的愿想。

与它们对视，旷古之美攫尽我全部的目光，淡然之际还给人一种启示，一种感召，一种勠力同心的演示。

万和湖在一旁笑而不语。

小草在杜鹃的感召下，也学会了坦然面对岁岁荣枯的规律，久而久之，俨然是一位小小思想家。

远远欣赏，不如置身其中。生命沐浴进壮观的杜鹃花海，灵魂也会在这片浸润侠骨柔肠的天地间升腾。

侧耳聆听，有花开的声音，有水流的声音，有大山的呼吸。

一座大山，片片花海完全脱离了红尘脂粉和喧嚣，以一种通灵隽永的气质风姿绰然地立于人们心头。

质朴的花，似一盏盏被拎在手心的小灯笼，站在路旁，站在山坡上，向高处一步一步蹚去。

这中国最大野生杜鹃群落，年年花红似海，可见阳明山不是谁捧红的，是自己长出来的。难怪，唐代文学家柳宗元、吕温，宋代文学家欧阳修，明代尚书陈荐、地理学家徐霞客等前呼后拥地赶来，留下无数唱和。

宇宙洪荒，命运多舛是一种常态。高处，连大树都待不下去的地方，那些杜鹃还向上慢慢挪着，一代又一代，从来没抱怨过，也从来没后悔过。

如果在阳明山上大喊一声，花朵的附和，鸟儿的附和，甚至那些露珠的附和，满山满谷。在这里，所有的生命都把阳明山当作自己的归宿，朝朝暮暮，年年岁岁。

杜鹃花发杜鹃啼，似血如朱一抹齐。

花开见性，花落见佛。生命的意义并不在于有多久，生命的长度并不代表高度。惊喜于花海之美，陶醉也罢，销魂也罢，出世入世的情怀，都可从不同的角度来解读。

凋零与不凋零，并不是衡量生命价值的标杆。花开花落，纵然是自然规律，但它让我领悟了时光的流失、生命的枯荣和岁月的无情。它们默默无闻，不代表就安于天命，温暖大地就是它的使命，就是阳明山雄立的含义。

开，就开得轰轰烈烈；美，就美得炉火纯青；红，就红出个光光鲜鲜。

在这片奇山秀水之中，可以丰满故事传说，可以让刀光剑影鲜活。那么杜鹃当是无数五角星落进了山野，暖风催开花千朵，才令人热血沸腾的。一个诗人说，没有埋葬先烈的地方，算不上热土。那么，我想问阳明山，是杜宇泣血丰盈了你，还是英雄精神浸染了你?

在花海簇拥里，永州古城，蜿蜒潇湘，皆收眼底。烟火的隔壁是烟火，阳明山就端坐人间烟火之中。

山峦夕照，暮归老牛，袅袅炊烟，都是这里的一部分。鸟来人不来，风景才是一种大寂寞。

山上方一日，人间或百年。

灿若云锦的美丽，终会在暮霭中渐渐沉寂，而杜鹃在夜色里仍用暖意软化夜的黑。直到清晨，一条由花海露珠聚成的小溪从山峰腋下欢腾而出时，一片土地、一座城市又敞开胸怀接受它的润泽和洗礼。

光阴可以把一个人从阳明山的杜鹃花海领走，但它却不能把阳明山的杜鹃花海从那个人心中领走。

花在等待人的时候，人也会等候一个季节。阳明山扬名立万，杜鹃花开即可。我们离开以后，这里就只有它们，相顾无言，心有灵犀了。

三等奖

永州：美文“钓客”柳宗元

□ 王晋军

“千山鸟飞绝，万径人踪灭。孤舟蓑笠翁，独钓寒江雪”，这是唐代大文豪柳宗元描写过的永州山水。

柳宗元一千二百多年前来到湖南，谪居永州，创作了千古名篇“永州八记”，开创了中国山水散文一代文风，永州因此被视为中国山水散文开篇之地，“柳河东”因而也成为永州的一张经久不衰的响亮的文化名片。

永州古称零陵，唐贞元二十一年（805）因“永贞革新”失败，三十二岁的京官柳宗元被贬邵州刺史，同年十一月，赴任途中再被贬永州司马。司马为编外闲职，实为流放之别名。唐代永州，僻远荒凉，素为谪官贬居之地。永州十年间，从形单影只的“潇湘游客”变身地地道道的“永州居民”，柳宗元深入民间体察民情，融入乡土识民心，为社会善恶颠倒而不平，为百姓痛苦而疾呼。他常常以“愚”自称，将冉溪改为“愚溪”，将新居自号“愚堂”，托愚明志，讽喻世态，其《捕蛇者说》等诗文就是旨在深刻揭露、控诉赋税对民众的盘剥伤害。

柳宗元被贬为邵州刺史后，雪上加霜的是，还未过长江，又接到被改贬永州司马的诏令，他受到更为沉重的打击。赴永州途中由洞庭湖上溯湘江，怀悲愤心情伫立汨罗江畔凭吊屈原，挥笔写就《吊屈原文》，该文与贾谊同题文有异曲同工之妙，堪称骚赋之续篇。柳宗元的散文风格自然流畅，幽深明净。他一生创作丰盛，议论文、传记、寓言、游记佳作频出。但是，还数他的山水游记最为脍炙人口，在他的笔下成就了一种独立的文学体裁，被后人膜拜，誉为“游记之祖”。

白云苍狗，风云际会，柳宗元在永州“独钓”岁月的难忘形象，每每在我的追忆中生动呈现。

《江雪》写在他担任永州司马时，那是他人生中最绝望的时光。无边无垠的大雪象征的正是唐代宦官当道的黑暗政治。这雪，让柳宗元与世隔绝，谁人可以抵达他的外部世界和精神内心？连可以传递信息的飞鸟都没有一只啊。全诗只用二十个字，表达了诗人在遭受打击之后不屈而又深感孤寂的情绪。天地间如此纯洁寂静，一尘不染，万籁无声。只有一位老渔翁独自在江心垂钓，一切显得空灵剔透、可见不可及。《江雪》不愧是唐代五言绝句中的精品，乃作者自我惟妙惟肖的真实写照，通过千山万径、鸟兽无踪、人迹不至的极端渲染，最大限度地刻画出寒江钓鱼翁的寂寞与孤高。光是想象这画面，便让人不觉屏住呼吸，只怕那呼吸声点破这天地一片寂静，将那超脱物外的清高孤傲拉回现实。

人们常说，诗人诗风多半就是自己人生的写照，柳宗元诗文并非生来就静谧幽冷，他幼时便聪颖过人为不世奇才，然而“永贞革新”的失败却让他一头栽下。他在永州一“趴”就是十年，日子过得孤寂苍凉，亲朋好友鲜来理睬，地方官员时时监视，落难使他十分狼狈，于是他“自放山泽间”，与山水为伴，开始“独钓”！

永州谪居，一代文豪，十年楚客。处于逆境之中的柳宗元开始了他一生中创作的辉煌时期。他写出《三戒》《捕蛇者说》《童区寄传》等寓言、散文和史传文学作品，揭露社会黑暗，反映人民疾苦。最为出色的是他寓居愚溪五年中所写“清莹秀澈，锵鸣金石”的“永州八记”——《始得西山宴游记》《钴鉧潭记》《钴鉧潭西小丘记》《至小丘西小石潭记》《袁家渴记》《石渠记》《石涧记》《小石城山记》等。他那生花妙笔使这些无情之物变得有性有灵。他的美文引得古往今来无数墨客游人去寻访永州城内外这些山山水水、草木竹石，不游穷尽，岂肯罢休。

如果能在长安发光发热，谁又愿去独钓寒江雪？

踏着被贬的路，柳宗元走进了散文的殿堂？

孤独钓客柳宗元：我以我血荐轩辕？……

后来者替柳宗元做了种种假想设问，但这些无疑都不能准确地还原当时柳宗元的真实心境。但我以为有一点事实是经过漫漫历史检验的：他没有就此沉沦，而是选择当了一名“励志文青”，永州十年“独钓”出多少篇传世美文！

徜徉于永州奇山秀水、幽泉异石之间，写出“牵笼百态”的山水游记，他一生中近七百篇的诗文作品，约有五百篇成于永州，这不能不说是他文学创作优产丰产的“井喷”期。永州十年间，“愤青”柳宗元成长为一名成熟的思想家。他旗帜鲜明地提倡“以民为本”的伦理思想。“以民为本”是柳宗元为官从政的唯一宗旨，也是他官德思想的本质灵魂。柳宗元说“天人不相预”，认为王朝基业不是靠天命，而是靠行仁政、得民心而来的。柳宗元说“吏为民役”，认为官吏是民众的仆役，是民众养活了官吏。柳宗元还说“激浊而扬清，废贪而立廉”，其廉政思想与“民本”思想有机统一。永州十年间，柳宗元的谪居生活坎坷艰辛，却又时时闪光发亮。他在永州构思写就的许多名篇，已然成为中华思想文化宝库中的珍品佳作。之后的岁月，柳宗元从永州司马被提拔为柳州刺史，在任期间继续践行他在永州的民本廉政思想，勤政为民、清廉自守，同样受到柳州百姓的感激和拥戴。

山水游记由游踪、景观、情感三个内在基本要素决定，游览名山大川，记叙行踪、描写景物、抒发情感，是中国古代知识分子不成文的一条重要路径。柳宗元的“永州八记”具有山水游记的以上三个特点，他是我国文学史上第一位大量创作山水游记的作家。可以说，柳宗元是中国古代文学山水游记的完成者。“永州八记”不仅对永州地区的八处景物进行了细致入微的描写，而且结合超然物外的哲理对人生际遇进行了深刻探讨。在山水形象塑造、艺术手法运用、意境创造、思想感情抒发、游踪记叙、散文语言创新诸方面，无不达到纯熟自如的程度。柳宗元把自己的人生际遇、思虑感悟融入对山水景物的描写中，给山水景物赋予灵性和情感色彩，也给山水游记赋予理性色彩，大大提高了山水游记的审美价值。

柳宗元的这八篇游记，从游西山“钓”起，笔端引出处处美景，让人目不暇接，美不胜收。他描写的多是小景，小丘、小石潭、小石涧、小石城山等，或写奇山怪石，或写深潭游鱼，但都是形象鲜明，深入人心。八篇游记历时六年完成，读来毫无时间代沟，给人的感觉是，作者似乎在同一时间一气呵成，其思想内容和艺术特色的独特之处，也足以让后人“高山仰止，景行行止”。

“永州八记”多是描绘实景，但也有虚实结合描写。如《始得西山宴游记》：“其高下之势，岈然洼然，若垤若穴，尺寸千里，攒蹙累积，莫得遁隐。”虽是实景，但用虚实结合手法描摹出西山的高峻险拔。《至小丘西小石潭记》中，以细腻文字勾勒刻画：“潭中鱼可百许头，皆若空游无所依。日光下澈，影布石上，佁然不动。”实写游鱼姿态，虚写清澈潭水。鱼儿优哉游哉的自由和潭水清澈见底的深沉形成一种默契平衡，给人身临其境之感。描写自然之美，融动与静、虚与实为一体，请看《钴鉧潭记》中的流水，“其颠委势峻，荡击益暴，啮其涯，故旁广而中深，毕至石乃止；流沫成轮，然后徐行”，流水呈现出奔涌、湍急、舒缓等各种形态，极具动感之美。再读《钴鉧潭西小丘记》中的山丘，“其嵚然相累而下者，若牛马之饮于溪；其冲然角列而上者，若熊罴之登于山”，又颇具静态之美。

莫道儒冠误此生，从来诗书不负人。柳宗元头戴中国历史上最杰出散文家桂冠名副其实。唐代中叶，柳宗元、韩愈提出一系列思想理论和文学主张，在文坛掀起一场“古文运动”。在文章内容上，针对骈文不重内容、空洞无物之弊病，提出“文道合一”“以文明道”，力主文章反映现实，“不平则鸣”，必须富于弃除时弊的批判精神。在文章形式上，提出革新文体，突破骈文束缚，句式长短不拘，推举革新语言“务去陈言”“辞必己出”，进而倡导先“立行”再“立言”，诸此种种，都是进步的文学主张。柳、韩二人在创作实践中身体力行，写出许多内容丰富、技巧纯熟、语言生动的优秀散文，此番作为对后世产生了非常深远的影响。

“独钓”“永州八记”后，本不想再写游记了，一天柳宗元来到“楚、越之交”的黄溪，竟被这里的山水陶醉，灵感勃发，于是挥笔再写《游黄溪记》，人们嬉称其是“永州九记”。《游黄溪记》对永州山水推崇备至，妙笔点赞：“北之晋，西适豳，东极吴，南至楚越之交，其间名山水而州者以百数，永最善。环永之治百里，北至于浯溪，西至于湘之源，南至于泷泉，东至于黄溪东屯，其间名山水而村者以百数，黄溪最善。”

星辰常在，苍穹不老。永州这块温润的土地，有着悠远的人文历史，更有灵性的俊川秀水。我来攀长眠舜帝的九疑山，我来拜柳宗元的柳子庙，我来徜徉挚爱莲花的周敦颐故里，在永州历史长河中，光阴被浓缩，行走其中，远古及唐宋元明清，都不觉遥远与隔阂，反而我同这些历史名人都处于近在咫尺的时空，可以茗茶畅饮，可以遐思对话，可以心脉相通，仿佛他们还是衣袂翩翩，谈笑声声，风度冉冉。

山水乡愁，心泊永州。柳宗元被贬永州十年，为当地百姓做了许多大好事大实事，因此永州人世代纪念他，建了柳子庙。很多后辈文人墨客都纷纷书写碑文，抒发膜拜之情。柳宗元到永州之后，一直处于找房子租住的“蚁族”境地，寻找“家”的路上恰好也为永州八处“景区”做了最好宣传，写下最棒的“广告文案”。在柳宗元的诗文中寻找今天的痕迹，确是一件很有意义和效益的事情。

光阴荏苒，唐元和九年（814）十二月，柳宗元将要离开永州，因心系民众而广受爱戴，柳子庙就是永州百姓为纪念他而修建，现柳子庙为清光绪三年（1877）重建。柳子庙坐落于潇水西岸柳子街中心，面对愚溪，背负西山。砖木结构，简洁朴素，石脚、梯阶、台踩，三进三开间，正殿宽宏，巍峨高矗，殿内供奉柳宗元塑像，挂有“文贯八家”“都是文章”“福我寿民”等横匾。春秋社日，四方百姓都来虔诚膜拜。每逢农历七月十三柳宗元生日这天，则杀猪宰羊、唱戏演剧、赶赴庙会，以示纪念。柳子庙中有《罗池庙享神诗碑》，因碑文首句为“荔子丹兮蕉黄”，故称荔子碑。此碑文系韩愈作，苏轼书，加之文内所颂柳宗元之德政，世称“三绝碑”，殿中有柳宗元塑像供人祭祀。

潇湘夜雨，零陵眺望，南岭风来，阳明杜鹃，山水绿城美不胜收。苍梧之野，九疑神山、濂溪一脉，摩崖碑刻，千年古郡令人神往。柳宗元的“永州八记”，带火了如今永州的旅游业。闻悉当地政府拟意逐渐恢复“永州八记”中所描绘的八大景观，或许这正是缅怀古人最好的一种方式，也是最佳的传承弘扬文化的一种形式。“永州之野产异蛇，黑质而白章”，他当年的《捕蛇者说》，带旺了今天永州的“异蛇”（毒蛇）行业，“异蛇村”“异蛇酒”大行其道，成为旅游者返回时的最好手信。柳宗元在永州“独钓”那么多华文诗赋，永州虽有胜景亦在闺中人不识。今天无论怎样评估，柳宗元贬谪永州十年，不仅踏踏实实地为永州百姓做了很多好事，亦为传播永州文化做出了重要贡献。

读“永州八记”，写天下文章。柳宗元永州“独钓”实现彼此成就——柳宗元以其文名跻身“唐宋八大家”，永州则因“永州八记”这一中国古代游记散文瑰宝，成为一座在中国文学史上与文学元素意象不可切割的城市。是永州的山水，铸就了柳宗元山水散文的瑰丽辉煌。柳宗元是山水游记的散文大家，山水游记在柳宗元手中大放异彩，他是山水游记的“始作俑者”。唯愿“永州八记”，唯愿永州山水，走向海内海外，走向游子心怀。

三等奖

永州山水都是文章

□ 王敦权

应水河，我生命中的河流

应水河，亦名芦洪江，是流经我家乡芦洪市镇的一条小河。源头远在东安、邵阳两县之分水岭黄花山，始为一脉细流，沿途汇聚无数山溪小涓，渐成气候，穿过古镇新石拱桥、老石拱桥后，豁然开阔，水流舒缓。在最开阔处便有九连桥那边注入过来一条溪流，交汇于老街茅铺台子，形成宽阔迂回的河湾。两旁因冲积沉淀，造就数十亩肥沃沙丘。此处，古树成林，花草茂盛，是我小时候常常玩耍的地方，也是我常常用自制的钓竿钓小鱼小虾的场所。

应水河的鱼儿，总是在我记忆里游动。鱼儿往来翕忽的一河涟漪，摇荡了房子、树木、石拱桥的倒影，尤其在晚霞映照下，美得如梦如幻。儿时，我斜靠桥墩看水、看人、看霞光，一幅幅美景呈现在眼前，炎热时就跳入河里游泳戏水。大人们似乎不屑一顾，小河在他们眼里只是小河，河水在他们心里就是河水，犹如往来复去的日子，没有什么特别，没有什么浪漫，犹如他们身上的毛孔与血管，与生俱来自然而然。他们轻视小河的态度让我觉得奇怪和费解，甚而有点儿愤慨。而今，我年岁大了才真正理解他们。其实，他们对小河的情感已融入血液，他们依恋甚至依赖小河，任何言语表达都显多余，小河的鱼儿早已游进了他们的生命。

每次我回到家乡，都会在古镇街道走一走，听一听鞋跟叩击石板路的声音，感受古镇古老、沧桑、沉寂、悠然的韵味。古镇之古，历史可鉴。西晋惠帝永熙元年（290）设应阳县，因县城位于应水之北而得名，属零陵郡，县治就设在这古镇。然后，我从古街道折转至河边断轮口，再过已八百余岁的老石拱桥斩龙桥东端，向茅铺台子方向漫步。傍晚，沿小河观赏古镇景致，自然是最惬意的选择。悠悠一河碧水，倒映着晚霞、房屋、树木、人影，这些生动的剪影被微风流水巧妙地组合在一起，顷刻就会让人心醉。尤其在夜色中河水绕着古镇低吟，便有了丝丝神秘。我伫立在茅铺台子古树下，一会儿回望老街，一会儿扫视河面，清风徐来，水波微漾，夜色朦胧，我仿佛站在了一幅江南水墨画里，自己整个儿成了画里的一抹淡墨。

应水三拐九折而来，满河灯光摇波，水草缠绵，悠然擦肩而过，向南流去，流过千顷沃土，汇入滔滔湘江……

在绿天庵，我想把怀素的激情寄给书坛

不需要挑选日子，任何时候去绿天庵都好。晴天去晒太阳闻花香，阳光慵懒，花草繁茂；雨天去观水帘听蛙鸣，绿肥红瘦，雨打芭蕉；下雪天去挂风铃赏雪景，雪花纷飞，银装素裹。这是多么美妙的事情！当然，更美妙的是绿天蕉影，妙曼婆娑。青葱翠郁的芭蕉，演绎风情万种的唐诗意境。

试想，脆嫩丰腴的蕉叶，饱含怀素的激情和情爱，阔大厚实，在微风中轻轻摆动，那是何等迷人。小沙弥怀素挥笔书蕉，龙腾蛇行，恣肆狂放，那是何等洒脱。怀素一生低调，唯喝酒、书写时张狂无忌。他挚爱芭蕉，痴情酒杯，从南蛮之野，走向繁华京城，成为“焦点访谈”式人物。怀素狂草，吸引李白，轰动长安，构成唐代的书坛传奇，影响华夏一千余年，还将会影响深远，那是何等的荣光！

在绿天庵，我漫游，我远眺，任思绪穿越时空，遐想无边，我似乎撞入了大唐。李白拍拍我的肩膀，说：“不得了不得了，你们永州出了个怀素！”

我问李白："老先生为何激动？""哈哈，你们这个怀素不仅书法了得，还是个酒林高手，佩服佩服啊。"我正有点儿纳闷，李白夸人难得如此慷慨，他跟怀素啥关系？怀素却拦着我说："老乡，你来得正好。我刚刚从李白那里喝酒回来，他的酒量居然比我还好，走，你帮我，我们再去喝。"我有点儿小幸运，又有点儿小紧张，忙问怀素："大师，除了喝酒，诗仙李白对你还说了什么？""说太多了，记不清。但他夸我草书天下称独步，笔锋杀尽山中兔。我记着，哈哈，过奖过奖，还酸溜溜的。"我大笑，一下子又回到了当下，呵呵，我正在一棵芭蕉树下迷糊。

红了樱桃，绿了芭蕉。但我始终清醒，决不轻易触碰芭蕉。我知道，那可是怀素永远的情人，绝对还留有怀素的温情。我想，我应该把怀素的激情寄给当今书坛！

蘋岛，且将纵情付流水

潇水从东、湘水从西款款而来，于蘋岛坦荡交合，演绎为浩荡的波光，以及月光下娇喘的水声……

狂野，浪漫，勾魂。这是我夜宿蘋岛所见所闻所感。

蘋岛，又名蘋州，四面环水，江水澄碧，隔岸青山，旁生白鹭。岛不大，却享誉中外。舜帝与二妃凄美的爱情故事流传甚广，影响深远。

相传，远古时期舜帝南巡，死于苍梧之野，葬于江南九疑。闻此噩耗，娥皇、女英二妃悲痛欲绝，千里寻夫而来。二妃在湘江边上，望九疑而恸哭，泪洒竹子，沾泪竹竿泪痕斑斑，成为"斑竹"。二妃坐船沿河而上，路过蘋岛，遇茫茫大水，艄公不慎，船触礁摇震，女英当即抛下一块碧罗巾，急忙放出三只金鸭将蘋州高高拱起。自此，蘋州岛便随水浮沉，水涨州高。二妃因伤心过度，跳入湘江，化为湘江女神，后人称之为湘妃或湘夫人。

蘋岛，除了凄美爱情故事以外，还有美不胜收的自然风光。潇湘八景之首"潇湘夜雨"的气韵美、朦胧美，让人欲说还休；还有永州八景之一"蘋州春涨"的气势美、壮阔美，更是令人震惊。

其实，蘋岛天生就是个谈情说爱的地方，就是个放纵情欲的地方。潇水、湘水相约在此幽会，交欢。每当春夏之际，二水情欲疯涨，激情交融的场景，粗犷、辽阔、狂放不羁，蘋岛也早已没有了大家闺秀的模样，躁动、张狂、痴迷，风情万种，爱的形式和内涵，愈加表达得充盈而丰沛。

桐冲口，停一停脚步，等一等灵魂

神州瑶都江华，不知藏有多少个令人心动的秘密。盘王殿、姑婆山、倒水湾、秦岩、石井坳、雾江、阳华岩摩崖、爱情小镇瑶都水街、涔天河湿地，等等，我自以为多次去访，也跑得差不多了。没料想，这次采风地点又冒出来一个桐冲口。桐冲口，有何来路？不知道。只知道，两辆大巴载着我们数十人，绕来绕去两个小时，沿途山高林密，树枝旁逸斜出，冯河时隐时现，傍晚时分抵达千年瑶寨桐冲口。只见：天上云飞，山间雾绕，村落古朴，小桥流水，犬吠鸡鸣，俨然仙界。我脑子里立刻蹦出来七个字：原汁、原味、原生态。我们身处闹市，工业文明、城市化进程，带给我们霓虹闪烁车水马龙，带给我们水电路讯快捷方便，同时也带给我们尾气扬尘，带给我们高效率、快节奏，身心疲惫。

来到这儿，突然遭遇另一番情境——曲径通幽，心里有了另一种感受——世外桃花源。这是何等豪华奢侈！

这里，瑶族人口集中，瑶族文化底蕴深厚，是国家级非物质文化遗产瑶族盘王大歌、长鼓舞传承基地。一千多年前，过山瑶、八排瑶就在此地游耕，开田垦山，建宅居家。错落有致的吊脚楼，正大气派的夷勉堂，遮阳避雨的风雨桥，还有河水陡涨的麻江河，哗哗欢歌，一切都是那么自然而然。遮雨长廊临时摆上我们一百余人的长桌宴，拼起的长桌铺上绿油油的芭蕉叶，各式风味独特的瑶家美食摆放其中，犹如青草地上开满野花，清香四溢，赏心悦目。更有热情好客的瑶家阿妹，边唱歌边敬酒，“高山流水”源源不断，客人喝得心花怒放。我们品瑶家菜，喝瓜箪酒，观民俗表演，心醉了。

是夜，我们入住民宿，梦中星星满天，虫鸣阵阵，河水潺潺。这一次，在桐冲口，我真切感受到了停一停脚步等一等灵魂的情境，如此舒适，如此美好。

浯溪摩崖，镌刻在岁月里的奇迹

游浯溪，读碑林，首先要缅怀和感恩元结！唐代杰出的散文家、诗人元结，唐代宗广德元年（763）被任命为道州刺史。永泰元年（765）罢任。次年再任道州刺史。大历二年（767）二月从潭州都督府返道州，舟经祁阳，泊舟登岸暂寓。因爱其胜异，后又弃官不做，来这里隐居。自此，浯溪始为人重，文人雅士会聚，诗文碑刻盛行。

浯溪苍崖石壁，濒临湘江，巍然突兀，绵延近八十米，最高处拔地三十米有余，乃摩崖文字最佳刻处。唐以降，众多政要、文人慕名而来，或写景咏物，议论抒怀，诉喜怒哀乐，或述朝野之事，话民本民生，发乎心，溢于言，书乎笔，刻于石，造就了此地风水胜迹和人文宝库。

时光易逝，山水不老。一千三百多年来，无论是唐花宋草、元风明雨，还是清时流水民国浮云，都已远我们而去，不可追及。唯有碑林静默不言，沐雨迎风，历经沧桑。秋高气爽，清风徐来，江水缓缓北去。此时此景，我忘情地欣赏碑刻，似乎穿越了千年，聆听着诸位圣贤推杯换盏的高谈阔论，沉醉于湘江水波与笔锋墨意的惬意交融，感受着暖阳抚摸碑石的温馨。我触摸到了历史敏感的神经，感知到了岁月的体温，我的心如月光般皎洁，灵魂若星夜花蕊般暗香浮动。面对如此博大精深、底蕴丰厚的浯溪摩崖，我只有向往圣先贤表示深深的追怀和感恩，对文化、文字、书法和雕刻艺术心存敬畏。

我站在一块巨石下，仰视《大唐中兴颂》碑文。我震撼了！我惊叫了！颜真卿仿佛就在我的眼前挥毫——激越高昂，气势磅礴，字字刚正雄强，气度恢宏，精神内蕴；字里行间充满刚毅之气、浩然之气；笔法融篆隶入行楷，字体结构匀称浑厚。怪不得后人誉之为“宇宙杰作”，致晚学后辈“百拜不能休”。

浯溪碑刻五百余方，尚可辨认的三百七十余方，体量之大，堪称南方现存最大的露天碑林。置身于此，或仰望，或俯瞰，或平视，入眼皆碑，碑碑皆瑰宝。从唐代元结、刘长卿等，到宋代黄庭坚、杨万里、秦观、李清照、范成大、米芾等，到元代杨维祯、宋渤等，到明代顾炎武、王夫之、董其昌、杨廉等，再到清代王士祯、何绍基、袁牧、潘耒、张九铁等二百五十多名文人学士到此游览，题诗作赋，铭刻石上。这是见证岁月的经典，也是镌刻在岁月里的奇迹。

濂溪，我意识深处盛开莲花

道县清塘镇楼田村，是宋代理学鼻祖周敦颐的故乡，人称濂溪故里。

一个地方，究竟拥有什么才算风光？当然是人杰地灵。人杰赖于地灵，地灵方能成就人杰。我想，濂溪就是如此。曾有周敦颐，这就足够了。周敦颐的哲学著作《太极图说》、教育著作《通书》等，上承孔孟之圣学，下启程朱之理学，成为中华理学的开山鼻祖，湖湘文化的宗师。“吾道南来，原是濂溪一脉；大江东去，无非湘水余波。”这位思想巨人不仅具有辩证唯物主义哲学观念，还有“予独爱莲之出淤泥而不染，濯清涟而不妖”的高尚人格。在湖南永州、邵阳、衡阳、郴州，在江西南昌、庐山、九江，在重庆合川等地，人们为了纪念周子，爱莲池、爱莲亭、周子祠、濂溪书院，均是当地重要的地标与文化符号。

我多次去濂溪故里，每次都有不同的感悟。今天，我站在道山之顶，眺望楼田，濂溪在山脚下缓缓流淌，周子故居、濂溪祠、濂溪书院、道岩、圣脉泉、太极厅、观音洞、安心寨、一洞天、龙宫洞、莲花池等，这些景点在我眼前若隐若现，如彩云飘拂，如梦中花香。周子儒雅俊逸、胸怀洒脱、仙风道气的形象在我脑海里愈加清晰。我意识深处莲花盛开，熠熠生辉。

愚溪，潺潺流水诉说千年情怀

愚溪，本是一条乡野小溪，因一个人而名扬四海。谁有这般神奇？当然是柳宗元！因“永贞革新”失败，永贞元年（805）九月，柳宗元被贬为邵州刺史，十一月在赴任途中，被加贬为永州司马。柳子之谪永州，在龙兴寺、法华寺依山住五年，诸事不顺，母亡，弟病，心孤独。他多次到愚溪游览，因爱其幽静、野趣、凄美，与心性相投，便寄予情感，于元和四年（809）写下《始得西山宴游记》《钴鉧潭记》《钴鉧潭至西小丘记》《至小丘西小石潭记》，开启了中国山水散文寄情于景、情景交融的新典范。后来，他干脆移居冉溪傍水而居，这五年，遇红颜，育子女，享天伦，心乐之。得胜地，结茅树蔬，为沼沚，为台榭，改冉溪为愚溪，以自嘲，以抒愤懑。元和七年（812），他又写下《袁家渴记》《石渠记》《石涧记》《小石城山记》，与前面四篇构成千古名篇“永州八记”。

朗朗秋日，朝霞满天。我顺着这条小溪行走，欲寻其源，听当地人说，源头有三：戴花山、大古源、小桃源。我觉得一日恐难如愿，便弃初念。

继而，想追寻当年柳子的脚步，走进永州山水的精髓，走进柳子的精神领地与灵魂深处。许是元和元年（806）寒冬，柳子第一次在愚溪旁踯躅。他心事茫茫，愁眉不展，在凄冷的寒风中，多么渴望一簇鲜艳的阳春，或一双温暖的手。可是一场旷世大雪铺天盖地，鸟飞绝，人踪灭，四野苍茫。他站在愚溪桥上，遥望长安，潸然泪下。这位先生静静地站着，站成了雪人。大雪无垠，大美无声。在湘南，如此雪景实属罕见。在桥上，这位先生却站成了里程碑。

我来回于柳子庙至钴鉧潭一段，过愚溪桥。溪两岸峭壁危岩，树木葱茏，溪水潺潺，清澈见底。我在心里询问自己：柳宗元被贬永州十年，福兮祸兮？当时，柳子身心疲惫，万念俱灰。可奇迹还是在该发生的时候发生了，永州的山水拯救了他的灵魂，成就了他山水散文一代宗师的文学地位。可以说，柳子因永州山水才情万丈，永州因柳子文章名播天下。

愚溪，一条乡间小溪，流淌着山水散文的音韵，诉说着柳子与永州的千年情怀。

三等奖

十年孤独永州梦

□晓　寒

一

踏上永州这片土地，是早春的一个雨天，泼泼洒洒的雨给这座湘南的山城披上一件灰蒙蒙的衣裳。春寒像山泉一样，从寻常巷陌潺潺流出，让人感觉这不是春天的序曲，而是冬天告别时抖落的余威。

我们的车穿过冷清的街道，到达一个叫作老埠头的地方。远处是荒芜的田畦，一座宝塔孤零零地立在水渠边，这一切添上冷雨的意绪，更显出衰老和颓败的格调。寒烟笼着光秃秃的枝丫，烟树一侧，湘水和潇水完成合抱仪式后，结成真正意义上的湘江，一路牵扯着北去。这是锦绣潇湘的原点，唐代在这里建有一个驿馆，名叫湘口馆。

古老的码头上，淡青色的石阶固执地向岸上牵扯，直扯到雨润烟浓的隐秘处。虽经无数双脚的踩踏，石头之间的缝隙里仍有青苔探出头来，这是时间沉淀的印迹。

唐永贞元年（805）那个冬天，柳宗元就是从这里踏上这片叫作零陵的土地的。零陵是一个古老的名字，可以上溯到三皇五帝的时代，司马迁在《史记》里记载得很清楚，舜“崩于苍梧之野，葬于江南九疑，是为零陵”。在一千二百多年前的唐代，零陵属于典型的蛮荒之地，经济凋敝，民不聊生，一度成为流放官员的重要场所。

从繁华的京都到这片蛮荒的土地，沿渭水，出潼关，溯湘江，过洞庭，四千里路风和雨，从希望之巅跌落人生的谷底，经历了洞庭湖上的惊恐和汨罗江口的悲怆，柳宗元尚未整理好自己缭乱的思绪，意识一直处在混沌之中。此刻，他看到这片迎接他的寒风挟裹下的苍凉的土地，第一个想到的应该就是母亲。

母亲就在身边，由自己和堂弟柳宗直照顾着默默前行，表弟卢遵紧随身后。自己遭到贬逐后，母亲非但没有抱怨，反而轻言细语地抚慰，“明者不悼往事，吾未尝有戚戚也”。母亲的豁达和坚忍，让柳宗元心头的痛楚远远盖过了愧疚和感动。

母亲已年近七旬，脚步不再稳健，根根银丝缠绕在头上，背影也逐渐如拉满的桑弓，现在还得舟车劳顿，长途跋涉，背井离乡，陪自己流放到偏远的南荒。本来，这个时候，母亲可以在亲仁坊的故宅里，偎在红泥火炉旁，就着熊熊炉火，守着父亲曾经留下的熟悉的气息，慢慢翻着她喜好的书，平静地安度自己的晚年。

他不知道该对母亲说点儿什么，也不知道什么时候能和母亲重回祖宅，让老母看到儿孙绕膝，享受菽水之欢。自己前途未卜，一切都是未知，又能对母亲说什么呢？

寒风瑟瑟里，他侧过头，凝望着踽踽而行的母亲，所有的情绪，都化作了一声幽渺深长的叹息。

二

一场昙花一现的变革，没有改变唐王朝的命运，使之走向中兴，却让柳宗元的命运来了个一百八十度的大拐弯。

古代皇帝处罚官员，无非三种最主要的手段：杀，打，流放。杀是极刑，打是惩戒，流放看上去算三种处罚中最富人性的，是一种不轻不重的惩罚。但并非皇上恩典大开，既不杀你，也不打你，而是差遣你去登山临水，远离理想与抱负。对于流放者而言，实际上是一种“山非山兮水非水，生非生兮死非死”的生活，柳宗元的流放生涯便是这个样子的。

柳宗元的职务全称叫“永州司马员外置同正员”，永州司马本来就是个闲职，“员外置”就是没有编制，属于编外人员。这样，柳宗元便成了典型的“三无人员”，既无职务，也无公务，连个住的地方也没有。他只好寄居在龙兴寺。相传龙兴寺是蜀汉丞相蒋琬的故宅，吕蒙也在这里居住过，相传的事儿，总是不太可信的。事实上，寺庙荒凉至极，人迹罕至，“戏凫鹳乎中庭兮，蒹葭生于堂筵”，这样的地方怎么能住人呢？但没有办法，再荒凉也总比露宿野外要好。

柳宗元一家住的是西厢房，只有北面有一扇小窗，屋子阴暗潮湿。他无心修葺，只在西墙上开了一扇大窗，让阳光穿窗而入，可驱除湿气，保持屋子里的干爽，更重要的是可以凭窗眺望远处的潇水和群山，以此慰藉霜寒雪重的心灵。

灾难没有放过柳宗元，一个又一个接踵而至。不到半年，母亲卢氏就病逝了。卢氏出身范阳大户人家，熟读诗书，三十四岁生下柳宗元，五十五岁孀居，一直同柳宗元生活在一起，对柳宗元的事业十分理解和支持。可是接连经历夫亡子黜的磨难，加上到永州后居住条件恶劣，水土不服，缺医少药，由此一病不起，带着无尽的悲伤和遗憾撒手而去。母亲的死，无异于雪上加霜，给了悲伤中的柳宗元一个致命的打击。“穷天下之声，不能抒其哀”。他不吃不喝，在屋子里枯坐了三天。由于自己是贬吏，人身不自由，不能亲自扶柩护送母亲魂归梓里，直到第二年，才由随同来永州的表弟卢遵护送棺椁北归，与柳镇合葬。

第二年，王叔文被赐死。听到这个消息，自感于党人中“罪状”最深的柳宗元又陷入了深深的恐惧之中。唐元和元年（806），朝廷曾三次发诏命，一再重申“八司马”不仅不在宽赦之列，而且不得“量移”，即北迁到离京城较近的地方。这说明朝廷对他们的仇视已深入骨髓，“八司马”的重新起用之路变得暗淡无光。

多次遭遇火灾，“一遇火恐，累日茫洋”。母亲的离世，铺天盖地的流言蜚语，再加上水土不服，柳宗元的身体被摧残得不成样子，以致“百病所集，痞结伏积，不食自饱。或时寒热，水火互至，内消肌骨”。他的精神也越来越差，甚至读书作文都成困难。

灾难像一个魔咒，死死纠缠着柳宗元，使他沉浸在绝世的孤独之中，每天过着“贮愁听夜雨，隔泪数残葩”的日子。

尽管身心俱疲，但柳宗元仍然没有忘记北归的梦想。刚到永州，他处在“罪谤交织，群疑当道”的地位，不敢与外界通信。直到他收到父亲的故交许孟容的来信后，才恢复了与外界的通信。他开始向位高权重者四处投送书启，其中就包括了武元衡，这么做看似荒谬，实则是为自己的复出求援，以实现自己的政治梦想。每到夜深人静的时候，读着这些书启，凄切的语气总是让我心中涌来一阵阵的悲凉。这和当年韩愈四处投书以求任用几乎没有任何区别，不同的是一个是赋闲，一个是谪吏。

元和四年（809），柳宗元已在永州度过了五个年头。按照当时的惯例，贬官一般二年或五年后可以“量移”，刚好这一年册立太子，大赦天下，柳宗元身在长安的亲朋故旧都认为等到了时机，写信告诉柳宗元。柳宗元似乎在茫茫黑夜里看到了一丝光明，心头又燃烧起灿烂的火光。他一连给亲友写了好几封信，希望他们能帮助自己，结果这些信都如泥牛入海。

“万方新雨露，吹不到边城。”希望之火很快就熄灭了，北归之路被彻底斩断。

三

临近中午时分，永州的街头，车和人多了起来，在雨中交织成一条长龙。我们的车沿着潇水缓缓而行，穿过江边那一排苍郁的树木，以及和树木隔街相望的低矮的屋子，再向左拐一个大弯，愚溪就走进了我的视野。

不宽也不窄，不紧也不慢，在各种枝丫的覆盖下钻了出来，是否还保持着唐时的姿势？

北归之梦彻底破灭，柳宗元暂时放下了对朝廷的幻想，有了“甘做永州民”的打算。元和五年（810），他毅然从龙兴寺搬了出来，在冉溪旁买了个小丘，构筑自己的新家，并将冉溪改名为愚溪，将新居的名字取为愚堂。

以愚为名，没有前人，想来也不会有来者。一个愚字，不知是对现实的嘲讽还是对自己内心的抚慰？是“邦无道则愚”还是“终日不违如愚”？

草堂四周围着篱笆，到了秋天，篱笆边如云的菊花绽放，竹篱茅舍掩着一抹恬静的秋光，是否暗示着采菊东篱？庭院里奇石罗列，嘉草葳蕤，有芍药、早梅，也有红柚、红蕉和海石榴。四时不断的花事，蕴藏着寻常人家的烟火气息。附近，丘、泉、沟、池、亭、岛与溪堂合为八景，号为八愚。柳宗元在《愚溪诗序》里说：“溪虽莫利于世，而善鉴万类，清莹秀澈，锵鸣金石，能使愚者喜笑眷慕，乐而不能去也。”俯仰之间，用“愚”来观照万类，或许这就是以“愚”命名的真实意图。

读书，是柳宗元另一种疗伤的方式。中国文人，在不得意时，大多将读书著书作为一种解脱的方式。“能著书，断往古，名圣法，以致无穷之名。”北归的路阻断了，这是柳宗元想到的唯一可行的另一条路。但在这蛮荒之地，可读的书并不多。柳宗元在长安有赐书三千卷，但南下时，因为路途遥远，只带了一小部分，几次火灾，又烧毁了不少。他只好慢慢搜罗了几百册，一头扎进这些书中。

除了读书著书，柳宗元和新结识的同好游历山水，乐山水以消忧。“其隙也，则施施而行，漫漫而游。日与其徒上高山，入深林，穷回溪，幽泉怪石，无远不到。”

元和四年（809）九月，深秋的黄叶凋零一地，柳宗元坐在自己修筑的法华寺的西亭里，突然发现了西山不同寻常之处，于是叫上仆人，渡过湘江，烧掉干枯的茅草，砍伐灌木，一路攀上山巅。千里之外的景物赫然入目，青山白水相互缠绕，蓝色的天幕似穹庐低垂，万物与它紧紧相拥，以至于“苍然暮色，自远而至，至无所见，而犹不欲归”。他暂时忘却了心中的伤痛，沉浸在自然的造化之中。

八天后，他又发现了钴鉧潭西边的一个小丘，这是一户唐姓人家废弃的土地，想卖却卖不出去。柳宗元花钱买下来，铲掉荒草，砍去杂树，一把火烧了，于是“嘉木立，美竹露，奇石显”。不到十天，得到两处美景，柳宗元为自己的收获感到幸运。

但这已经够了。永州山水，有幽兰空谷，奇木怪石，足够他游目骋怀，陶然忘机，去不去更远的地方，已经无所谓了。

元和十年（815），柳宗元终于接到了回京的诏令，同时回朝的还有刘禹锡等四人，这些人都是“永贞革新”留下来的精英。为了这封诏书，柳宗元苦苦盼望了十年。大年刚过，四处涌动着料峭春寒，但他难以抑制心中的激动，匆匆收拾，便踏上了北归的路途。

一样从湘口馆登船，一样是江风掀起青衫的襟带，只是心境迥异于十年前，仿佛挣脱了一场噩梦的围追堵截，归心似箭，轻舟如飞。

又一次经过汨罗江口的屈原祠，笔下的情绪不再是《吊屈原赋》时的愤懑，而是明快中充满了热切的期待。

“南来不作楚臣悲，重入修门自有期。为报春风汨罗道，莫将波浪枉明时。”

仅仅用了一个月的时间，柳宗元就兴冲冲地回到了阔别十年的长安。经过灞桥时，亭阁依旧，柳芽摇风，联想到那年冬天凄惶离京的情景，万般感慨袭上心头，一首《诏追赴都二月至灞上亭》挥笔而就：

“十一年前南渡客，四千里外北归人。诏书许逐阳和至，驿路开花处处新。”

可能是急于用世，也可能是文人心态使然，还有可能是瑰丽的政治梦想冲淡了残酷的现实，十年的悲楚，依然没有磨灭柳宗元那份率真。自从接到北归的诏书后，他的心中，又像参与革新时那样，填满了理想主义的色彩。他以为从此可以鲲鹏展翅，扶摇直上九重天。

不料一向快人快语的刘禹锡两句诗捅出了大篓子，“玄都观里花千树，尽是刘郎去后栽！”当天就有人抄给皇帝看，并加以渲染，说诗句极其张扬，以胜利者的姿态自居，大有卷土重来之意。唐宪宗本来就不喜欢这些当年极力反对立自己为太子的人，很快便从牙缝里蹦出一句话来：那就打发他们走吧！又一次从希望垂直跌到绝望，柳宗元欲哭无泪，“十年憔悴到秦京，谁料翻为岭外行”！他拖着带病之躯，再一次踏上被贬谪的道路，从此郁郁寡欢，四年以后凄凉地死在柳州，时年四十七岁。

四

柳子庙紧靠着愚溪，后面是青山，眉线一展，直插天际。黛青色的瓦楞，掩着灰白的院墙，翘起的檐角正滴滴答答滴着水珠，就像一幅刚刚写好的水墨，浓淡之间，流淌着悲凉的笔意和苍劲的精神。

这是一座砖木结构的建筑，建于南宋绍兴十四年（1144），因为年久失修，清光绪三年重建，面积为两千多平方米。或许是时节不对，里面游人并不多，三三两两，没有人说话，只有雨点嗖嗖的响声。脚下的青砖很整齐，将地面格式化，从天井的瓦檐望过去，是被切割的潮湿的天空。走在这样的回廊里，能感觉到时间的凝固。

正殿的后墙上，是著名的《荔子碑》，一共四块，石碑被漫上了一层浅浅的青苔，但字迹仍然十分清晰，淳道古劲掩饰不住世道苍茫，横点竖点都是一声叹息。这块碑的碑文为韩愈所撰，由苏轼书写，内容是颂扬柳宗元的事迹，故世人称“三绝碑”。柳子庙的大门联便是集《荔子碑》佳句而得：“山水来归，黄蕉丹荔；春秋报事，福我寿民。”

后殿因为宽大，所以显得空寂。我进去的时候，里面一个人也没有，只剩下我的脚步声，在来回的风声里响起。正中是柳宗元的雕像，手握书卷，若有所思。

柳宗元浪迹于山水，醉翁之意不在酒，也不在山水之间。这一点，从他的山水文章里，处处显露端倪，随便拿几个句子便看得出来。“到则披草而坐，倾壶而醉，醉则更相枕以卧，卧而梦。意有所极，梦亦同趣。”意思是到了就坐在草上，把酒喝光喝醉，醉了就互相靠着睡，睡着了就做梦，心中想什么，就梦见什么。这是一种醉生梦死近乎颓废的生活状态，真正沉醉山水物我两忘者，怎么会这样呢？心中想的是什么？梦见的又是什么？已经不言而喻了。

在政治前途无望的挣扎里，在沐浴山水灵性的光辉中，柳宗元心中的孤独和痛苦都化作了文字。他一生留下六百多篇诗词文章，有四百多篇写于永州，而备受推崇的就是那些山水游记，高简闲淡，刻画入微，寄托深远，开山水散文之先河，人称“山水散文之祖”，金圣叹评价“笔笔眼前小景，笔笔天外奇情”。而成就这些文字的，恰恰是永州。

他与韩愈虽然政见不同，但私交甚笃，通过写信来交流文学观点，碰撞出思想的火花，其中最主要的有八篇，通常称为“论文八书”，这八封书信成为指导唐代“古文运动”的纲领性文件。从此韩柳并称，成为中唐文坛上的泰山北斗。

韩愈在《柳子厚墓志铭》中说：“然子厚斥不久，穷不极，虽有出于人，其文学辞章，必不能自力，以致必传于后如今，无疑也。虽使子厚得所愿，为将相于一时，以彼易此，孰得孰失，必有能辨之者。”到底是韩文公，寥寥几句，入木三分，一针见血。将相之官威与文章之名世，谁轻谁重，还用得着分辨吗？历朝历代，有多少人如走马灯一样在历史的舞台上抖尽了将相的威风，到今天，还有谁记得清楚？他们的名字，早已湮没在浩如烟海的卷帙里；他们的肉体，已化作荒丘里的尘埃，成为历史的一缕云烟。

唯有柳宗元还活着，活着的是他的灵魂，用文字构筑的强大的灵魂，融入一条名叫文化的河流，穿越时空，一千多年来奔流不息。

因为柳宗元，人们记住了永州。同样，永州人没有忘记柳宗元，择一处好山好水，为他修建了庙宇，安放一颗孤独的灵魂。

离开柳子庙，雨慢慢小了。拐过一道弯，便是湘江，因为下雨，江水涨了，开始浩荡奔腾。

优秀奖

欸乃一声山水绿

□杨　云

《欸乃》是中国古琴名曲，其曲意可用唐代诗人柳宗元的七言古诗《渔翁》来解释，故有人认为此曲乃柳宗元所作。“欸乃”指的是桨橹之声或渔家号子声，乐曲悠扬，清新隽永，以山水为意象抒发感情，乃是托迹渔樵，寄情山水烟霞，颐养至静的一首名曲。

耳畔萦绕着古琴曲《欸乃》，思绪在简古淡泊的气息里游弋。在永州柳子庙，读着四周碑林石刻的诗文，行走在柳子生活过的愚溪之畔，依稀看见柳子摇动着木橹，在时光的长河里歌吟。

一

佛寺的钟声悠悠传来，在山中余音袅袅，打开唐朝的一个晨曦。

旭日冉冉，雾露蒙蒙，龙兴寺大雄宝殿的大门敞开着，静待鸟鸣溪唱的晨昏。寺内弥勒佛曲的唱诵，在引磬和木鱼声中，如潺潺河流泛起的浪花。唐永贞元年，柳宗元被贬黜为“永州司马员外置同正员”，没有实权，也没有官舍，是潇水东岸的古寺，以慈悲胸怀接纳并拥抱了他。寺庙的墙壁把尘世做了空间分割，走进寺庙的山门，便把繁华与烦恼抛到脑后。柳宗元住在西厢，他在西墙上开了一扇轩窗。青青修竹定格窗前，如诗如画，略抒心中郁垒。

柳宗元在诗文里自述“吾自幼好佛，求其道集三十年”。母亲卢氏信佛，柳宗元从小对佛亲近，常跟随母亲走进佛寺跪拜礼佛。“永贞革新”失败，柳宗元贬谪永州，母亲卢氏一路陪伴相随。在龙兴寺，柳宗元与巽上人即重巽朝夕相处，交往密切，经常到重巽的净土院去读禅经，聆听智慧的声音，用慧心度一切苦厄。重巽是天台九祖荆溪湛然的再传弟子，是楚南首屈一指的高僧、超师，在佛学方面对柳宗元颇有影响。柳宗元好佛求其道，其目的除从佛那里寻求精神寄托外，更重要的是统合儒释，用以佐世。

青茅盖成的禅堂中，坐着忘机的禅客。黛青的山团团围住虚白的堂舍，芙蓉花盛开在幽静的门前，淡淡的花香随晨风飘远。在江南清透的水色里，清晰的佛像，焚烧的檀香，历历在目，诵唱的佛经，声声入耳。清晨起床，他从超师院的井水中打水洗漱口齿，弹冠整衣拂去衣衫上的尘灰，身心内外俱为清净舒爽。安闲地手持贝叶书，走进东斋诵读。柳宗元无限虔敬地叩首拜谢唱经的法师，遥遥地向他忏悔自己红尘中的昏聩，而后走向他构建的花树丛林，走向草木繁密的一片浓荫。

龙兴寺正殿外有一荒地，位于东边，柳宗元名之曰东丘。后又发现龛屋之外的一块废地，就把龛屋与东丘合为一体，并与堂屋的北边连在一起，对古寺进行修葺整理。凡东丘上的坳坑、水洼、小洲、石岸，一律保持原状，周遭围以桂、桧、杉、楠等树木，又把好看的花卉和精美的石头，纵横交错摆放其间。远远的苦竹桥与幽幽的小路相连接，穿过稀疏的绰绰树影。寺院里木鱼声声，寺院外流水淙淙，树叶萧萧，鸟儿嘤嘤，恬静的感受无以言说。

“龙兴，永之佳寺也！”柳宗元轻叹道。从长安到永州后，柳宗元既愤懑不平，又惶惶不可终日，内心抑郁担忧，希望这么美好的景色不要有人来破坏，应该好好地保护。站在高高的山岭，放眼望去，潇水像一条古老壮阔的道路，无尽无休地穿过白昼和夜晚。平坦的原野草色如茵，耳畔传来远方树林里黄莺婉转的鸣叫。对于久居西北长安从未到过江南的柳宗元，他张开万分惊奇的眼睛，尽情观赏大自然的缤纷，聆听大自然的声韵，尽情领略江南春光的明艳与妩媚。

二

唐朝佛教事业兴盛，寺庙多建在山岭。东山法华寺的西边檐下山势陡峭，榛莽丛生，澄碧的潇水环抱着青青的山湾，不利于远眺。于是柳宗元砍去丛莽，构筑一个亭子，因地处法华寺西边，故名西亭。

夕阳斜照的法华寺，闲适幽静。天色向晚，柳宗元与元克已这样一群落难异乡而不得志的文人墨客，相聚在西亭。他们对酒当歌，畅怀痛饮，而后各自赋诗一首，再抚琴一曲助助雅兴。醉态朦胧中，月色如池水漫上西亭的台阶，皎洁的月光在窗格上投下美丽的花影。当晚借宿法华寺，四周万籁俱寂，不能成寐，百无聊赖中，连露水滴落的细微声音都能听到。夜已深沉，露重月光寒，潇潇疏竹在月光的清辉里，仿佛能听到淙淙水声穿过竹根。树林里的鸟儿有时打破岑寂，偶尔鸣叫一声。柳宗元斜倚西亭，观看，谛听，一直到天明。

与往日一样静坐西亭，目光如云，浮在潇水上，遥望对岸。柳宗元手指着西山，觉得景色奇异，便带着仆人，撑船渡过潇水来到西山。他砍去灌木茅草，不达到西山之巅绝不罢休。登上山顶放眼远眺，永州古城在青山绿水里萦回缭绕，尽处连向天际，浑然一体。疾驰的日影在不断流逝的江波上闪烁，丛林修竹送来远风萧萧，似乎可以乘风翱翔。他两腿叉开席地而坐，倾尽壶中酒，一醉方休，酣然睡去，睁开眼时已是暮色四合。西山高峻挺拔，气概非凡。它与宇宙的浩然之气连成一体，无边无际；它与造物者一起巡游，没有终极的时候。柳宗元从自然中体会到禅意，又以禅意去体味人生，从而达到“心凝形释，与万化冥合”之境界。游兴到了这个地步，也真可以忘忧了，这才是他真正意义上的游览。于是，得“永州八记”的第一篇《始得西山宴游记》。此后，他眉宇间展阔着葱茏绿意，手握如椽巨笔，用潇湘之水滋润笔尖，书写永州山水的永州画卷，开中国山水游记散文之先河。

柳宗元把自己放逐于山水之间。他沿着一条古淡玄远的溪水行走，一直走到曲折溪流的尽头，看幽僻的泉水，寻奇异的石头，攀奇绝的山冈，觅绿野仙踪。柳宗元在溪畔发现钴鉧潭及潭西小丘等景点，和同伴一道取来工具，铲除杂草，并用大火烧掉秽草恶木，使小丘面貌焕然一新，让世人一睹其芳容。柳宗元铺席设枕躺下来，明净清凉的景色映入眼帘，叮咚的泉水响彻耳畔，柳宗元在清朗静谧的气氛里，心神与天地相融无间。这条溪原为冉姓所居之地，故叫冉溪，水碧可以漂染丝帛，又叫染溪。为了排遣淤积于心的不平，柳宗元自嘲因愚获罪，与这条溪流展开了一场对话，把冉溪改名为愚溪。从此，愚溪就是柳宗元，柳宗元就是愚溪。夜雨初晴，悠闲自在，柳宗元独自绕着弯弯曲曲的愚溪行走。用拐杖去试试水的深浅，解开自己身上的带子，把倒伏的嫩竹捆扶起来。提着衣裳光着脚，扫陈叶，去腐木。还有什么事儿能使他深思吟味呢？在山水里纾解愁闷的心绪，孤独寂寞本是自己倾怀的。

曾经的鲜衣怒马，经过磨难坎坷后，已褪去所有的锋芒。愚溪之畔，柳宗元采石筑基，伐木为梁，集草做顶，搭建草堂。四周垦殖榴橘、竹柳，栽种木槲花、芍药、白蘘荷、仙灵毗、金银花等花草。柳宗元祖上世代为官，虽不能说他是济世悬壶的杏林高手，但至少算得上是一位懂得医理的医师，识得一些药材。他治愈自己贫病之躯，也为百姓治疮毒、驱瘟疫。空闲时写写小诗，寄给四面八方的朋友，聊表对他们的思念。隐居谢绝世俗之事，低头默默研究唐虞。自己碰见喜悦之事则会心一笑，感到忧愁也会叹息。灵魂的安放之所，篱笆绕墙，柴门虚掩，静待早秋。室内一桌一椅一方儿，一窗一屏一天地。和好友刘禹锡的陋室一样，“可以调素琴，阅金经”。足矣！

三

愚溪是潇水最后一条支流，蜿蜒曲折，流入潇水，再北流四公里，在萍岛与湘江汇合，称为潇湘。雨落潇湘，不知激发了多少文人墨客的诗情画意。

头戴斗笠，身着圆领齐膝长衫，束腰带，下着白袴、长靴，柳宗元常以平民装束，除草，打鱼，垂钓，有时像个农夫，有时仿佛山林隐逸之士。清晨，踏着露水去耕地除草，他发现那杂草上的露珠宛如泪滴一样清澈透明，菜叶子也清脆可爱，足够吃食用度。夜雨初晴，隔宿的缕缕残云，从洲渚上飘散开去，初升的阳光，照进村落。柳宗元摇动着木橹，用力一推，船向前划去，犁开粼粼细浪。他荡着小舟，划出愚溪，划向那阔朗逸秀的潇水。

夜宿西岩，清晨醒来，提来潇湘水，用斑竹枝烧火煮饭。太阳从东边升起，水雾氤氲，已不见人的身影，只见斑竹枝的青烟弥散在一片朦胧里。突然听见欸乃一声，从水雾蒸腾处传来，浩茫滢碧的水云间，渔翁正摇着木桨，在烟霞中随潇水下至中流。回望天际，只见无忧无虑的云朵在西岩追逐着散去。“渔翁夜傍西岩宿，晓汲清湘燃楚竹。烟销日出不见人，欸乃一声山水绿。回看天际下中流，岩上无心云相逐。”柳宗元边划着木舟，边吟咏着《渔翁》，声音在云端回响，绵绵糯糯似禅语。

柳宗元在永州古城的径深处行走。时方深秋，城外的古道上蒺藜丛生，城角的道路弯弯折折，时隐时现。堤岸上开满蓼花，池水寒冷而清澈。从深山谷里流出来的泉水，细微而时断时续，像是快枯竭了似的。一只受惊的麋鹿，忽然从身边奔驰而去。柳宗元很久以来已不在意宦海沉浮，流落在千山万水之中，早已无机巧之心，为何鹿见了他还要惊恐呢？看见离群的孤雁形单影只，水里的藻、荇漂浮不定，原本闲适的内心变得寂寥凄婉。

偶然遇见打柴放牧的人走在田垄上，他们大概在为即将到来的冬天积攒柴草吧。村边榆树和柳树的叶子都已凋零，几枚枣子还支棱在枝头。柳宗元逢着一个田家老翁，老翁劝说道，鸡鸭知道回笼，鸟雀知道归巢，天已黑，不要在外面走了。柳宗元举目四望，不知从什么时候开始，青山已罩上一层暮色，炊烟已弥漫天空。篱落边，四邻们在交谈倾诉。机杼倚着墙壁，一段劳苦终于告一段落，但是蚕丝都已交秋税，辛劳过后一无所得，内心又不觉心酸。捕蛇者蒋氏告诉柳宗元，尽管祖辈都因为蛇而亡，但仍要挑起担子，只因重税之下寸步难行。原来，在遥远的边陲有这样一群人，他们竭尽全力只为过上平凡的一生。

在广阔的天地中行走，柳宗元慢慢收起了悲伤。柳宗元回望自己的一生，就是在不断失去中凋零。父亲去世，第一次经历失去至亲之痛，年轻的柳宗元只觉得心如刀割，却不知寸寸余生都将受这煎熬。二十四岁娶了门当户对的杨氏为妻，两年后杨氏病逝。三十三岁因“永贞革新”失败，被贬永州，至此天涯零落。拖家带口来到永州，第二年母亲卢氏去世，四年后女儿夭折。亲朋凋零，孤雁悲鸣。谪居永州十年，柳宗元饱尝人世间的苦涩，就连火灾也不放过他，可政敌还是死死拽住他，诋毁不断。

遥想故乡的黄鹂在阳光下高高地飞过昆明池，乘风翱翔倾斜掠过细柳营。梦里繁花开遍了长安城，他意气风发，潇洒舞剑。在永州的某个冬日看着苍茫之景，提笔写下了《江雪》："千山鸟飞绝，万径人踪灭。孤舟蓑笠翁，独钓寒江雪。"茫茫白雪浩瀚无边，一翁一舟独钓江雪，这是何等的孤勇清绝，又是何等的气定神闲。他是雪，向往春之明艳，不弃冬之萧索。

四

柳子庙位于零陵古城中的柳子街上，在愚溪之畔，是为纪念唐宋八大家之一的柳宗元而建。汽车把我们一行人载到零陵古城门坊前，下车时，个个倏地弹开雨伞，像一片片行走的蘑菇，我的头上也开了一片。当走到愚溪桥上时，天突然放晴了。过了桥站在柳子街，正昂头去看对街"柳子庙"三个大字，刚好接住了几滴喜雨。天瓦蓝瓦蓝的，像先生舒朗、欣慰的脸庞。

沿愚溪往上走，越走越幽僻，溪流在两岸竹柳杂树的遮蔽下，丰盈澄碧，像一条玉带。蝉鸣成阵，一浪高过一浪。不知在它们周而复始的生命轮回里，是否保留着先生的气息？是否记得先生当初的模样？带着幽思前行，果然如先生所言，"竹树环合，寂寥无人，凄神寒骨，悄怆幽邃""不可久居"。于是，一个人原路折回。这时，视野也逐渐变得阔朗起来。依稀听见"欸乃"声，先生摇着木桨，从竹林荫蔽处划出来，划向潇水，把我的视线载向浩茫的绿海，心里的抑郁和阴霾，瞬间被潇水无边无际的绿消解、浸染，周围的世界变得无比洁净澄明，心向着广袤无边的天际遨游而去。想必先生在古文运动中提出的"节""清""幽""洁"的实践路径，定是从永州山水里得来；是永州的山水，赋予先生简峭而清越的写作表达。

先生不但诗文写得好，还是琴人和斫琴师。《风宣玄品》(1539)是现存较早的琴论与琴谱合辑的著作，也是目前研究明代及明之前关于七弦琴的琴制、仪式、美学理论、演奏理论及琴曲等内容的重要资料，并收录一百五十四幅指法图样和绘图。其中一幅绘图上清晰记载：“诗人、书法家柳宗元（773—819）在湘江岸弹奏古琴《风雷》。这是嘉靖十八年（1539）编辑的《风宣玄品》琴谱中所介绍的三十八件名琴之一。”柳宗元的霹雳式古琴，亦称“凤势式”。《广博物存》中记载：“列子尝游泰山，见霹雳伤柱，因以制琴，有大声。”这是最早应用霹雳木制琴的文字记录。先生《牛赋》里写道“牟然而鸣，黄钟满脱”，“黄钟”是所有音律的标准音；“水平布其上，流若织纹，响若操琴”，诗文里流淌着琴声；古诗《李西川荐琴石》足见先生对古琴的喜爱。

《欸乃》古琴曲一直在耳畔回旋，我久久地伫立于愚溪桥上，朝着愚溪流去的方向望去。这是先生走出来的一条智慧之溪，文化之溪，文明之溪。我的双脚丈量不尽先生走过的足迹，只愿带一把古琴，置琴膝上，坐在船头轻抚琴弦，在潇水之上低吟浅唱，随风飘荡。

优秀奖

在永州，遇见唐宋中国

□ 贺华建

几千年来，在永州，一滴水可以看见大唐中国，一脉山可以触摸山水文章，一方石可以遇见宋元潇湘。

一个蛮荒之地，是什么让永州的名字像湘江之水汩汩流淌；一个神奇大地，是什么让无数文人骚客驻足流连。

从唐代到宋朝，像掉落的一枚时空钥匙，在永州的每一个角落，打开了一条条僻静通幽之路；从元以降，追索前人脚步，追寻湖湘文脉，一股探秘永州的“文化现象”在湘江之源徐徐而来。

是水，是山，还是摩崖石刻。正是永州的山水，让永州不断被写入名贤名士的文章。

水酿的永州

永州古称零陵。零的字面意思是零星的雨，与水有关。零陵处于潇水和湘江交汇处，有“潇湘”美誉。自古都是荆楚到岭南的水运要塞，停留两千多年的时光码头，仍然成为永州人斑驳的记忆。

《水经注·潇水》中载：“潇者，水清深也。”因其中上游两岸树木潇潇，水流清澈，故名“潇水”。潇水流经永州的蓝山、江华、江永、宁远、道县、双牌，最后至零陵的苹岛，与款款而来的湘水交融，汇入湘江。潇水是永州市的一条内河，像城市内心的一支动脉，将沿线城市的烟火点燃。

“潇湘”因水得名，是永州的母亲河，所以永州是水做的。

进入新纪元，一次意想不到的探秘，把永州推到了风口浪尖。湘江源头竟然在永州？！

此话一出，让业界惊讶。从秦始皇修建灵渠以来，“湘江源头在广西兴安”的说法已成定论。竟然还有人如此霸蛮。

原来，秦始皇二十八年（前219）督率士兵和民夫在广西兴安县境内湘江与漓江之间修建了一条人工运河，运载粮饷、借水行军。耗时五年完成的人工运河就是灵渠。灵渠后来就被认定为湘江源头。

至此，一场寻秘“湘江源”的科普考察活动，在永州悄悄进行，历经数年，无数学者及专家跋山涉水，分别从河源长度、水量大小，以及水流方向等方面一一求证。最后形成了一致意见，也得到了相关部门的认同。湘江的真正源头在永州市蓝山县紫良瑶族乡野狗岭南麓。这也不是推翻数千年的历史定论，而是为湘江正源的发现做了有力的补充，潇水为湘江上游的一大干流，故称湘江源。

因此，永州人与湘江之源更近了，湘江源头之水已经进驻到永州的内心。潇水就像永州大地的一支血脉，充盈着源头之水，是那么清澈，那是永州人清澈的爱。而潇水宽阔的水面，正是永州向中国、向世界张开的一张网，是那么热情，那是永州人热情的呼唤。

这是一条未经人工雕琢之河，是数千年后，上天赏赐给永州的“灵渠”，灵动而生。这是一条未染尘世的母亲河，在山涧奔跑，在丛林流落，绵延百余公里，投至三湘大地的怀抱，细数千年的湖湘文化，一路怀揣永州的山水诗章。

以水为邻，依水而居。唐代文学家柳宗元于唐永贞元年（805）被贬永州司马，他沿潇水河而行，发现郁郁葱葱的西山，与薄雾、炊烟为伴，日落日出皆淡然；自己每天与冉溪之水亲近，渴了手掬清泉，累了洗涤身心疲惫。虽然大千世界就在眼前，但与我无关，我只有与溪水相汲，与潺潺流水声相伴，这条溪只属于我，是属于我一个人的“愚溪”。

柳子卜居于此，放弃杂念，“终甘为永州民”，把心掏给了永州，把心托付于静静的愚溪。那是一种人生的舍。

从此，柳子开始用心经营愚溪，经营自我，以愚溪为流动风景，沿线开辟了“愚丘、愚泉、愚沟、愚池、愚堂、愚亭、愚岛”等八愚景观，终成“八愚诗”，开启永州山水游记散文的新诗篇，也是柳子人生的新篇章。这是一种人生的得。

俗话说，观水则意溢于水。柳子以水为媒，创作了“永州八记”《愚溪诗序》《愚溪对》《捕蛇者说》等散文名篇，也奠定了他的文学地位。在唐代，柳子把山水散文烙上永州符号，唱响了永州声音。

从源头顺流而下，潇水流经道县，在清塘镇楼田村，满眼荷叶叠翠，莲花洁白，让年轻的周敦颐常常忘返流连，思想清新。周子喜欢家乡的水，更喜欢水边盛开的莲，喜欢莲身上的白，索性自己小名也就叫濂溪吧。

渐渐地，濂溪先生发现莲“出淤泥而不染”“中通外直”，并以溪为诗，以莲为章，遂成千古名篇《爱莲说》。周子成了为政清廉，为人正直的廉洁典范。至此，在永州，只要有水、有湖、有潭便盛产莲，处处种莲，人人学“廉”，以莲为美，以莲为傲，永州成了“廉”的故乡。这是永州最值得书写的文章。

在永州写水，一定要写浯溪。唐广德元年（763），唐代著名散文家、诗人元结出任道州刺史，乘舟逆湘江而上，路过祁阳，爱其胜异，将不知名的溪流命名“浯溪”，撰《浯溪铭》，浯溪从此得名。随后，元结撰诗《大唐中兴颂》，并邀挚友颜鲁公书写，请工匠勒于悬崖之石。从此，在永州，望山见水就可以遇见大唐中国，可以听见盛世的心跳。

在永州，文人墨客都想把脚下流淌的溪流占为己有，甚至命名为愚溪、浯溪。这不是私心作怪，相反，说明他们已融入了这一块土地，水成为他们生命的一部分。

因为永州的水是有生命的。文人墨客一踏上永州这块土地，便会喜欢上永州的水，喜欢上它经年不息、不急不缓之势，永州的水可以让漂泊的人静下来，甚至可让人的疲惫停下来，永州的水是可以用心触摸的；作为湘江之源，永州的水不像长江、黄河那么势不可当，也没有湘江中下游之水那么汹涌澎湃，永州的水更像待字闺中的浣衣女子，清纯且不愠不火，可亲可近，可陶可醉。在永州，水可以被占为己有。

在永州，江水溪水是有思想的。无“水”不成文，无“水”不成诗。在永州，江水溪水酿造了永州，永州也酿造了她们。在永州，来访者遇见中兴大唐，更会遇见一篇篇水酿的醉人诗篇。

山为峰亦为诗

永州的山没有四大名山那么出彩，但永州的山却承载着历史的厚重，可以触摸到历史远去的尘埃。九疑山更是一座千年文化的丰碑。

北魏郦道元《水经注·湘水》云：“营水出营阳泠道县南山，西流经九疑山下。蟠基苍梧之野，峰秀数郡之间，罗岩九举，各导一溪；岫壑负阻，异岭同势；游者疑焉，故曰九疑山。”

九疑山因舜帝而得名。“舜南巡崩于苍梧之野，葬于江南九疑。故老相传，舜尝登此。”相传古时舜南巡狩于山间，二妃娥皇、女英溯潇水而上，千里迢迢前来寻夫至此，只因九疑山九峰相仿，峰峰相似，令人迷惑，找寻舜帝，千难万难。历经千辛万苦后她们才找到，可那时舜帝已经归天，葬于山前，与山合为一体。二妃伤心欲绝，她们痛哭时的眼泪不小心甩在了竹节上，但见那沾泪的竹子立马呈现出泪痕斑驳的样子，于是人们叫它泪竹、湘妃竹。

因情而生、因情而泪。斑竹上的泪痕，是二妃伤心的文字。我相信，舜帝两位情真意切的妃子，定是用尽了余生，在九疑山成片竹林里写下了天下最动情的文章。“斑竹一枝千滴泪”，每枝斑竹皆诗章。几千年来，娥皇女英的坚贞悲情故事感染九疑山，染满了永州这片山山水水。

登山则情满于山。秦始皇、汉武帝曾立于九疑山望祀虞舜，在斑竹林感叹“人世情未了”。秦汉以来，历代帝王或遥祭舜帝，或遣官代祭，以各种方式纷纷在九疑山留下圣迹仙踪和文物古迹，或以碑刻，或以崖刻，或以祭祀碑方式留下千古文章。

“万里江山朝九疑。”千百年来，屈原、司马迁、蔡邕、李白、李商隐、何绍基等历代名人骚客登临九疑，终也逃不了“情”字，纷纷留下大量的诗文、组章。一代伟人毛泽东满怀豪情地写下了“九疑山上白云飞，帝子乘风下翠微”的壮丽诗篇，让九疑山再添诗意的光环。

我想，这是在永州，寄情于水、悲情于山最感人的文章。九疑山也是永州最美好的文章。

说到永州的山，不得不提阳明山。阳明山脉波涛起伏在海拔一千米以上，其群山连绵、山峰环立，看红尘滚滚，诉说世事苍茫。

阳明山是禅意之山。阳明山上收藏着寺庵二十七处，可见佛气之盛，山水之灵。在阳明山可以结一段佛缘，缘起缘灭三生而定；在阳明山可以聆听七祖教化的佛音，为前世今生坐禅。因而每一处山便是一个世界；每一株树就是一副心肠；每一叶、一朵花便是一个心灵之境；每一滴水就是一种智慧和灵魂。

阳明山是信仰之山。它的信仰是传承着悠久的“和”文化的，阳明山成了三湘，乃至全国开展“和”旅游文化交流的重要场所。因而它山上的每一树野花都盛开成合欢的喜悦；每一株杜鹃都像母亲一样伸出拥抱之手，是那么热情奔放；山涧的每一滴水都有名字，都有流向，都流向爱的港湾。

如今的阳明山，因和而名，因和而美，每年吸引全国名人雅士、社会贤达为阳明山题“和”、写“和”、议“和”，为千古名山增添了“和”之气韵、和谐之音。每年清明期间，因“和”而染红的满山杜鹃竞相开放，绵延数十里，仿佛为全世界祈和、慕和的朝圣者铺设一道红地毯，蔚为壮观！

永州的山，写来都是文章。舜皇山、南国武当山、都庞岭、云冰山……永州的山，像最香的茶，都值得细细品味。“水石从来数永州，淡山风景更清幽。”清代诗人蒋濂颂歌自己家乡零陵的淡山（岩）之美，一点儿也不过分，但我觉得永州的“山山风景更清幽”。永州的山更像一个风向标，千百年来，无数散章从四面八方吹来，在永州落地生根，长成茂林、长成花草、长成诗篇。

开花的石刻

打开《红楼梦》就是翻阅一部花开的石头。那么走进永州，可以翻阅一座座浸润思想的石头，灵魂的石头。在永州，石头都是有思想有灵魂的。

一方石刻，就是一页历史。说到永州的石头，莫过于浯溪碑林。浯溪碑林里五百余方石刻承载着这里的文化精髓。最著名的莫过于唐代诗人元结撰文、颜真卿书写的《大唐中兴颂》。

唐大历六年（771），元结隐居浯溪，好友颜真卿卸任归乡特意从江西抚州绕道来看他。元、颜两人都是平定“安史之乱”的功臣，又是相知好友，在浯溪江边码头相遇，既惊又喜。元结忽然就萌生了请颜真卿将自己十年前的旧作《大唐中兴颂》刻于石壁之上的念头。

就这样，元结的文、颜真卿的字、浯溪摩崖之石，被后人称为“摩崖三绝”，而一幅震古烁今的书法瑰宝《大唐中兴颂》成为摩崖精华。字字刚正雄伟，气度恢宏，下笔更是激越高昂，气势磅礴，字里行间充满着刚毅之气。这一拍即合，就是思想的碰撞，竟给永州江边石头的冷，刻上了文字的温度。这千年的文字，风里来雨里去，穿梭于时空，温暖着这片土地。

从此，一千多年来，《大唐中兴颂》摩崖之石成为石刻的丰碑，吸引无数后辈名流，游躅接踵，运笔抒怀，吟诗作赋，打碑刻石，镂玉雕琼。三百多名家的诗、词、书、画、题词，五百零五方石刻至今犹存，似画似卷，成为全国稀有的石刻碑林，使浯溪无石不诗，石石皆字，满山皆文章；让浯溪成了今天的历史档案、书法宝库、文学殿堂。

每一方石刻都是有故事的，与浯溪，与永州的山山水水纠结不休；每一方石刻都是有灵魂的，五百零五方石刻叙写了众多名士的思想。

可以这样说，永州文化的精粹是用石刻来丈量的。

拾步九疑山，你会被这里的奇石怪岩吸引。宋人李挺祖站在舜源峰一石山溶洞前，但见潇水犹如玉带，轻盈无声绕山而过，于是题书“玉琯岩”；后宋道州刺史方信孺至此，见九座山峰之上有浮云缭绕，似仙非仙，难以分辨，脚下有清泉脉脉下泻，如瀑如练，于是刻书“九疑山”三个大字，笔力苍劲遒拔。

“明风嘉雨，浸润下民，芒芒南土，实桢厥勋。建于虞舜，圣德光明，克谐顽傲，以孝蒸蒸……”宋淳祐六年（1246）郡守李袭刻下此碑文。从碑文里，我们看到永州早在几千年前就已经播下了孝道文化的种子；每一个字，都是生命的胚芽，每一个字，都透着文化的光辉。

据专家考证，永州摩崖石刻遗存完整，数量丰富，成线成片，绵延千年。自唐以来，全国所存摩崖石刻以湖南最多，湖南所存石刻以永州最多，永州石刻以宋刻为多，在全国亦有独特地位。永州十一个县市区，都遗存数量不等的摩崖石刻。据统计，历朝历代散落永州大地的摩崖石刻有两千多方。

我喜欢这种石刻，这样的石刻带着泥土的味道，是不会流动的乡土文化，生在永州，根植永州，这两千多方的石刻，就是一部永州的千年历史；我尤其喜欢石刻上的文字，它不会矫揉造作，只会风雨与共。它的一刀一镂，一笔一画，都在诉说与永州有关的人或物，仿佛是在朗诵永州的千年诗篇。

优秀奖

潇湘新雨

□邱　玲

一

有些地方，也许你并没有来过，但因为地名太有诗意，瞬间给人无限的向往。比如潇湘。潇水、湘江在永州处合流，雅称“潇湘”。壬寅年仲夏，我们几个文友约好，一同游潇湘。

潇湘于我，并不陌生。我的父亲曾在永州冷水滩火车站工作过。那时，他和站里的职工住在用石头、石灰切成的“干打垒”站舍。夏天闷热得让人透不过气，冬天又冷得让人瑟瑟发抖；晴天一片尘，雨天“水帘洞”，晚上睡觉，常被雨淋醒。白天苍蝇围绕，晚上蚊子成群。夏季的夜晚，铁道两边常看到“鬼火”随风而动，逐人而来。

“情形会慢慢好转的。”上了年纪的铁路人经常这样说道。

小站是寂寞的。父亲和张叔、林叔在工余时间，常到幽静山野的水库边钓鱼。张叔是上水员。上水是集脏、险、苦、累于一身的工作。“夏天一身汗，冬天一身冰”。由于长期弯腰上水，张叔患有严重的腰椎病。林叔是制动员，有点胖。他一天要跳上跳下的，下班回到站舍，累得动都不想动了。那时，有很多地方还没通电，需要点煤油灯，能照亮的地方也很有限。许多时候需要摸黑完成调车作业，每晚要完成约两百钩的作业量，调车作业人员的工作安全，全靠调车长在适宜的地方及时指挥，做引导信号手势。所以，大家都是过命的交情。汗水洗涤父辈们粗糙的脚步，但从未有人放弃。

父亲他们是怎么挺过来的？这个对于我，始终是个谜。

后来，父亲被调往广西工作后，他们三人的联系愈来愈少了，就像蒸发的雨水，在人流中消失得无影无踪。世间聚散，各自有由，也是无由。此是常情。时间像一列永不回头的列车，在光滑的铁轨上飞快地行驶。当我还愣在前一秒钟时，却突然明白那已经是很久以前的事了。今天，踩着父亲的回忆踏入这块土地，迎接我的，是经久不衰的雨天。

这雨，这潇湘的雨，一落就是几千年。

扑扑簌簌、深深浅浅，无数颗雨点儿纵身跃下，跌落在屋脊上、树林里和溪水中。雨水丰沛，酣畅淋漓地皴染着山林，展现出水墨画般的意境。我模仿古代文人在柳子街缓步前行。穿街过巷，墙瓦斑驳，光影流动。有种错觉，擦肩而过的正是旧日时光里那个大名鼎鼎的士大夫，可一转身他就不见了。渐渐地，雨点儿声越来越大，街中央那座宁静的庙宇热闹了起来。

“柳子庙”。正门上方，三个牌匾上的石刻大字，让我驻足长看。两只石狮子威风凛凛地端坐在庙门前。高大宽阔的院墙内，几棵松柏一字儿排开。站在鹅卵石镶拼成的大型花格图案的地面上，我抬头仰望着已被风雨侵蚀、浊迹斑斑的庙墙，内心却狂浪一般。朝拜是需要历史和思辨的思维，用公正的眼光去看待一切的。否则，只能看个热闹而已。从柳州的柳侯祠到永州的柳子庙，我无数次想起那个瘦削而孤独的身影，那个有一身才华和满腔激情，却因不能为国分忧而心急如焚、寝食难安的人。

自古，有权力的地方就有斗争、有冲突，这是一种难以调和的矛盾。诸如此类的事情，数不胜数。柳宗元，字子厚，805年，“永贞革新”失败，被贬永州。十年孤苦，残庙听漏，枯灯独影，归园田居于愚溪边，躬耕独钓，寄情山水。或在生死存亡的边缘吟诗作赋，或用自己的屈辱之身去播种文化与文明，这便成为永州之幸。柳宗元坚守着“大中之道”，关心民瘼、不信天命，这才有为民呐喊的“苛政猛于虎”响亮在历史的天空；“虽万受摈弃，不更乎其内”，流放的苦难打磨出艰苦的人生，锻造出一个文人的精神世界。

这才有作为唐代古文运动的“主将”而名垂千古；远离朝堂，远离熙攘的尘世，却与下层黎民百姓贴得更近、更紧。他官场失意后在文坛高歌猛进。在那一处天地，柳宗元写下著名的“永州八记”《柳河东集》，无数诗文诞生于此。细想，有时候，能够用文字来表达自己的心声，书写自己建立的内心世界，在田园中营建出自己的理想，不是乌托邦，其实已是很好。

人生，何须有太多渴求？

东风吹醒了英雄梦，生命已经化为青山尘埃。拾级而入庙中正殿。殿中，“利民”两字高悬。柳宗元的汉白玉侧身塑像面目平静，手持羊毫，凝视远方……我凝视着、静默着，不想把他打扰。

柳子庙前有一座古桥，连接了时代，也贯通了古今。我站在桥上凝望着这个坐北朝南的堂堂高庙，它倚靠着潇水，面朝着南岭，看着世间来来往往的人们，是静默的。就像此时的我一样，没有言语。

此时，又何须语言？

二

高楼大厦看得多了，便腻了。陡然到了上甘棠村和勾蓝瑶寨，什么样的都觉得新鲜。先是那山，还有那人。白云在葱郁的山间飘荡，但说不好哪片云朵里就有雨。溪水潺流，清澈得能看见水中卵石的花纹。红砖青瓦的房子依山而筑，与大自然浑然一体，散发着生命的纯真，没有一丝的喧嚣与浮华。抬眼望去，诸多的山体维持了最自然的样态，洋溢着自然界自足的欢乐。

人，归根结底还是大自然的孩子。在大自然中结庐而居，自由自在地栖居在青山绿水间，心也会被澄净得干干净净的。置身其中，所有的烦恼会烟消云散，困顿的胸怀会爽然而释。我感觉自己像只土拨鼠，我要静静地站立，深呼吸一会儿。这山这水让人懂得如何去观照生活、理解万物，也更明白生活的意义。

走在青石板铺就的沧桑巷道，满溢着幽深古老的人文气息。古风民宅，如处子般安静，时光在此倒流了千年。房屋四周突起的马头墙多姿多彩，檐饰为彩绘或砖雕，点缀小型青石花格窗，形成各具特色的街景，让人移不开目光。同行的人纷纷掏出手机，拍照留念。得天独厚的生态环境孕育了恍若仙境的山水秘境与千年的历史人文。伸手去触摸斑驳的墙壁，仿佛触及了千年以前的生活气息。有一刹那，我脑海里浮想联翩。

平日里，瑶民们仍然穿着传统服饰，眉眼却是极清楚、干净的。因为深居大山腹地，瑶民质朴而善良，看得出来那千古流芳的尧风舜德深深地植根在这块土地上，根植在瑶民的心田上。瑶民们守着自家院落，朝南望去，山就矗立在眼前，山是空的，人也是空的。雨水照常会下，不管无情还是有情。

“这一带是中国瑶族的大本营。瑶民基本上是自给自足，唯有盐巴须从外面购来。通过古道，把瑶乡的茶叶、桐油、绣品运出去，再把最宝贵的盐巴换运进来。”年轻的导游是这里的瑶家妹，活泼开朗的她，身着瑶族服饰，满脸带笑给我们介绍着寨子的情况。她对家乡这几年发生的变化充满自豪，幸福感溢于言表。午饭后，她带我们往山上走，去看古道。

潇贺古道蜿蜒曲回于巍峨的西岭山脉丘陵之间。我们从瑶寨的后山蜿蜒而上，两边全是遮天的峰峦和翠绿的松柏。脚下的青石板经岁月洗磨越发青黑、发亮，从古道上轻轻走过，生怕碰损它那历经千年风雨的面庞，恍然间听到潇贺古道上传来的马蹄声，曾经繁荣的景象跃然眼前。只可惜，这条联结海上丝绸之路的古道，如今已被新垦的田地、新建的村落分隔成一段段，零零落落。导游的语气中有些许的无奈和遗憾。

渐走渐高，头上的雨急急地一头撞下来，立即被吸进树林里，好一个清静的世界。瞬间我好似又穿越了千年，身边的风呼呼吹过，提醒我处在现代，居于闹市。远处的村落凄迷朦胧，不知何方世界，近处曾经为抵御外敌而用巨石垒成的防御城墙，如今只剩下一截残垣，还有个四方的墙门。据说当年修建这条古道，征役了四十万劳工，而其中的一半先后把身骨尘化于古道两侧的山坳沟壑里。

我倚门回头看古城墙，历史在缓缓流淌，耐人寻味。再回望人间，思绪泼染在茶马古道的风雨雪霜当中，胸中回荡着一种飘逸而苍茫的诗意。“从这条路走，不到一个小时就可以走到广西！”导游的话引起大家极大的兴趣。听着众人的议论，我又恍惚了，那种时空交错的感觉再次来袭。

天将黑，我们下了山。瑶王寨的红灯笼亮了。我们刚喝完“拦门酒”，瑶家油茶和自酿米酒就被端了上来。有茶有酒，歌自然是不能少的。瑶家人爱唱歌，浓烈、自由的瑶歌随处可闻。瑶歌曲调简洁、质朴，无论是在家里、在田间地头，还是在广场上唱起，都是幸福的声音。

有客自远方来，瑶家人即兴编唱了一首山歌，大意是欢迎贵客常来常往，引得我们啧啧称叹。不知不觉，我们大家都醉了。一醉半天不醒。

是夜，酒醒，村人已沉睡入梦。我缓缓地走进风雨桥，眯起眼，盘腿坐着。静静地听河水潺潺，蛙声鼓噪，享受这份青山绿水的宁静。

三

在淅沥的雨里，我们抵达了江华。

车至千年瑶寨桐冲口，在向导的引领下，我们往坡上的民宿群走去。桐冲口村坐落在海拔九百多米的麻江河冲漕平缓处。就在我们经过的半路，集镇上的房子正在“穿衣戴帽”，不再是乱蓬蓬的“打着赤膊”“袒胸露腹”的样子，而是悄悄地改变，初现统一的瑶族风貌。假以时日，潇湘的风情就会展露。

沿着麻江河，走过一条数百米木构的风雨长廊。还没到村口，就远远地看到一排排整齐的青瓦白墙的楼房依山伫立，错落有致。入村口处，有一个颇为宽敞的广场夷勉堂，这是由一个舞台与三面长廊合围成的一块坪地，是寨中进行耍火龙、打长鼓、对歌等民俗活动的场地。坡上两三层的吊脚楼是瑶民新居，也是瑶民自家营业的民宿。他们是从四周山里，易地搬迁而来的。我夜宿的民宿是靠近夷勉堂后面上坡地的第一栋，瑶民郑兵家。他家客房干净整洁，桌上还放有一盆葱郁的绿萝，赠送的茶叶被盛在精致的小瓷罐里。这里与我想象中农村的房子不太一样。走出了大山的郑兵一家，如今的日子越来越有奔头了。

瑶家的洪沙大席，也叫五色圆福长桌宴。夷勉堂广场的灯笼红亮亮的，餐桌上，新鲜芭蕉叶上盛着瑶家美食，荷叶米粉肉、糯米粑粑……我正在解读菜品时，瑶家姑娘成群结队地盛装出场了。她们手捧瓜箪酒，唱着祝酒歌，笑盈盈地来给客人敬酒。“高山流水”是瑶家人最高级别的敬酒方式。盛酒的几个长把葫芦高低结成长龙，酒从高处倒入，源源不断地流入客人的嘴里，把整个宴饮的气氛推向了高潮。

舞台上，原生态的国家非物质文化遗产“盘王大歌”“瑶族长鼓舞”让人着迷。接下来我们和瑶民在篝火边一起跳舞，满堂都是笑声、欢乐声响。我赞叹这套“旅游组合拳”打得真不错。身边的魏班长说，这些是在一位江华的瑶学专家的主导下，有条不紊地开展的。以往山里人出不去、外面人进不来的，偏僻、穷困的瑶寨，如今变成了远近闻名的AAA级景区“千年瑶寨”、特色旅游村。在躁动的尘世中，在粗俗的乡野里，千年瑶寨智慧地注入不俗的见识和审美情趣，书写着自己的人生和诗歌。

爱一个村庄就像热爱生命，用自己的岁月和汗水充盈村庄，也充裕自我。更让我惊叹的是，桐冲口的“村官”竟然是个辞去稳当当的公职、回村扶贫有八年之久的瑶学专家——郑艳琼。桐冲口村是她的杰作，道路建设、污水处理、村庄景观规划设置、民宿旅游产业等一系列项目，在她强有力的推动下，逐一展示出不俗的风貌，有着潜隐的力量。这对一个国家级的贫困县来说，是难以想象的。

当诗与远方落在眼前，就需要有人去实现。想想，有时能够用双脚去丈量世界，踏出自己的足音，做着一些自己愿意做的事情，也是个小确幸。人生一瞬，有多少个八年？又应有怎样的追求？

我真诚地对她说，在基层工作，辛苦了。她痴痴一笑，不觉得苦，这是她主动要求下来的，在这里可以直接与百姓面对面打交道，可以做一些事情。沾染泥土的味道，自己才感觉到生命力，不至于居庙堂之高而不知江湖之远。她用自己人生的八年，打磨了属于自己的这一片天地。其中的酸甜苦辣，她一笑置之，越发的朴实无华。

对于村庄，有人远离，有人亲近。郑艳琼用心与群众，与这片土地构起了链接，形成了环状回路，犹如人与自然的和谐相处。把自己所遇到的困难，置身于整个事业来看，就算不得什么了。只是忠孝难以两全，对不起孩子，更对不起父母，因为陪伴他们的时间太少了。她闪亮亮的眼神里，有一丝丝黯淡。

人生海海，山水相逢。短短几日，我就喜欢上了这片土地。

站在父亲曾经工作过的地方，“永州站”三个字屹立眼前，整个站前广场视野开阔、绿化新颖别致，整洁的广场环境，通畅的道路，便利的交通，这里已然成为一道亮丽的风景线。站里有许多不同岗位的铁路人，不分子夜正午，不畏酷暑严寒，在铁路这台全天候运转的大联动机械上一刻不停地坚守着、奉献着。“凌风知劲节，负雪见贞心。”我想此行，是我对潇湘最大的见解。

我不禁抬头仰望，头顶上的天空，瓦蓝瓦蓝的。

优秀奖

女书岛的清白岁月

□安　欣

只有潇水知道，为什么从上游而来，九曲十八湾流经上江圩镇时，会突然张开长长的双臂环抱住浦尾村，形成这个江心岛。从江心岛下行北去，再直奔县界。这个小小的村庄被一条河流环拥在怀里，像一个连着脐带的胚胎，被母亲保护着，长成一个安静又孤立的孩子。最初，走进村庄的路只有一条，一座狭窄的木桥。桥每年都会被洪水冲垮几次，没桥的日子，只能乘船。

孤岛上有一种孤独的女书文字，不知她从哪来，却倔强地在岛上生长着，看得见世界，又与男人保持着距离。

一

岛上的女书是一种文字，一些符号，一幅图画，也是一支歌谣。这种没有乐谱的歌谣在这个小村庄流传久远，从歌里飞出的字符被女人一笔一画写上纸扇，绣进手帕，女人的香气在隐秘的世界微波荡漾，只有她们能够读懂这些字符背后的心事。长我六岁的姐姐是女书岛上出落得最有灵气的美人，女红做得极好，为我做的绣花布鞋我都不舍得穿，总担心鞋面上的八角花会沾了泥。每天我放学回来，母亲在生火做饭，干了一天农活的姐姐已经安静地在楼上闺房里绣毛巾、织锦带，一针一线，细细的，密密的，仿佛这样才能熬过密集的时光。夕阳褪去，屋檐上的雕花飞檐以飞鸟的姿态静候，从窗户偶尔会飘出姐姐的歌声，轻轻柔柔，如徐徐清风。常有与姐姐一样早早辍学在家的姐妹相约，她们挤在那个小小的房间里吟唱这些旋律不明朗的歌，从她们灵巧的手上不断变幻出各种花样的绣品，图案奇妙，色彩清丽，令我叹为观止。

后来才知道是岛上的高银仙老人教会辍学在家的女孩子写女字，唱女歌，引领她们进入那个神秘的女性世界。那些女书文字修长秀美，身姿婀娜宛如岛上的窈窕女子，秀丽柔美。我只觉得女书字既像小篆，又似甲骨文，如诗经般古意盎然。

与女书一起流传的是荆田村才女胡玉秀的故事。宋元年间，在一个肃杀的秋天，她被迫离开了皇帝恩赐的“御书楼”，来到千山万水之外的宫中。宫中险恶重重，她日思夜想编造了一封家书，用世间绝无仅有的字符写在手帕上，一只灵性的猎犬日夜兼程把这封家书送回家乡。心意相通的姑娘们从家书中的女红图案中读懂了她的苦难和思念，悲从中生。她们用玉秀姑娘创造的字符编写歌词，日夜把想念和祝福化作歌声向着远方吟唱。

这个故事犹如流水的韵律，与女书字符一起散落在民间，像自由的花坠入女人的心里，成为她们心底最明丽的声音。

我记得每年秋天桂花最浓郁时，村里的姐妹就跟着老人乘船出岛，去几十里外那个四周长满桂花树的花山庙赶庙会。听姐姐说她们会带着写有女书的手巾与纸扇，与各地习女书的姐妹聚集在一起，尽情吟唱女书，做女红，展厨艺，那是一场专属于女性的盛会。我不知道那个女性聚集的庙会有怎样的魔力，女书的传说在女人心里播下怎样的一颗种子，让姐姐愈加美丽灵巧。

姐姐出嫁那年十九岁。岛上的姐妹很快知道姐姐要出嫁了。她们抱着自己的花棉被，穿过青石路，挤过狭窄的古巷，把棉被抱进姐姐的楼阁，住进了姐姐楼上的闺房。家里一下子热闹起来。母亲说，出嫁前来的姐妹越多，姐姐婚后就越幸福。在姐姐出嫁前一个月，她们每天晚上在家里洗漱好，发梢上还滴着水就过来了。母亲用精细的糯米碾成粉末，每晚为姐妹们做糖水粑粑。母亲在姐姐房间加宽了木床，地上也铺好棉被。她们吃了糖水粑粑后就并排挤在一起，整夜说着私密心事，用秀美的女书字写满三朝书，把她们丰盈的爱折叠起来，一针一线地缝制好这些专属书信，悄悄赠予姐姐。在隔壁房间的我，依稀听着姐姐们的小夜曲，总想着快点儿长大，也能有人舒服自在地对谈，彼此温暖相伴。

姐姐出嫁前三天，全村女孩就开始聚在我家坐歌堂。母亲请来了乐师和姑娘们一起学歌，唱的是《五更歌》，声声哀怨。第二天坐小歌堂，姐姐穿红衣披云肩，戴着凤冠，美丽又忧伤。第三天晚上在堂屋坐大歌堂，这是我记忆中家里最热闹的晚上。大家围坐着，说着话，唱着歌，吃糖果，喝糯米酒，彻夜不眠，我在迷糊中做了一夜伤心的梦。姐姐出嫁那天，母亲与姐姐从凌晨开始哭嫁，那些谜一样的哭词像流水一样，湿润、伤感。我想着夜里的梦，追着姐姐的花轿哭了一路。姐姐出嫁后，给我留下了很多她亲手做的衣服、饰品，但姐姐木箱里存放的三朝书像流逝的时间，再找不到踪迹。

姐姐出嫁后的第三天，按风俗，我早早地就去把姐姐接回家来“过三朝”。之后，不是岛上过节，姐姐就很少回娘家了。于是我总盼着过节，一到岛上过节，姐姐就回来了。二月的朱鸟节、四月的女儿节、七月的吹凉节，无节不欢。我最喜欢“吹凉节”，正值我过长长的暑假。全家人早早就攒够好吃的，母亲从镇上买来纸扇，等着姐姐回来过节。长大后我才懂了母亲的期盼里，有太多对姐姐的愧疚和心疼。姐姐回岛的日子，她去哪儿，我就黏到哪儿。她跟姐妹们一起在竹林里打平伙、做美食、习女书、唱女歌。那个在少年时光里流动的女书神秘世界至今让我神往，那个世界里有歌，有梦，有希望，有力量。

姐姐出嫁两年后，我也离开了村庄。此后经年，我的梦里常常萦绕着甜蜜和感伤交织的香气。如今，女书岛上的女书自然传人，那位慈祥的老人高银仙已仙逝，所幸的是她的孙女胡美月传承了女书，岛上建起了女书生态博物馆，设了女书学堂。岛上的女书赓续着女人的梦，在岛上真实地活着。

俗常的人，没有内心的语言。女书，是长在女书岛女人心脏上的文字，在她古典的经脉里，藏着细微的欢喜与忧伤。岛上那些少时的梦，在一条河流孕育的胚胎中完成，是奔涌的，是热烈的，是真切的，带着暖意在世间行走。

二

女书岛上有几十座青砖瓦房，每一座房子都刻着古老的痕迹。两面坡，四周包风火墙，窗花、门庐点缀精致，木雕石雕工艺精湛，典雅又温润。还有一条能容纳灵魂的河流，滋养着岛上的人们。潇水欢畅，在村前再次分支围合出一个小河洲，河面在村前变窄，形成一条十几米宽的弯弯小河。

我家离小河不到十米，打开窗户就可以看到河对面的小河洲，一块块纵横交错又有序排列的菜地里，葱葱郁郁。泥土的浸润，河流的滋养，小河洲四季常绿。夏天，无忧的暑假生活，少不了每天要到河对面的洲地里摘菜。豆角疯长时，每天都能神奇地长出许多来，一天一拨地长。清晨，姐姐在河边的青石板上洗衣，棒槌声将我从睡梦中叫醒，母亲站在门口望望对岸，朝楼上窗口唤我："三，豆角挂满了，快过河去摘回来啊。"我便跑下楼来，拿上竹筐，划船过河。酷暑里河水浅了，只需解开船缆撑一竹篙就能到河对面。水更浅时，就可从水路蹚水过去，那条水路上的卵石被踩得锃亮，在水底泛着光。不过母亲不许我走水路，她说水路旁边就是深水区，不可去。我也就听了母亲的话，过河都划小船，哪怕是一竹篙的距离。记忆里每天都有豆角可摘，摘回来晒在窗台上，做成豆角干，缠成一把捆好，腌在坛子里可以存放到来年夏天。为了划船，我每天抢着去对岸摘豆角，摘茄子黄瓜，在河上穿梭，听竹篙沉入河底的声音，拿竹篙和水草逗玩一会儿。母亲不注意时，我把船停到河中央，插上竹篙，躺在船尾微眯着晒晒清晨的阳光，夏日清凉从泡在水里的脚上一直传遍全身。阳光在河面上变纪着各种颜色，我总觉得那是让人神往的色彩，生活本该有的色彩。

这是一片安全的河域，驻留着岛上的清白岁月。吮着河水生长的我们，心里都住着一条河流和一棵古樟树。潇水承载着岛上男人的生活理想。每天清晨，男人们从河里把前一天晚上撒到河里的网收上来，渔网里兜住了鱼，也网住了虾和蟹，还有被牵扯上来的长长的水草。船舷两边竖着竹竿，渔网有序地排挂在船的两侧，回村停船靠岸，鱼虾还在网格里翻跳挣扎。他们只顾以舒服的姿势坐在船头，一边慢慢漂回，一边拨开渔网，把挣扎着的各种鱼解救下来请进装了活水的船舱。当一只只渔船陆续转过弯道，有序地停靠在古樟树下，剩下的事就是女人们的了。她们带着竹篓和木桶上了自家的船，开始清埋船舱里的鱼，一边捡鱼，一边大声谈论收了多少鱼，如果网上甲鱼，必会引来大家的惊呼。在这样的清晨，每一条鱼都成为女人的话题。清晨的空气里夹着水草和鱼腥的味道，还有谁的家里飘出的鱼粥香，那是女书岛上特有的烟火气息。

女人们上船装好船舱里的鱼，活跳的装进竹篓里收好口，放在樟树下的浅水处养着。张嘴呼吸困难的就赶紧收拾了，在河里清理干净，拿回家用盐水煮熟，用木棣火烘干，配上坛里的腌豆角，就是一道美味的下饭菜。最适合做鱼干的蒜梗鱼，身子长，鳞小刺少，烘干后吃着软而香。女书岛的鱼干在集市上都是供不应求的，有熟知的顾客等在码头，只为等女书岛的女人划着小船出岛来卖鱼，远远看见渔船过来便招手示意，不用讨价还价，那场面欢乐又温暖。

赶鸬鹚的会在近午时才回，三五只鸬鹚立于船头，主人的竹篙一横，它们便轻灵地一跃而上，随着竹篙果断地往河里一斜一沉，它们便自如地潜水、跳船。那些大鱼在鸬鹚口中变戏法似的吞进、吐出，那是我最迷恋的样子。我常常幻想着，也能如被鸬鹚吃进肚里的鱼儿一样，体验一次死去再奇迹般地活过来。后来跟随父亲在船上捕鱼时，我两次掉进河里，所幸的是父亲水性好，我真的活了下来。对水的敬畏，都源自环抱女书岛的这条河流。

母亲远嫁到女书岛，是因为父亲会造船，父亲是岛上最早自己造船的。父亲三岁时就失去了亲生母亲，他习惯了亲手为自己铸造生活。他有全套的造木船工具，放在一个上着黑漆的大木箱里，用土黄色的粗麻布做了背带，背带破损严重，但箱里的一把斧一把锯都是锃亮的。父亲总能找到上好的整棵柳木，备好铁钉、麻丝、石灰、桐油，就开始专注造船了。每年秋天是父亲造船的时间，双季稻已收仓，正是农闲时。大樟树下，父亲与那些木板、铁钉、锯子天天在一起，量尺寸，上墨线，拉大锯破板、分板，拼板、套木板时大家就搭一把手，一整套工序下来，做好船身，打好船头、船帮、船尾后，船体就算完工了，然后下河试水。父亲每年造一只新船，新船下河试水时父亲一定要把母亲和四个儿女都叫上，这是我们家在女书岛时最隆重的仪式。父亲把船一点儿一点儿推向河里，船尾先下河，然后船身，父亲随着船身下到河里，当船头也下河了，他从船的两边一步跨上船，船便稳稳地向河中心漂去。父亲站在船头，撑着竹篙，这条河流就是他辽阔的疆域，他是这条河流上的勇士，也是母亲的勇士。

在最艰难的时候，父亲对母亲说，不管发生什么，这条河都能养活我们，这是我们的母亲河。父亲和母亲的一生，无论漂在哪儿，都没有再离开过这条河流。

我两岁那年，因为舅舅，他们不得不离开女书岛，在另一片水域安了家，把我们兄妹四个留在了女书岛。艰难熬过饥荒的舅舅却难逃那个年代的厄运，一夜间失去双亲的舅舅连夜翻山越岭，跌跌撞撞绕个大圈才投奔到女书岛。母亲悲痛万分，惊慌失措。父亲连夜找了竹篾和塑料胶膜做了船篷固定在木船上，天不亮就带着母亲和舅舅来到船上，一心想着带他们离开。母亲说，谁也不知道那天晚上他们经历了什么，他们也不知道是否还能回来。那个晚上，果敢的父亲像一棵大树深深刻进了母亲的生命里。

此后多年，两只船在潇水河的上游开始了漂泊。舅舅隐姓埋名与父亲母亲在一起，直到舅舅习惯了打鱼的生活，母亲才回到女书岛，回到我们身边。被一条河流和一种文字浸润的女书岛上，有相亲相爱的人，有最纯美的时光，这里就是我们的天堂。

三

2020年，因一场新冠肺炎疫情，准备高考的女儿不得不回到家中上网课。几乎同时，母亲病危住院。在那些戴着口罩连悲伤都无处诉说的日子里，女儿除了勤奋画画，就是变着法子安抚焦虑万分的我。一生与潇水相伴的母亲，倔强地化为一朵隔世的花永远留在了潇水环抱的女书岛。那些日子里，女儿成了我最痛苦时的精神支撑。她也经受住了一场史无前例的新冠肺炎疫情对一名艺考生的考验，实现了自己的梦想，站在新的起点上，重建她的精神世界。

开学前，女儿参加了女书游学，回到我的故乡，回到美丽的女书岛，那个滋养了我从出生到少年的衣胞之地，与一群习女书的女孩子重温欢乐的斗牛节。修建在女书河边沙丘上的女书生态博物馆是一座仿明清式建筑，青砖蓝瓦红柱，古朴、典雅。里面陈列着我熟悉的手摇纺织机、农具、渔具、女书手抄本，每一件都在讲述女书岛的故事。

女书学堂里，我在竹叶水中沐手，为女儿梳起了长辫，用红丝线为18岁的青春束上一只翩飞的蝴蝶。女儿在书签上写下几行秀美的女书字符，小心地把写上心愿的书签存入信封，贴上心房，面对我深深地鞠躬。行完女书成人礼的女儿上前紧紧地拥抱着我，听我轻声吟诵《训女词》。长风如歌，风华少年，将去到远方，寻找人生中的另一种质感。

今年七月，我们又回到女书岛。女儿描绘着远方和梦想，我依然慢慢细说女书岛上的陈旧往事，时光交错，在走过的青石巷里回响。天空之下，泊岸的木船在河流之上静默，岁月清白，时光隽永。

优秀奖

雪矶钓台的光芒

□ 张映华

手持一根斑竹钓竿，他把铁打的钓钩和麻搓的钓线抛进泠江的河水里。

接着，他打开杉木做的马扎，放在这一块船型的大礁石上，让自己安坐下来。坐成泠江河畔的一尊雕像，坐成九疑山水之间的经典造型。

任肩头的太阳从东山升起，在西山落下。

任腰背的晚云从河的南岸涌来，向河的北岸游去。

垂钓者名叫乐雷发，南宋“文章天子”理宗皇帝钦点的特科状元。眼见国势日渐衰颓，自己难得重用，他便称病辞别京城，回到了故乡宁远，在地方最高学府宁远学宫任教。

他脚下的这块礁石是河岸伸进河床的一块凸起的大理石，应着河流的东西走向而狭长，完全裸露的时候有小半亩见方。

丰水期它沉在水里，搏击滚滚浊流，显出几分岩石的洁白。河水浅的时候它露出水面，处在清流水藻、芳草碧树之间，容颜浅灰，兀自峥嵘。就像搁在岸边的一条古船，一座司空见惯的低矮山脉。

然而，这块沟壑纵横、异峰突起的礁石能随着季节和水量的变化而时隐时现，时大时小，时宽时窄，极尽它的变化，堪比见首不见尾的神龙。

脚下的泠江发源于九疑山九峰之中的箫韶峰，迤逦宛转，映照天光云影，流过他的家乡乐家山，流经晚唐“开湘状元”李郃出生的村庄沐塘，然后轻拍北宋乾德年间定名的宁远县城的南城墙远去，走向道州，走向永州，汇入千里潇湘……

就像岸上并不缺少花草树木，水中并不缺少鱼鳖螺蟹，泠江河里并不缺少岛礁顽石。乐状元独爱小县城西南郊之外的这一块龟背状的石头，并且给它取了一个好听的名字，叫雪矶钓台。乐状元发现，河水的冲刷，时光的打磨，已经让礁石获得了雪的皮色、雪的光芒、雪的神韵。沉吟十遍百遍，念叨千遍万遍，结果人与礁石合二为一，共用了“雪矶”的名字。“雪矶先生”的别号因此产生，被大家叫得越来越响亮。

雪矶钓台离宁远学宫——宁远文庙大半里路程。从朝廷中退身而来的乐状元接受学宫的聘请，在教席里做的是主讲。他要培养九疑山下的英才，让他们的身上散发出舜帝的光芒。学宫让他容身，让他将满腹才华尽情挥洒。钓台让他安心，就像莲荷照绿水，白云在蓝天。通过雪矶钓台，他看到了另一个自己，与郁郁不得志大不相同的有重要位置和独特价值的自己。放纵眼目和心怀，他甘愿做泠江河里的一块礁石，把倒影放在河水里浸泡，把日子放在河水里浸泡，直泡得清风盈袖，明月满怀，宠辱皆忘，海阔天高。

执教，垂钓。垂钓，执教。日复一日，年复一年。雪矶先生在垂钓中理顺自己的思路，安顿自己的心灵，挂上自己的旗帜。就这样，泠江岸边，雪矶先生长成了一尊兀立的岩石，长成了一个岛礁的模样，在天地间熔铸自己的光芒。

登临此处，他总有一种别样的感觉。他觉得他是岛主，是神龟骑士，是浪里行船的舵手。

感谢泠江——滚滚红尘里，茫茫南国中，造就了一个水做的小县城，田野山峦环抱的小县城。感谢钓台——纷纷乱世间，国运不堪时，安放了一段恬淡幽静的时光，安放了朝晖夕阴与春花秋月，安放了一颗无处安放的状元心。

雪矶钓台面对的泠江已经是一片开阔的水域。货船、排筏上上下下，打从这里经过。船工、纤夫听说过乐状元的过往和现在，会过问一声：“雪矶先生，钓得多吗？”或者默不作声，只是投来敬重的一瞥，用目光丈量他的胸襟气度和道德情操。雪矶先生呢，或者一心垂钓，或者三言两语应答，目送他们渐行渐远。

那时候，在雪矶钓台百步开外，两岸有埠头，河中有渡船，早中晚一派繁忙景象。摆渡的汉子跟雪矶先生日渐熟络，他以能为状元摆渡为荣，真心免费搭载。

扳罾的、撒网的渔民打从小岛经过，会提起乐先生泡在水里的鱼篓看一眼，然后扔进一些自己的渔获。与垂钓相比较，扳罾和撒网见效快，收获多。并不在意收获的雪矶先生点点头，表示感谢和领受。

在雪矶先生垂钓和不垂钓的时候，会有一些本地人士和外地人士走近雪矶钓台，踏访雪矶钓台。因为他们仰慕雪矶先生的学问，敬重雪矶先生的人格。

雪矶先生的门徒是一群热情的年轻人，他们偶尔结伴而来，与敬爱的老师共度一段闲暇美好的时光。这时候的岛礁上人头攒动，人气满满，热闹非凡，好像雪矶钓台之上又加造了一个雪矶钓台。大家分头忙着，清理荒草，整修连接河岸的小路，或者就近找做钓饵的泥蛙、蚂蚱、蚯蚓，或者去拾取被岸上岸下的树腰拦下的柴草……

此时此地，此情此景，适合温习经典，互相唱和。他们把乐先生的大作读给自己听，读给先生听，读给小岛听。他们读乐先生认定“事业无穷要自强”的《乌乌歌》，读乐先生心系国祚、激励抗战复国之志的《车攻赋》，读乐先生反映“盖头即可居，容膝即可安”的贫贱者流亡情状的《逃户》，读乐先生退居乡野、自慰自宽的绝句《感怀》：“中朝硕果半凋残，无复陈书策治安。却有故乡园半亩，兰成且种竹三竿。”

他们读得抑扬顿挫，激昂奔放；读得声震行云，星光闪闪。他们或者为穷苦百姓代言：“租贴名犹在，何人纳税钱？”或者站在老师的立场上思考人生遭际，思考如何让自己变得乐天知命，奔放洒脱。

当然，他们沉默不语的时候也为老师的怀才不遇而愤愤不平。因为宋宝祐元年（1253）考中进士第一的学兄姚勉的评价不错，老师的才学直超管仲，智慧堪比孔明。洋洋洒洒近万字的《廷对八策》便是明证：学术以性命为本，才智以气节为先，选举以公正为要，教养以师表为重，要求实用，黜虚文、录真才、培正气。可惜执掌朝政的“文章天子”除了虚赐一个“特科状元”的空名，便把乐雷发兴复宋室的《廷对八策》和他的文韬武略束之高阁！

遇到了登岛相聚的忘年之交，晚辈知己，雪矶先生心头一震，眼中一热。他仿佛回到了激情燃烧欲展抱负的岁月，于是交出手中的钓竿，眉飞色舞地讲述起自己的经历，讲解着自己的诗作。他对作品中的情理要义条分缕析，将积累的创作经验和盘托出。末了，扫视眼前这些年轻的面容，他真心希望昔日高足姚勉一般的英伟之器再度出现……

接着，师生又从诗和远方回归世俗的生活——厨艺好的垒砌灶台准备野炊，水性好的“扑通、扑通”跃入水中，扬起满河的浪花。他们把河鱼河蟹捉了，一只只抛到岛上……

于是雪矶钓台成了一处香气弥漫的露天餐厅。夕照将尽，晚霞犹红，明星在天。师生们抓一把炒豆，夹一箸河鲜，抿一口老师准备的酒葫芦里的淡酒，其乐融融，竟然不知今夕何夕。

收拾了碗盏，他们意犹未尽，于是燃起了篝火，唱起了夜歌。晚风吹拂，涛声响起，好像在为他们打着节拍。歌谣里，篝火中，雪矶钓台成了一个能从理想照进现实、从历史照进未来的发光体，熠熠生辉，光热无穷，把泠江河水照亮，把小县城的睡梦照亮……

泠江河闪耀的光辉是人格的光辉，雪矶钓台闪射的光芒是思想的光芒。

八百多年后，我多次来到这里寻访。或者从金碧辉煌的宁远文庙那边来，或者从人声鼎沸的泠江市场这头去，寻找南宋特科状元留下的踪迹，怀想雪矶先生远去的音容笑貌。我在参拜中加以想象，在想象中独自沉吟。站在没有题刻和保护设施的雪矶钓台上，我看到的是泠江两岸高楼林立，五拱桥上车水马龙，对岸滩头上彩绘的小游艇早已弃置不用……目之所及，古意已经不多。略可一提的是，桥拱下面还有一位包塘养鱼的赤膊老者经常泡进水里扯喂鱼的丝草，岛礁上还有蜻蜓款款飞来，择枝小憩。这情景容易让人联想起雪矶先生的早期诗歌《秋日行村路》，诗曰：“儿童篱落带斜阳，豆荚姜芽社肉香。一路稻花谁是主，红蜻蛉伴绿螳螂。”于是我也念念有词，吟出诗作《一只蜻蜓从南宋飞来》，算是狗尾续貂，用以表达对南宋状元乐雷发先生的满心敬仰——

风已歇息，秋水沉静。阳光堆积，哔剥有声，如同泠江市场的市声喧响。行色匆匆的人们，好像把赶路当成了追魂，当成了逃亡。一不小心，他们的倒影已经脱体，嵌入桥下水波画出的月亮，被我的手机抓拍收藏。这时候的雪矶钓台显得空旷，显得虚静，空旷和虚静还在四处扩张……也许从南宋飞来，一只蜻蜓停落，为小岛屿安上复眼。它翘着它那根疲累的尾巴，翘成一种骄傲和高尚。借着雪矶钓台，它歇息，它积聚，它冥想……于是把两对空灵的翅膀放平，把一切的一切放平，任身边的水草从流飘荡。一如写过《廷对八策》和《雪矶丛稿》的状元郎乐雷发，吟几句自己写下的《感怀》，返回故乡。一路伴随他登上钓台，垂钓流逝的热情，捕捉月色星光。它不知自己是不是状元的灵魂附体，他不知自己是不是长出了飞翔的翅膀。他们一门心思想的是超然物外，光明磊落，几百年，上千年，让云水风度和松柏气节沿泠江河流淌、高涨……

优秀奖

永州笔记：唯有潇湘诗意长

□田　勇

对于一座山水之城，我向来是怀有多重期许的。中国的《诗经》，有很多篇章是歌咏山水的。一座山水兼备的城市，它更有灵性。永州是被上天眷顾的，你听它的别名零陵，就带着一种天然的音律，读起来，有一种轻盈跳跃的感觉，再读一遍，就会觉得唇齿生香。而它另一个别名潇湘，更是沉淀了一种诗意的浪漫，这名字虽短，却氤氲着中国传统文化浓重的墨迹。

山水之城永州，是一本厚重蕴藉的线装书。读这本书，不能狼吞虎咽，而需要细嚼慢咽，否则，我们就会消化不良。去永州前，我知道永州是有三山两水的，三山是九疑山、阳明山、舜皇山，两水就是潇水和湘江。但去了之后才知道，其实潇水是湘江的上游，两水实际上可以称为一条河，就像你中有我、我中有你的母子关系。

从建制算起，永州已有两千多年的历史。但若从人类活动的轨迹，从农耕文明的发轫算起，永州的历史还得向前推进一万年。在玉蟾岩的一个山洞里，考古发现了一万两千多年前的稻谷遗迹，旧石器向新石器时代发展的历程里，永州的先人可谓独领风骚。我能想象那个茹毛饮血的时代，那些早慧的永州人，他们手持简单的农耕工具，在莽苍苍的田野里，播撒稻谷，把原来野生的稻谷，驯化成人类可控的口粮，这绝对是一个开天辟地的奇迹。

想象这幅图景吧，他们赤脚行走于稻田里，夕阳照在他们的脊背上，我能看见那一粒粒晶莹的汗珠，闪烁着光芒，别小看这简单粗放的劳作，一个农耕时代的文明，即将以石破天惊的姿态，莅临永州，永州也因此在农耕文明的史册上，占据了重磅的位置。

在没有了解永州的农耕历史前，我对永州的印象是粗浅的，只是对于山水的感性的认识，觉得它是一部古籍而已。现在看，永州跌宕起伏的浪潮里，冥冥中，一直有先人的智慧在庇护着它，才令它一路走来优雅从容，时时溢出华彩的篇章。如此看，用“人杰地灵”一词来形容永州，是再贴切不过的了。

民以食为天，稻谷解决了永州人果腹的问题，那么舜帝的驾临，则让永州再一次被命运眷顾。九疑山的山名，本身就是一个谜语，它为何是九，不是八？它为何有大山一样的疑问盖顶？不走进九疑山，你是不会感受到中华文化的博大、汉语词汇的精妙。

永州的别名零陵，就与中华先祖舜帝密切相关，如果你经历过一次盛大的舜帝祭祖仪式，你就能重新认识九疑山的意义，认识文化传承的重要性。身着中华传统服饰，鼓乐齐鸣，舜帝陵前，每个人都毕恭毕敬，从内心去认领那份血脉宗亲，这宏大的祭奠仪式，就让人瞬间跌入了另一个时空的场域。

百善孝为先，以德服人，舜帝的治理理念，让他在远古时代，就拥有了广泛的信众。中华文化的德和孝，从舜帝起，就被深深地烙印成守望相助的文化基因。也正是这种基因，让中华文化生生不息，每次风口浪尖岌岌可危时，总能化险为夷，这与舜帝赋予我们这个黄皮肤民族内在的精神定力不无关系。如此德高望重的舜帝，能够在九疑山长眠栖息，也是永州人的自豪，它也因此成为中华德孝文化的发祥地。

也许，源远流长的不止于此，文化传承的力量，是潜移默化的，如上善若水，润物细无声。柳宗元，在政治低迷期，贬谪永州十年，是永州的山水，治愈了他内心的郁闷与惆怅。如果不是“永州八记”，或许，今天的永州不会声名在外；如果不是柳宗元开创的山水散文，今日的中国文化，也许会逊色了三分。反过来，永州的山水，温润滋养着柳宗元那颗失落的心灵，没有它，柳宗元或许早已被历史的烟云湮没，消失在茫茫史海中。

风物长宜放眼量，永州的山水和永州的文脉，似乎是一棵大树与根茎的关系，由于它们的滋养，永州这棵人文历史的大树，才显得郁郁葱葱。

我内心一直喜欢那些古朴静谧的事物，这个是与生俱来的一种习惯，只要打眼一扫，永州的山水人文，符合这个条件的，可谓数不胜数。与自己心仪的景致长久地对视，那也是心有灵犀的喜悦。由于频率相近，自有一种湍流，在我和它们间自由地勾连，直至碰撞出闪耀的火花。

零陵古城，是永州的根，它留下的风物千姿百态风格迥异，让人端详后，无不浮想联翩。

零陵古城的东城门，始建于宋代的砖券城门。城门上，已经杂草丛生，时光写满的沧桑，让我对它的遭遇深表同情。但在它看来，我或许只是个不速之客，不懂得它已在千年里，穿越风雨如晦的时光的蛛网，收获了常人无法体味的旷达与洒脱。

而明代修建的石券城门，荒草更是近乎覆盖住了它的大部分，只露出半张脸大小的城门，它同样跟随时光一起老去，而它生出的几大箩筐的故事，比正史更耐人寻味。零陵古城的这些古城门，曾经车水马龙，它们在流年里，逐渐失去了光鲜的外表，长江后浪推前浪，时代滚滚的车轮不可阻遏，但终究令人有一种怅然若失的感觉，就像一个老人，脊背逐渐弯曲佝偻，走在凄风苦雨中。

好在零陵城的后人，没有完全遗忘生养自己的这片城池，2018年以文旅小镇的形式，让零陵古城开始焕发第二春。走在古老的柳子街上，最醒目的是古街明清老屋雕花的窗格，它们虽有些斑驳，但那些刻刀留下的精湛的工艺，却如一首首立体隽永的诗词，留住了零陵古城的风韵。

被无数人践踏过的青石板，一部分有了明显的裂纹，我对它们的伤痕，很感兴趣，蹲下身，试着用指尖去触摸它们，那些裂纹只在青石板内穿针引线，并没有在表面裂开口，好像它们对这种无意的伤害并不在意。那种豁达，倒像是在证明自己扛起过的历史，是斑斓多姿的。

有些青石板，被磨出了光亮，泛着刺眼的光，它们与那些已经有断纹的青石板，属于两个世界，后者心如明镜，看穿了世事。用亘古的沉默，继续书写人间的悲喜。

一条愚溪，傍着这条古街，潺潺流淌着，从这里通向广西的湘桂驿道，早已失去了它的重要性。但不远处的西山，却因为柳宗元的“永州八记”，站上了史书上的一个高峰，柳宗元也因在柳州期间，提出减免百姓苛捐杂税的建议，而被后人爱戴。人们把他曾经居住过的街道，改名为柳街，便是一个明证。

永州的山水不仅灵秀、雄奇，而且饱含理趣，因为一篇《爱莲说》而享誉文坛的周敦颐，便在永州开创了属于自己的理学时代。

走进永州道县的濂溪书院，令人思绪万千的，不是周敦颐的雕像，而是那座爱莲亭。清风拂过，即使没有看见过现实中的莲花，也能想见到一片湖水之上的莲花盛开，莲香阵阵，那看不见的淤泥下的莲藕，也正在为盛开的莲花，孜孜不倦地生长着，积聚着亭亭玉立的莲花所需的养分。

柳宗元提出了文以载道，周敦颐提出了“至诚主静”理学学说，而《爱莲说》，是他这一学说的实践文本。这两种思想，丰富了中国文学史，夯实了中国文学的风骨。即使过去了千年时光，这两种见解，还是那样振聋发聩，甚至在当今泥沙俱下的中国文坛，更有鞭策警醒的现实意义。

爱莲亭，默默无闻，但它却是矗立在永州的一道圣洁的风景。于我而言，它是深植永州大地的一朵凝固的莲花，没有草本的莲花形体，却飘逸着莲香，没有秋日沉甸甸的莲蓬，却结满了果实累累的莲子。

山水是流动的墨池，造就了永州无数个十里画廊，而文人墨客，用一支支如椽巨笔，抒写着一部卷帙浩繁的永州史记。除了文学，书法于永州而言，也积淀了雄厚的笔力。走上绿天庵遗址，映入眼帘的是尚存的笔冢与墨池，还有那些生机勃勃的芭蕉树。

芭蕉树在清风中摇曳着，斯人已去，但绿莹莹的芭蕉叶，却用大蒲扇一样的叶子，热情地欢迎着我。传说怀素少时出家，在绿天庵，坚持用芭蕉叶练字，当他练字时，心无旁骛。他到底用了多少芭蕉叶，写秃了多少支毛笔，不得而知，但有一点可以肯定，在他写字时，每一株芭蕉树，都战战兢兢，那个用来洗墨的墨池，也如惊弓之鸟，生怕练字练疯了的怀素，让自己永无出头之日。笑话归笑话，传说归传说，一个勤勉的少年怀素，是不可置疑的，否则，哪有后来的笔下听惊雷的一代草书书法大师呢？

或许是山水永州，赋予了怀素的灵感，也或许是芭蕉叶上的晨露，给予了怀素不尽的联想，令他的书法体现了一种狂飙突进的艺术风格。他的狂草，让人看见了自然里那一株株倔强的野草的遒劲生命力，风吹不折，雨打不断。怀素用柔软的笔尖盘活了他内心的那座激情的火山。

除了怀素，永州还有一位清代的大书法家何绍基，也是才华横溢，他们二人，为书法永州，书写了传奇。当然，永州的这种传奇，是有渊源的，我想起舜帝陵所在地九疑山，那座巨大的三分石，早就给神奇永州做了背书。

一千八百多米高的山峰上，屹立着一块巨石，它被自然的鬼斧神工，分出了三道挺拔的“刀剑”。或许你会说，三分石，并不鲜见，但在九疑山，我坚信它是舜帝显灵所致，因为舜帝陵在此，舜帝把未竟的心愿一分为三，向上天表示雄心未已。

舜帝在世时，就将农耕文明推向了一个高度。传说舜帝发明了最早的水井、天平和尺子。前者，让靠天吃饭，让困扰人畜生命的水，不再一水难求；而后者，让度量和称量进入农耕社会，为后来人们的易货贸易，带来了便利。

但舜帝是一个完美主义者，他在世时不能实现的那些宏图伟志，一定在死后有所托付，九疑山上的三分石，或许就是托物言志的象征。这样一想，永州的传奇，不拘泥于山水，而人文大师层出不穷，也是再正常不过的了。

除了三分石，零陵古城的石棚，更是永州另一处奇诡的人文景观。一块十余吨重的巨石，叠累在三块作为墙壁的石块上，我很早以为这应该是大自然的鬼斧神工，但出乎我的意料，据考证，它是近两万年前，古代的零陵人的杰作。至于那个蛮荒时代，他们用了何种神奇的工具，将这些巨石摆成了棚屋状，至今也是一个未解之谜。

零陵古城的石棚，是留给我们最具留白的一首诗，它有足够的空间，让我们发挥想象力，从远古开始，永州就被上天眷顾，同时把奇山秀水，揽入了怀中。永州山水纵横，因此有了水墨画般涂抹不尽的诗意，我心中的那个诗意潇湘，也越来越有清晰的故事情节。而浯溪碑林，投其所好，更满足契合了我的心意。

湘江边上，一条叫浯溪的小河，被山石环抱，一个叫元结的唐代诗人，因为他无意的三幅摩崖石刻，而令湘江边上这些籍籍无名的沿江石壁，成为永州最负盛名的人文景观。《大唐中兴颂》，被一代书法大师颜真卿誊写后，雕刻于石壁上，从此后，湘江边上的这条小河浯溪，便闻名遐迩，后代的文人墨客，纷至沓来，他们将诗词歌赋，统统地镌刻于石壁上。

可能当年的元结，是出于无心，但历史奇迹的发端，就往往诞生于一粒小小的火花里，然后逐渐燃成熊熊的烈火。从舜帝陵九疑山发源的潇水，自有一种灵异之气，它注入湘江后，湘江接力，再把神灵的旨意，传递给浯溪的摩崖，元结也就必然成为神灵的代言人，浯溪摩崖石刻的出现，便是水到渠成了。如果在别处，我的想象，必被说成是主观臆断，但对于拥有两万年历史的零陵石棚，对于拥有中华舜帝的永州而言，这也无可厚非，顺理成章。

或许，永州那么多神奇的现象，都被那首厚重古朴的琴曲《潇湘水云》勘透了卦象，在它悠扬蕴藉的曲谱里，给予我们反复多次的提醒和暗示，我又重新打开《潇湘水云》这首古琴曲，沉浸其中，仔细聆听。

云雾缭绕的永州山川里，泉水清澈，那座孕育了潇水的九疑山的舜峰，侍寝着舜帝陵，潇水将舜帝的嘱托，一路奉若圣旨，一路顺水传递，直至递给辽阔的湘江。而两条河流的交汇处，一座古时的零陵城，用隽永饱满的笔墨，写下了一首壮阔的史诗，在这部史诗的册页上，“唯有潇湘诗意长”七个大字，为源远流长的湖湘文化题写了序跋。

优秀奖

石头上雕刻的村庄

□ 徐　辉

站在古老残缺的步瀛桥上，环顾四周，蝉噪虽紧凑，心情却怡然。向北看去，但见一抹葱郁的青山和巍然屹立的文昌阁间，大水过后一片泛黄的沐水河北行而去，表情平淡，脚步轻缓。而西边的河流之上，一个静卧在时光之外的村庄，好似还在午休的老者，正游离在一个沉睡经年的梦境，睡意朦胧。

在古村，高高耸立的文昌阁是气质优雅、大家闺秀般的存在。但她给我带来的观感远不如她身边一排墙体乌黑斑驳的老寺院。这位盘腿在文昌阁旁打坐，显得有点儿老态，有点儿落寞的老妪，给我的心灵震撼却是难以言说的。不到两人高的院墙上，历史的风雨和岁月的洗礼化作夜的黑，从不高的院墙上，自上向下弥漫开来，像撑开的一把黑伞，让古老的院墙多了几分神秘的气息和苦涩的况味。

这是多么古老的院墙呀！许是受某种力量的吸引，我的手指有些颤抖着触摸到了斑驳粗糙的院墙，心就在不自然中变得沧桑起来。院墙是厚重敦实的，这坚毅的泥土通过我的十指向我传递熟知的感觉，有一种朴素、温暖而亲切的力量。

院中古石甚多，这激起了我对石头的兴趣。我虽不是米芾，也没有他那种见石就拜、称石为兄的癫狂，但我心里一直生长着根深蒂固的石头情结。石头，在中国文化、宗教、美术、书法等人文历史中，一直扮演着举足轻重的角色，演绎了中华文明的博大精深。那长满青苔的石阶，勾动天空的飞檐，镌刻着历史记忆的碑记，雕刻着各色神兽的残石块，还有院墙角落里孤立的石狮和石盘，甚至是空有底座的榔柱莲座，无一不成为我镜头下惊喜的存在。

将近走出院门时，循着同学们的惊呼声看去，一棵千年古柏斜靠在院门后背的雨棚上，虽主干根部开裂，遍生青苔，顶部也折断，但执拗的柏树却从侧枝生出几许诗意的绿叶，完美演绎绿叶对根的情意。就像依偎在男友肩头的柔美女子，让灰头土脸的院墙多了几分诗的灵动和绿的柔情。古柏树形如戟，就像持戟而立，守护古村的忠勇武士，让人生出几分对生命的敬畏和对忠诚的赞叹，也让古老的前芳寺多了几抹生命的亮色！

向右行便是“步瀛桥”。这是一座始建于宋靖康元年（1126）的三孔石拱桥，拱桥采用半圆形薄拱，造型小巧别致，与文昌阁的庄重高耸互为衬托，构景成图，相映成趣。千百年来，石拱桥一直是维系着村前的古驿道，亦是湖南省发现的唯一一座宋代古桥。遗憾的是，步瀛桥与前芳寺古柏的命运也差不太多。桥体的南边已经缺损，或许残缺本身就是一种生活的常态，也不失为生活的另一种意义上的美吧，就像断臂的维纳斯，完美的美固然让人感受到事物的美好和留恋，但残缺的美更会让人学会珍惜和怀念。

古老的石桥，残缺的静美。此刻的桥头，阳光很白，白得晃眼，闷热的空气中仿佛有一丝若有若无的风，拂动着有点儿燥热的心思。

古村安详依旧，似仍在小憩中的老者，不愿醒来。

伫立桥头，看着一流碧水和河面上粼粼的波光，思绪也变得河水一样流淌，波光一般跳跃起来。桥体不长，最长不到三丈，桥身也不高，最高不过六米。可就是这样一座既不长也不高的古石桥，却承载千年风雨，阅尽人间沧桑，以自己的残缺和坚守，跨越并联结了千年的时光，树立起历史和人文的丰碑。

听说前面的月陂亭有古人摩崖石刻，这对于一个书法爱好者，同时又是一个石头小迷哥的我来说，无疑充满了无比的诱惑。顷刻之间，脚步不由得加快了许多。月陂亭并非“亭”，是由天然石壁构筑而成的弯月形状的“亭”，是石崖脚下自然凹陷形成的一段百余米长的通道，古村的先祖就巧妙利用其屋檐形构造，将其开凿成了能遮风挡雨的古道和行人旅途休憩的“凉亭”。

月陂亭的石头是让人惊奇的。有的像超脱物外的道士，有的像安详打坐的圣徒，还有的像蠢蠢欲动的小朋友，有的甚至像怪兽，一脸狰狞，还露出尖长锋利的獠牙。看着看着，心生恍惚，那川剧变脸绝活的表演就在眼前生动起来。一会儿黑脸，一会儿白脸，一会儿表情淡然，一会儿又挤眉弄眼，让人忍俊不禁又会心一笑。

月陂亭的石头是让人惊诧的。月陂亭摩崖石刻群中，睿智的古村先祖将一个家族的千年发展史以石刻家谱的方式，深刻在巨石之上，展开在天地之间。这完美的大地之书既是“上甘棠村周氏家族在石壁上留下的一部石刻家谱”，也是“一个家族留下的专门反映这个家族千年发展史的摩崖石刻”。站在这样一部石制的家谱前，我内心比石头更沉重，内心却像路旁的谢沐河，泛起不灭的涟漪。岁月不语，石头无声。无声的石头却用自己的坚韧和激情，成就了一段关于石刻书法的文化史，写就了一个石头的传奇！

月陂亭的石头更是让人惊艳的。并不算长的古道上，镌刻着大大小小的摩崖石刻二十余幅，宛如一个石刻走廊。时间绵延宋元明清四个朝代，内容包括诗文唱和、写景状物、记事功德、劝谕警示等，很好地保存了乡间的文化传统。而最容易让人投去“惊鸿一瞥”的无疑就是文天祥书法题词“忠孝廉节”四个榜书大字了。这四个石刻大字，刻于乾隆二十八年（1763），每个字宽十三米，高十八米，字迹苍劲有力，因年代久远，“忠孝”两字被风雨侵蚀，半边清晰半边模糊。或许石头亦具人心，亦知世事艰难，忠孝实难双全。“忠孝廉节”不单单是名人留下的一方石刻，还是一种儒家传统精神的鲜活传承。它让上甘棠村不仅是一个历史悠久的古村落，一处静谧美丽的桃源美景，更是一方湖湘文化的寄托之地，一处体会儒家传统精神的寻根之处。

导游在“忠孝廉节”石刻前说起石刻背后的凄美故事。那是一个关于文天祥誓死不降，为国捐躯赤胆忠心和英雄气概的故事，很让人动容。同学们一边听导游介绍一边则在讨论着石刻的笔法，我却像石头一样沉默。抚石而立，感慨万端。摩崖石刻将时光雕刻成一种姿态，抒写成一种永恒。面对摩崖石刻，我如同一个刚入门的教徒，虔诚地聆听一位得道高僧的谈经论道，心理唯有崇敬和仰望。我知道，石头是沉默的智者，一任岁月的风雨在他额头留下时光走过的明明暗暗的皱纹和痕迹。我更懂得，石头是隐忍的高僧，一任先贤的刀锋在他的躯体上镌刻思想洗礼后的深深浅浅的广博和深厚。

我似乎是突然从石头中悟到了古圣先贤的教诲，听到了心灵的呼唤，继而发现了本真的自我，内心一片澄明。

或许是我们的足音和谈笑惊醒了古村的好梦，也或许古村的早晨本就从中午开始吧，又或许是古村刚经历洪水的肆虐和阵痛，好不容易摆脱噩梦的纠缠，才想美美睡一个好觉吧！我感觉，我们走进古村时，古村似乎才不情愿地抬起迷蒙的眼皮，挣扎着醒来。

跨过南槽门，迎头便和一位叫“周氏宗祠”的老者撞了个满怀。老者的确够老了，一袭陈旧的粗布长衫，一张清瘦苍老的容颜，仿佛从明末清初时走来。老者是幸运的，经历千年风霜，依旧精神矍铄，且受人敬重。但老者又分明是不幸的，之前的一场连月暴雨，让老者饱受水难，泛黄的河水深已至腰，里面的情形更让人扼腕叹息。周氏宗祠院内有一个两人深的水池，池上原本有一石桥联通里房，现已被洪水摧毁，桥石跌落池中，护栏横七竖八，让人不得不感叹，河流之上的古村，虽有水的滋养与浸润，更有水的无情和攻击。再温柔的水有时也会化作猛兽，就连坚强的石头也无法抵挡！

不少同学在周氏宗祠八字大门前，说说笑笑地品尝当地的凉粉，我却无心恋粉，径直走向了前面的上甘棠博物馆。该馆是湖南省首家村级博物馆，里面有不少好物件和老物件，还有不少雕刻着精美纹饰的石座、石盘、石槽等石具，就连明代的文昌阁、明清时期的古民居建筑群、宋至元时期的月陂亭碑刻及铁铺、酒肆、豆腐坊等村内文物古迹都被一一“搬”进博物馆内，全方位展示古村的村史文化、民俗风情和独特的人文魅力。

向前走，一幅题为《永明县正堂李示》的石碑深深地吸引了我，虽说字迹已被时间湮没，只能依稀可辨，但我还是通过导游得知这平凡得不起眼的石碑却甚是不凡。石碑上记述了李县令批示给村里合族执行的十二条规约，或许这就是古村的村规民约和文明公约吧！我想，正是有这些“忠孝廉节”“正堂李示”“读书入仕，耕耘富家”等思想文化、美好家风和村规民约的洗礼、传承和弘扬，才开创了从区区四百多户人家走出了节度使、尚书、宣政大夫、太守、刺史、知州、通判、县令、文林郡、将军等百余人的人才辈出、群星闪耀的泱泱大风。这文明之风劲吹千年，让今天的上甘棠村更加生机勃勃、春意盎然。

漫步于贯通全村，已被无数的脚步磨得光亮的青石古驿道上，一种历史怅然感油然而生。此刻，我们才真正算是走进古村内部，走进一个光阴的故事。泛着岁月青光的“潇贺古道”两旁，都是有鲜明永明特色的土居房屋和商铺，这些建筑都有青瓦、马头、白粉墙和门庐、天井、三间堂，房屋墙体均用大绵砖砌成，大面积的清水墙面，冠以起伏变化的白色腰带，房屋四周凸起的马头墙争奇斗异，形成对比强烈、清新明快的格调。这些从明清时期走来的古建筑，就像一群身着中国旗袍的妙龄女子，莲步轻移，风情万种，迎着我们款款走来。

巷道中，几位两鬓霜华的老头、老太或坐或立在自家门前的青石台阶上闲聊，有的光着膀子，有的打着赤脚。巷子前方，有赶着一头黄牛和一头小黄牯的老人小声吆喝着，从巷口走来，有小孩子在巷道里奔跑、嬉闹，闲聊声、吆喝声还有打闹声，让悠闲安静的古村变得生动活泼起来。

折进入道旁一个巷口时，刚走几步，一面红黄青绿的各色方砖墙，泛着岁月清冷的幽光，深深地吸引了我。好几位女同学也闻讯前来打卡。古老的砖墙、时令的装扮形成鲜明对比，引得女同学们好一阵大呼小叫，有女同学甚至深情地吟诵起戴望舒的《雨巷》。我想，今天如果是雨天，若能与丁香一样撑着油纸伞的姑娘在古村美丽邂逅，那将是怎样值得回味和留恋的情愫与想望！

几位女同学吟着诗在古村的巷道里如蝴蝶般穿梭、飘飞，她们飞过的地方，留下的不仅是古村的遗韵，更是诗歌的清芬和少女的情怀。

行走在古村里，似乎处处皆可触摸到光阴的故事，感受到村庄的传奇。随意走进一家具有典型明代建筑的老房子，一位慈善的老太太坐在门前的条石上，摇着蒲扇，示意我可以随便看。我连忙微笑着说谢谢。从大门进入天井，再折进正厅，脚下一应是磨制的石板，窗格神台全部是精美雕刻，风火墙气势轩然，瓦顶飞檐翘角，白粉黑线清水墙色彩分明，错落有致。天井的照墙上，还有精美的砖雕。住在这样的石宅里，冬暖夏凉，舒畅安逸，正是颐养天年、安享晚年的绝佳之地！

越往巷子深处走，越感觉时光的节奏在一点点变慢，一点点变老。斑驳剥脱的院墙、变得发黑的木窗、古老破旧的石器、长满青苔的屋脚，一切的一切无不诉说着岁月的悠远和时光的清冽。

返回步瀛桥时，我还在不断回首，就像在灞桥折柳，和情人惜别。阳光下的古村依旧安详，只是我心已飞翔。眼前似乎有许多杂乱纷繁的图像在相互交织，重叠，蝴蝶一样翻飞。院墙发黑的老寺院、残损苍老的步瀛桥、高大的摩崖石刻，还有民国的石围墙、明代的门楼、明清古建筑及被洪水冲毁的屋基和码头等，这些石质的器物，无一不成就一个村庄的历史与传奇。

终于还是要和古村这位千年高人依依惜别。在不断的回眸中，古村一点儿一点儿走远，一点儿一点儿变得模糊。

夏日的午后，蝉噪一声比一声紧，闷热的天气感受不到一丝风。车上，老师和同学们彼此交流着游古村的感受，情致却比天气更火热，说得兴起时就相互打趣，开起了玩笑。我却闭目养神，内心涌起对石头的无比崇敬。

一条承载着生命之重的阴阳之河，一处静卧于时光深处的古老村庄，在联通古今的石桥相遇，从此便结下了千年情缘。石桥、石屋、石寺、石器、石山、石刻、石塔，为古村注入了默默无闻、宠辱不惊的情怀，铸就了古村坚韧镇定、豁达从容的品性。

我想，或许石头是有温度的，有情感的，甚至是有信仰的。若不然，你看那河流的隐秘和村庄的气场被深刻在石头之上，老人小孩的平和安详、村规民约的守正清明，已被石刻的文字珍藏，而历史的脉络和皱褶、光阴的冷峻和温暖、古道西风的沧桑和变迁，在青石板和白石碑上泛着深邃的信仰之光，衍生出宗族和文化的磅礴力量。

岁月无言，雕刻生命，留下了沧桑；石头不语，雕刻信仰，惊艳了时光。石头上的上甘棠村，既是一枝石文化催开的美丽花朵，也是一部用石头写就的文史大书，更是一处石头上雕刻的古老村庄！

我终于知道，我为何对上甘棠村的石头如此钟爱、如此痴迷、如此崇拜了。

优秀奖

去潇湘源

□ 彭雅青

一

去潇湘源，最好划一叶小船。

桨橹声碎了脚下的潇水河，也碎了两岸绿色的树影，碎了天上那朵朵棉花糖一样的白云。一块绿晃晃的绸缎向两边徐徐剪开，我正以最亲密的方式，贴着水的肌肤。

我从永州零陵区的霞客渡出发，向着蘋岛的方向，缓缓地靠近。

潇水始于蓝山野狗岭南麓。它一路逶迤而来，不舍昼夜。它奔腾了数百公里，经历了九曲十八弯，只为与从广西而来的湘江在零陵城北蘋岛处汇合，完成一场史诗级的恋爱，孕育一个共同的孩子——潇湘。

然而，当日思夜想的湘江终于近了，潇水却又羞涩起来。它在靠近零陵城区后，渐渐放慢了脚步，掉头绕城迂回了一个很大的圈，再缓缓向北。西面而来的湘江似乎更加羞涩，就在距离潇水只有几百米时，突然转了个九十度的弯，然后再掉头回来，与潇水抱在一起。

这种迂回，这种羞涩，这种抑制着心跳的平静，构成了这座千年古城与生俱来的经络和气质。也许只有亲自把双桨深入江水的内心，才能真切感受到那份谦谦君子的如玉温润，才能触摸到那久违的三个字——时光慢。

风，软软的，轻轻的，仿佛呢喃细语，斜斜地粘在耳鬓。岸边的石阶上，有洗洗刷刷的姑娘，在水中甩开一圈圈涟漪，仿佛在擦拭着古城的年轮。

去潇湘源，我一度怀疑时光倒流。我仿佛忘记了自己满身的尘俗和匆匆的脚步，像一个婴儿，荡漾在母亲的摇篮里。

在这种荡漾中，船不知不觉过了回龙古塔，一抹绿色隐隐浮现在了前方的水中央。那绿，便是蘋岛了。蘋岛的脚下，便是潇湘二水的合流处，古称，潇湘关、潇湘口、湘口。因二水合流形成了潇湘，人们亦称这里为潇湘源。

永州、零陵，自古一地二名。具体的潇湘，是永州、零陵的雅称；广义的潇湘，亦泛指整个湖南或湘江流域。而源，便在眼前了。

但真正靠近时，我亦迟疑起来。我把船停下来，远远地打量着那一抹绿，享受着那份远观的静美。直到一种潮水般的情绪漫过头顶，我才猛力驱动双桨，飞快地向前划去。

——潇湘源，我来了。

二

去潇湘源，最好持一支竹笛。

船近蘋岛，整个江面旋即开阔起来。山若眉峰聚，水似眼波横，一幅典型的江南水乡画徐徐展开。在潇湘二水怀抱里潆洄的蘋岛，像水墨氤氲中的瑶台，等待着我们与它一起，寻回画境中的佳人。

水浸润着蘋岛，也流淌着故事。

一个叫虞舜的男人奏着《南风歌》而来，他过蘋岛，上九疑，降恶龙，最终“崩于苍梧之野，葬于江南九疑”，永远长眠在了潇湘大地。

两个忠贞的女子——娥皇、女英则洒着泪水而来。她们登蘋岛，望九疑，泪水打湿了蘋岛的斑竹；她们溯潇水，赴九疑，泪水染尽了九疑山的斑竹。她们最终殉情潇湘，化为了潇湘女神。

这是中国最早的爱情绝唱，也是零陵这一名称的由来。两条河的爱情与两个古典女子的爱情在这里奇迹般地交汇融合，绘就了潇湘文化的第一道底纹。

潇湘源，首先是爱情之源；蘋岛，首先是爱情之岛。

上得岛来，只见古木苍苍，蕉叶亭亭，竹林掩映。这里依旧保持着原始次森林风貌，你随便在哪处坐下，都能感受到它的幽静与古意，清凉与高远。那细腻光滑的石子路，仿佛一页页古籍的标点，引我们去阅读这方水土的前世与今生；那满目苍翠的斑竹，泪痕中写着相思，清瘦中扬着坚强，孤傲中藏着温柔，像极了这方水土的爱情磁场。

如果说丽江的爱情是浪漫的，成都的爱情则是市井的，如果说秦淮河的爱情充满了脂粉味，苏杭的爱情则饱含着书生气，这里的爱情，属于古典和诗意。它是屈子的“登白蘋兮骋望，与佳期兮夕张”，它是曹植的“朝游江北岸，夕宿潇湘沚”，它是刘禹锡的“潇湘深夜月明时”……它，属于湘妃式的九死而无悔，属于尾生式的一诺而终生。

据说，蘋岛因古时盛产白蘋而名。而我想，斑竹才是蘋岛的徽章，才是潇湘源的代言。永州、零陵又称竹城，也许只有这里的斑竹，才能透露出潇湘的真正气象；也许只有这里的竹笛，才能奏出古典爱情的高古、唯美与衷肠。

这样想着，一阵笛声不觉传来。一长发女子正持一支竹笛，独坐在蘋岛的绿水之岸。悠扬的笛声，仿若漫天的鲜花，落满了整个水面，也落满了我的心间。

三

去潇湘源，最好戴一只斗笠。

站在蘋岛的水岸，再放眼潇湘二水，正是柳宗元所咏的恢宏意象：“会合属空旷，泓澄停风雷。”远方，舟影点点，碧水含烟，湘江像一条玉带消失在茫茫旷野。偌大的蘋岛，也似乎浓缩成了玉带上的一个小小纽扣。

看着时，独钓寒江的柳宗元仿佛在水中闪现。他溯湘江，过蘋岛，入潇水，来到了零陵城。在这里，他贬谪十年，一度落至生命中最黑暗的深渊。

然而，他又是幸运的。这里的奇山秀水、淳朴民风不但开放式地接纳了他，也成了他“投迹山水地，放情咏《离骚》”的最好道场。他用诗意的才华系统地发掘了这里的山水之美，完成了自我人格和精神的净化与重塑。

贬吧，我幸有山水知音；谪吧，我自有孤舟蓑笠。

柳宗元的转身，恰在他放下官帽而戴上斗笠的那一刻。他以身入局，以心对话，由此洞开了中国山水游记的开山之门，并为这方水土注入了全新的文化内涵和让世界瞩目的璀璨光芒。

在柳之前，“潇湘”一词早在《山海经》里就曾出现，并在屈原、曹植、李白、杜甫等的诗词里被反复咏叹，但主要限于一种地理概念和由湘妃引发的美好爱情意象。

在柳之后，“潇湘”一词进一步演变为一种山水美学，一种文化现象，一种心灵浴场，一种“诗与远方”的美好家园。“君向潇湘我向秦”“北通巫峡，南极潇湘”“欲买愚溪三亩地，手拈茅栋竞移居”“挥毫当得江山助，不到潇湘岂有诗”……相对于北方皇权的威严和冷酷，潇湘似一位隐于南方烟雨中的绝色美人，成为无数文人墨客疯狂追逐的“心头好”。

这其中，走来一位叫宋迪的北宋画家。

宋迪不仅曾亲临零陵，在蘋岛、澹岩的山水间沉迷，并以一组《潇湘八景图》惊艳于世。以蘋岛为原型的《潇湘夜雨》，被他列为开篇第一景，被后人视为整个东亚审美的源头。

我来的时候，风和日丽，草色青青，潇湘夜雨的迷蒙、凄丽和纯美自然是难以直接触摸了。但我买了只斗笠，把船开到水中央。戴上斗笠，风雨也好、阳光也罢，均统统被抛在了脑后。我仿佛一位古老的渔翁，瞬间拥有了整个潇湘。

我没带钓竿，便双手入水，一遍又一遍地淘洗着自己的倒影，淘洗着自己沾满灰尘的灵魂。我仿佛看到自己，也像宋迪在作画，像柳宗元在垂钓……

四

去潇湘源，最好携一个背壶。

我在潇湘源的清清绿水中，灌了满满的一壶。把壶捧在手中，仿若朝圣者捧着恒河，我便捧着整个潇湘了。我知道，再往上是潇水，再往下是湘江水，只有这里的水，才是最纯正的潇湘水。

我仿佛看到一个叫怀素的永州人，也背一个壶，从这里奔赴大唐的长安。他把“狂草”之剑，牢牢地立在了中国书法史的巅峰。

我仿佛看到一个叫周敦颐的永州人，也背一个壶，从这里奔赴大宋的京城。“吾道南来，原是濂溪一脉；大江东去，无非湘水余波。”濂溪，是他的故乡河，也是潇水的支流。

我仿佛看到一个叫李达的永州人，也背一个壶，从这里奔赴风雨如磐的中国，并在南湖的红船上，点燃了镰刀和斧头的火种……

在许多人眼里，潇湘源往往以出世的高洁让人魂牵梦绕、心心向往。其实，潇湘源更是故园情结、家国责任和道德思想的精神源泉，奔涌着强劲的济世情怀。进，可以湘江北去，入洞庭，下长江，奔大海；退，可以细水清流，归愚溪，归濂溪，归九疑。

中国的江南水乡，绿水萦绕的岛屿比比皆是，但大都被打造成游玩胜地。古代的永州是一个例外，他们把最美的潇湘源风景，留给的是莘莘学子——在蘋岛建有闻名遐迩的蘋洲书院。书院始于乾隆四年（1739），至今已近三百年，曾与岳麓书院、城南书院、石鼓书院并立为湖南四大书院。历史上永州的状元、进士数量，也一度在湖南遥遥领先。

如今重修而成的蘋洲书院，已不复当年的教育功能，但潇湘文化的精气神依旧触手可及。这里的长廊、门楼、甬道、对联，无不古风蔚然；参天的丹桂、古樟、斑竹，无不诉说着悠远的历史。徜徉其间，既可以触摸到那份世外桃源的淡泊和宁静，亦可以听闻到那份经世致用的坚守和脉动，还可以感受到今日永州的踔厉和笃行。

蘋岛又称浮洲，它有一个奇观：再大的洪水，几乎从未将它淹没过。相传，是娥皇、女英在这里抛下罗巾，龙神放出三只金鸭，将岛始终高高地拱起。

当然，真实的原因是：潇、湘二水在这里的迂回曲折，为江水倒灌提供了极大的容量和空间，从而让潇湘源的水，进退自如，从容淡定；从而让水中的蘋岛，傲然浮立，风雨不改。

我想，把这壶潇湘源的水带回去，挂在我的书案，我便把书院、把蘋岛、把整个潇湘，“浮”在了我的书房，“浮”在了我的窗前，“浮”在了我在都市的灯火阑珊里。

永州本土作家作品

千家峒情结

□ 李长廷

千家峒这个地名，从元朝大德九年（1305）始，就成了南方瑶族人民心中一个难解的结，一个永远的痛。大约是这一年三月里的某一天，几声惨烈的狗吠，一下子就打破了千家峒上千年的宁静，也打破了千家峒这个“尚存尧舜之风”的温馨之乡的美梦。

元朝的官兵，不分青红皂白，践踏着山水间一片盈盈春色，气势汹汹，围剿千家峒来了。

千家峒的瑶民毫无思想准备，他们不知道这是为什么。时隔六七百年后的今天，人们也还是没有弄明白，这到底是为什么？按民间传说，是因为当时一个税官进千家峒收税，千家峒的瑶民对他很热情，这家请喝酒，那家请吃饭，好酒好肉款待他，不知不觉一年过去，官府以为这个税官一定是被瑶民坑害了，于是起兵围剿。

历史可真会开玩笑。如果像围剿千家峒这样的重大事件，可以轻描淡写地以一次误会搪塞，那么，我们今后还会有谁去相信历史？

据千家峒古文献记载，元朝中叶，千家峒曾连续几年遭遇大旱。那么，问题或许就出在这里了，因为连续干旱，千家峒瑶民交不起官税，从而导致了这场突如其来的灭顶之灾。

面对潮水般汹涌而至的官兵，千家峒瑶民惊慌失措之余，曾在仓促间组织反抗。明知是以卵击石，但他们别无选择。他们太珍惜千家峒了，毕竟这是他们苦心经营了上千年的家园啊，是他们的根啊！虽然，世界很大，可是哪里有他们的容身之处？他们的祖先，一代一代，从遥远的北方，不停地迁徙，迁徙，上百年上千年的迁徙啊，上百年上千年的漂泊啊，最后是千家峒敞开胸怀，收留了他们。那时候，一眼望去，山是荒凉的山，水是荒凉的水，地方并不宽绰，可他们已经很满足了。何况这里四周高山环抱，人迹罕至，与世隔绝，是个真正的"世外桃源"，它与外界联系的唯一通道，仅一个洞口，这个洞口听说当初只能容一头八十余斤的牛进出，其窄狭可见一斑。后来或许是经过了人工的斧凿，才变得稍宽阔一些，但也仍是一个隧洞而已，须摸索前行数丈，方可见着光亮。20世纪80年代末，笔者曾随人去千家峒一游，那时千家峒的天地已变得十分开阔。1967年为修筑林业公路，将千家峒唯一出入门户的那个洞口旁的石山劈出一条通道，如今连载重汽车也能畅通无阻，但洞口仍留着一截。笔者当时伫立洞口，仰望洞顶"穿岩"二字，心中甚觉不是滋味。后来在一篇文章中，曾这样记录当时心中感慨："以世界之大，何以留给一个民族的出路竟是如此窄狭？"但是今天想来，这个闭塞的环境，倒是给当时的瑶民，带来了相当长一段时间的安宁。他们躲进世界一隅，无心去打扰人家，也不希望人家来打扰他们，只求大家相安无事，过一种实实在在的"不知有汉，无论魏晋"的生活。谁又曾料到，他们心目中的所谓"乐土"，早已成为封建统治者的眼中钉，封建统治者是绝不容许自己的管辖之内有一片净土的，哪怕是巴掌大一块地方。千家峒四周的山峦不可谓不高，可哪能抵挡得住元朝官兵蘸满血腥的刀枪剑戟？瑶民匆忙中垒砌的石城墙，六七百年后的今天，仍傲然挺立，岿然不动，墙体厚度两米以上，高几近三米，不可谓不坚固，可照样抵挡不住元朝官兵野兽般的行径。

吊脚楼被焚毁，古老的长鼓被焚毁，古朴缠绵的瑶歌被焚毁，宁静平和的生活被焚毁……瑶佬吹起牛角，把十二姓瑶人召集在一起，他告诉大家，千家峒的历史结束了，鸟有鸟道，兽有兽道，各自逃命去吧。并将牛角锯成十二截，每姓瑶人一截，相约五百年后，千家峒的子孙重新回来相聚。这悲壮的一幕，深深烙印在瑶民心目中，也深深烙印在历史的屏幕上。从那以后，千家峒就成了瑶民子子孙孙心中一个难以解开的结，一个永远难以抑止的痛。

笔者在少年时期，曾多次听到一些老人在茶余饭后，提起过“千家峒”这个地名。看他们当时一脸茫然的神情，仿佛是在讲一个遥远的梦境，讲一个虚无缥缈的神话传说。但是他们的口吻是那么认真，那么严肃，相信千家峒是确实存在着，只是过于荒僻，过于遥远，甚至还有那么一点儿恐怖，所以至今无人涉足。笔者当时将老人所描述的“千家峒”，理解为一个荒无人烟的无人区，万万想不到这么个地方，竟牵扯到一个民族的生死存亡，六七百年前发生在这里的那次事件，按现在时髦的说法，竟连历史也差点儿为之闪了一下腰。

五百年后重相聚——那位瑶佬的话，当时一定像一道闪电亮在空中，让瑶民世世代代难以忘怀。可是笔者心中未免纳闷，这位瑶佬凭什么定下一个五百年的期限？五百年！这是一个多么可怕的时间长度！莫非这位瑶佬竟是一位高瞻远瞩的智者，把中国历史早已看透？他就不怕瑶民子孙的意志，被这漫漫五百年消磨殆尽吗？

五百年是太长了，让一个民族五百年后再回故土重聚，历史如此安排，未免有些残酷。

但是瑶族的坚忍不拔，也正在这五百年中得到了真正体现。面对命运的刁难，他们从不轻言放弃。笔者由此想到了居住在巴音布鲁克草原的土尔扈特族人（蒙古族的一支），距今二百多年前，他们从伏尔加河畔迁徙东归，十七万人，走了六个多月，最后仅剩七万人，创造了一个历史奇迹，此举被后人视为东归文化现象，可见故土对于一个民族，召唤力是多么巨大。瑶族也是一个执着的民族，他们的执着，毫无疑问，来源于他们固有文化的培植。笔者始终认为，瑶族子民内心一定有一个“始祖”情结，他们尊盘瓠为始祖的虔诚，不亚于尊黄、炎为始祖的虔诚。后人把盘瓠说成是一只“龙犬”，抑或“神犬”，不知是有意将它神化，还是有意将它异化。瑶族子民对此似乎并不排斥，他们尊重历史对盘瓠的塑造。盘瓠出生于帝喾（高辛王）时代，母亲是高辛王宫中一名普通妇女，因患耳疾，医生从她耳中挑出一条浑身焕发黄金般光泽的虫子，然后置入瓠篱中，并盖上一个盘子，不久，这条虫子就变成了一条色彩斑斓的狗。这就是盘瓠。盘瓠对公主非常亲近。后来高辛王被房王围困，无奈之下，出榜招贤，许诺谁能献上房王脑袋，便将公主许配给他为妻。接下来的故事，自然是众所周知，不必赘述。临了，高辛王有点懊悔，可是公主信守承诺，矢志不渝，这使盘瓠很受感动，便向公主进言说：只要将他置入金钟内，七天七夜，便可变成人形。六天之后，公主等不及，揭开金钟一看，盘瓠已是犬首人身，再要变已是不可能了。后来盘瓠携公主离开高辛王，去了南方深山之中，开创他自己的未来。

故事其实并没有什么特色，笔者从这一段故事的内核里，读到的是一对男女对爱情的执着追求。历史给了盘瓠一个与众不同的身体，并为之编排了一个与众不同的出身。但笔者认定，这个盘瓠，一定是上古时期，除三皇五帝之外的另类开创型英雄。他头上没有任何光环，有的只是信念，只是不屈不挠。他不像蚩尤、共工，总想找机会逞一下自己的勇武，凸显一下自身的价值。他出身于帝王的宫殿，却不留恋繁华，一心向往深山老林，默默地去开辟自己的天地，最终与大自然融为一体。他平凡，但是他伟大，是典型的平民化始祖。

盘瓠的子孙，一代代都是在大自然的怀抱里长大的，是大自然陶冶了他们的品性，使他们认识到，唯有大自然，才是他们生命的本源。本来，由于历史的原因，瑶族并没有太强烈的“故土”观念，因为自古至今，他们都是在不断地迁徙中过日子的。但是千家峒不同。千家峒使他们有了“故土”的概念，有了“家园”的感觉。千家峒的四块大田——马胫大田、鹅胫大田、南蛇大田、平西大田，是他们用上千年的汗水浇灌出来的。他们的大田里，长出的谷粒硕大如花生米，一把禾可以打一担谷，七粒米可以熬一锅粥，种一年可以吃三年。这样的地方，天底下哪里去找？更何况，千家峒已成为瑶族团结、团圆、团聚的象征地，这里集合了平地瑶、高山瑶等各个瑶族分支，宛如一个大家庭，和睦相处，安居乐业，再不用去饱尝那一代一代不断迁徙的艰辛。千家峒既给了他们这一切，他们岂能一朝弃之而不顾？

可是，如今五百年早过去了，历史无情，不知当年的十二截牛角，现在沉落在何处。是千家峒的子孙，忘却了那个五百年的期限了吗？忘却了曾经有过的梦幻了吗？不！当一些考察者，走遍湖南、云南、贵州、广东、广西，甚至东南亚、美国，寻访当年从千家峒逃离的瑶民踪迹时，他们发现一个奇怪的现象，就是无论走到哪里，都能从瑶族民间读到关于千家峒的种种古文献手抄本，如《千家峒源流记》《千家峒流水记》《千家峒古本书》《千家峒永远流水部》《千家峒木本水源》《世代流传祖居来历书》……据统计，竟有数十种之多。这些古文献所记内容，天然一致，其中包括千家峒的地形、地貌、地名，千家峒事件发生的时间及经过，以及当年逃离的种种情形，几乎是出于一个版本。瑶族散居世界各地，关山阻隔，互无联系，这些古文献，显然是各地瑶民祖传的。这就说明，数百年间，瑶民心目中的千家峒情结，仍是那么牢固。他们在等待时日。

笔者一次去江永，偶然听朋友说起广西荔浦瑶民赵德标一家，三代人依祖传千家峒古本书记载，按图索骥，寻找千家峒的故事。公佬找了一辈子，最后遗憾逝去；爹佬找了一辈子，最后也遗憾逝去；到赵德标手上，继续寻找，他找到江永县大远，拿出古本书一一对照，穿岩石门、鸟山、马山、鹅山、石童子……无论地貌地名，竟然处处吻合，于是便认定这里就是他日思夜想的千家峒，于是毅然与兄弟携儿带女一共十余口人，一齐迁到这里定居。而一些专家学者，也认定湖南永州市江永县大远即千家峒故地。1986年，大远正式被命名为千家峒瑶族乡。

一个民族，离开故土七百年后，仍能找到回家的路，实在令人佩服。

至此，千家峒的谜团算是解开了，瑶民的心结也算是解开了，赵德标圆了他祖祖辈辈一个梦，他的欣慰之情，是常人所不能想见的。随着时代的推进，千家峒渐渐变得热闹起来，各地瑶民纷纷前来寻根访祖，面对千家峒的山山水水，喟叹七百年间的人世沧桑。而其余人众，则纯粹是要一睹它的神秘。一处被历史搁置近七百年的山旮旯，它的一草一木，绝对具有一种不同寻常的吸引力。

笔者写到这里，曾一度搁下手中的笔，作一种冥思遐想。历史悄悄前进了七百年，世上不知发生了多少惊天地泣鬼神的事件。中国一代代王朝更替，除了商、周，有哪一个王朝超过了七百年？西域古城楼兰，人们谓之罗布泊的美丽幽灵，两千年前，因处罗布泊和孔雀河故道的“丝绸之路”而盛绝一时，却只在历史舞台上活跃了五六百年便神秘消失。辽国灭亡时还拥有百万之众的契丹族，明以后竟集体失踪，不再有他们的消息。辽至明亦不过四百余年。历史演变之速，是人们所始料不及的。自然，千家峒不同于楼兰，楼兰已成历史废墟，只留下典籍上的一丝记忆。而千家峒虽被历史撂荒在那里，它的文化的种子，却一直深埋在那些乱草丛中，终有一天，会有发芽生长的机会。瑶族的可爱，正在于他们心中的信念之灯永不熄灭，他们无论走到哪里，总有千家峒这根无形的线，始终维系着他们之间的关系。他们不愧是盘瓠的子孙，生命力是那么顽强，只要有山有水，就能生根立足。千家峒无疑是他们的生命之源，是他们永远的希望和理想。虽然岁月把他们脑海中的大部分记忆都磨灭了，可千家峒的影子却挥之不去，这影子尽管朦胧，有时朦胧得如海市蜃楼，若有若无，但他们坚信它的存在。大约正因如此，才有“赵德标们”，祖辈数代锲而不舍地寻找千家峒的故事。

不过，以笔者愚见，瑶胞们纷纷寻找的千家峒，已不是七百年前意义上的千家峒，他们寻找的，或许并非一个具体的地域，而是一种文化，一种理想，一种希望，一种美好记忆，一个童年的梦，一个童话。所谓寻找，实际就是追求。有追求的民族，才是最富生命力的民族。笔者至此，忽又联想到一种现象，一部浩瀚中国历史，无论哪朝哪代，都喜欢拿“尧舜”来作类比，“六亿神州尽舜尧”。尧舜时期真有那么完美无缺吗？那时灾祸频仍，天旱水涝几乎成了家常便饭，生产力低下，不时还有战争骚扰，可是后人为什么对那个时代如此向往，将其作为理想社会加以追求？究其原因，也许是因为那是华夏民族的童年时期。童年是一种境界。人之一生，最美好最值得记忆与留恋的便是童年，童年的目光，天真无邪，他们看世界，纯洁透明，人与人，人与自然，和谐相处，没有争斗，没有冲突，生活中充满了爱与被爱，连秋风吹落一片树叶，也是五彩斑斓，可爱至极。诚如笔者的童年，家境虽然贫寒，吃穿都令人发愁，但是倘若对一生做一次回想，还是童年带给自己的乐趣多，且那么值得回味。那月光下鹰捉小鸡的快活，那屋檐下男娃女娃扮新郎新娘过家家的惬意，以及六月天一丝不挂去水田里滚得如一只泥猴的疯狂，今天一旦忆起，总要忍俊不禁。

对童年的回忆，其实也就是对故园的怀想。每个人都有自己的童年，每个民族都有自己的童年。回忆童年的乐趣，实在是一种享受。那么，以此引申出去，是否可以说，每个人亦都有自己的“千家峒”，每个民族亦都有自己的“千家峒”？而这个“千家峒”，应该就是各自心目中理想的乐园。

是的，有那样一个地方，大田里能够长出如花生米般大小的谷粒，种一年可以吃三年，难道还不值得大家去永远追求和向往吗？难道还不值得人们穷尽数辈的精力去寻找吗？

它可是抚育了一个民族的摇篮啊！

对一朵莲花的访问

□ 刘翼平

楼田朝圣

道县楼田，让我想起威尼斯。

楼田在木桩上垒土造田，威尼斯在木桩上树基建城。

它们的前世今缘都是水，用万年木桩打进水底，托起一片沧海桑田。

在去楼田的路上，我心生怪意，想刨开田底，挖出古人埋的万年木桩看看。

但我是一位朝圣者，没有土木工程师的时间和技术，我是来寻找和朝拜产生千年思想家的圣物的。

中国人对圣贤和先辈的崇敬有两个极致：一个是生地，一个是葬地。楼田，既是濂溪先生的衣胞之地，又是其父亲的归葬之地。走进楼田，最先让你心生敬意的便是周家的祖墓。周敦颐父亲和兄嫂的墓距村口不足百米。早几年文物部门及周家后裔在重修祖墓时，取道县、衡阳、九江三地之圣土同修，以表达对土地的祭拜和对濂溪先生的崇敬。我放轻脚步，心存敬仰，在其父亲的墓前叩拜，用深深的三鞠躬表达自己的膜拜之情。

一鞠躬，感谢时代造化。

周敦颐生于宋真宗天禧元年（1017）五月初五。这时是宋朝开国第五十八年，也是澶渊之盟缔结后的第十四年，宋朝正蒸蒸日上，廓清黑暗。

宋开国五十多年，历三代国君，时局趋于稳定，朝野富庶而俭约，国家开放而知礼，读书之风举国盛行。有一首诗与周敦颐同龄，那就是宋真宗亲自撰写的《劝学诗》：

富家不用买良田，书中自有千钟粟。
安居不用架高堂，书中自有黄金屋。
出门莫恨无人随，书中车马多如簇。
娶妻莫恨无良媒，书中自有颜如玉。
男儿欲遂平生志，六经勤向窗前读。

周敦颐的青少年时代就是这样一个全民读书的年代。北宋王朝从五代各帝猝亡的历史中总结出“藩镇割据，拥兵自重”的得失，反思宋太祖“陈桥兵变，黄袍加身”轻易得手的惯例，“千年疑案陈桥驿，一着黄袍便罢兵”，以“杯酒释兵权”的历史创举进行制度改革，让军人政治退出历史舞台。与之对应，推行以文治国方针，大量起用文人，“权知军州事”。一方面倡导“万般皆下品，唯有读书高”，将文人士子引向攻经读史之途，皇帝还亲自推荐读书目录，带头研读讲授儒学经术；另一方面加大开科取士力度，为国家招揽人才，为读书人提供出路。景德二年（1005），一次取进士二百四十六人，特奏名五举以上一百一十人，“九经”以下五百七十人，诸科“三礼”以下七十五人，共一千零一人。时势造英雄，英雄出少年，这种浓郁的政治氛围和良好的文化生态为周敦颐的横空出世提供了良好土壤。楼田诞生一代硕儒，要谢天谢地谢时代！

二鞠躬，感谢家庭熏陶。

父母是孩子的第一任老师。周敦颐出生在一个好时代，更落户于一个好家庭。按当今的话说，他是一个典型的“学二代”“官二代”，官宦人家、书香门第就是他的家庭背景。周父六兄弟中，有两名进士，周母郑家两代五进士。从优生学来看，高智商的结合让周敦颐获得了先天注定的优秀遗传因子；从优育学来看，周父辅成进士出身，饱读经史，在周敦颐出生后，辞官在家，有专门的时间和精力教导儿子读书。周母郑氏出身汴京望族，是一位知识女性，知书达理，亦会“孟母教子”，加强儿子的课外辅导和作业督促。夫唱妇随，主辅结合，良好的家庭教育，必然使周敦颐“青出于蓝而胜于蓝”。

周敦颐的祖父性喜恬安，躬耕不仕；周父发愤读书，志于进士；周母知书达理，处事周全。这一切，让周敦颐自幼养成了明敏笃厚的气质。他成人后处理政事仁恕精严，都是深受父母的影响。就连晚年退隐自然，辞官养老，也与其父的举动如出一辙，惊人雷同。

三鞠躬，感谢少年勤学。

周敦颐是早慧的神童。百多年后的度正（1166—1235）在《濂溪先生周元公年表》中记载了一个传奇故事：“先生年五岁，辨五星墩于宅之左右前后，分配五行。”讲的是天禧五年（1021）重阳节，秋高气爽，辞官赋闲的周辅成同族人移凳庭前，逸情聊天，村前田洞中的五个小山峦引起大家的兴趣，商议着各取一名。可闲议良久，不得其名。这时，坐在一侧旁听的小敦颐，看到大人们面带难色，竟脱口而出：这五个山堆就像五颗星星。那东边的叫木星，南边的叫火星，西边的叫水星，北边的叫金星，中间的叫土星，合在一起就叫“五星墩”。大人们一听豁然开朗，便采纳了小敦颐的建议。这五个小山峦被正式命名为“五星墩”，此后成为楼田村一景，至今遗迹犹存。

从祖墓前行两百米便是圣脉泉，这是一股泉，也是一口井。千年以前，濂溪先生喝着这股泉水长大，这股泉甜嘴滑喉、滋心润肺。像所有小孩都亲水一样，先生“濯缨而乐之”，留下了钓游、濯足、嬉戏玩耍的身影。

我踏着古人的足迹而来。朱熹的老师李侗来了，在泉水上方悬崖刻上“濂溪”二字；明代知州方进来了，在井口石壁上留下“圣脉”二字；黄庭坚、杨万里来了，陆游、朱熹来了，何绍基来了。在圣脉泉口，何绍基端坐其旁，久久凝思，写下《濂水寻源》：

清波洗尘雾，兹泉实神湫。

逝者已如此，来者知何由？
森立忽千嶂，阻积势迭稠。
天工不藏拙，地灵不知幽。
到底尚如许，其下安可求？
谁知万山底，气与乾坤浮。
灵脉遂坌涌，浩瀚不可收。
下道百川水，上通洙泗流。

自然之泉，已是思想之泉；濂水之源，已成理学之源。圣脉之水上承孔孟，下启程朱。亲临圣泉，我闭眼合掌，默念敬仰，蹲身凝视，掬水捧喝，丝丝甘甜从口而入，一线灵光自头贯，顿感多了许多的精气神。

喝罢圣泉，抬头向山上石壁望去，“道山”两字倏然入眼。进村之前，见楼田村后环绕的石山就是这道山。山势从西向东，逐步隆起，最高处约三十米，远远望去，就像田野间一条匍匐蠕动的无足长虫。道山古称豸岭，周敦颐被尊为道学开山之祖后，改称道山。

沿着石级往上走，半山之下，便见一个大溶洞，原名楼田岩，后改为道岩。岩口不大，约四平方米，岩洞里面却很大，分上中下三洞，上洞叫“天上仙宫”，中洞叫“人间皇宫”，下洞叫“海底龙宫”。天上仙宫之上，便是道山山顶。顶上有一处古人石砌的聚居之所，里面有一口古井，大旱不涸，久雨不溢，清澈透莹，人称“瑶池仙井”。

田野小村有如此美景，是村之福地，更是村中人孩提时的好去处。道山、道岩陶冶了历朝历代的楼田人，是楼田人的生命之源、文化之根。面对千年万年不变的道山、圣泉、道岩，有人忘情于山水，有人寄情于山水，有人超然于山水。忘情者得快乐，寄情者得情怀，超然者得思想。小敦颐就是这样一位千年智者，他与同伴在道山钻溶洞，攀山顶，饮甘泉，玩够后常常一个人凝视发呆。大地之心流出的涓涓之水、万年溶洞自然造化的奇异景观、道山顶上云卷云舒的无穷变幻，一一让他想起古书中那些似懂非懂的东西。日月星辰，天地合一，水润万物，昼夜更替，四季变化。幼小的脑袋思接千载，心向浩宇，求解大人们都无法回答的疑问。道岩是他的“地心探测器”，道山是他的“天文瞭望台”，他思索天、地、人，悟道、悟理、悟法。五岁能辨五行，十二岁立志求道。对一个从未离开过道州的山村少年，这就是儒学的开蒙，道山的启迪。

月岩得月

在我的心中，月岩就是一座千万年的月亮城堡，这座城堡只开了两扇城门，东边的城门是月亮做的，西边的城门也是月亮做的。城堡的巨大屋顶是月亮做的，城堡内壁的全部装饰也是月亮做的。这里一洞含三月，洞中含月，月中含洞。月亮城堡是中国有名的长寿之乡，里面住着许多有名有姓、有血有肉的长寿老人，周敦颐就是这座月亮城堡里最年长的老人，是统治月亮城的千年土司。

我怀着朝圣般的虔诚，向月亮城拜伏前行。

月岩东洞高四十余米，宽二十余米，长六十余米，一位千年前的少年在洞口接待了我。他十二三岁，一身布衣，一头髻发，双眼睿光，满脸灵气，左手执《论语》，右手向我伸来。他说自己的家离这儿不远，只有七千米，先前是与小伙伴们来玩，发现这里的岩洞一眼一个月亮，一步一个月亮，把他看傻了、望呆了、想痴了。别的伙伴们走了，他还安坐在这里。摸一摸岩壁，敲一敲石头，望一望天空。像五岁时发现家门口田洞里的“五星墩”一样，这里的月圆月缺，变幻无穷，宇宙之浩瀚，阴晴之变化，充满了玄妙奥秘。他跟日月交谈，与岩石对话，从小小的岩洞，居然可以看到宇宙的变幻。阴阳互动，万物化生，不就在这小小的月岩，不就在自己小小的内心？这无数的上弦月、无数的下弦月相交一起，不有点儿像道家的“太极图”？这月岩，与道有缘，与自己有缘，是为自己而生的。

有了月岩，小小少年“筑室读书期间，睹此而悟太极”，由此有了读书明理的地方，有了月岩学堂与先生吴明的求问。

少年周子：在月岩抬头向上看，当中虚顶，天外有天；向洞外看，山峦起伏，山外有山；向洞中看，有仙人床、仙人田，洞中有洞。这是为什么？

先生吴明：道理是无穷的，强中还有强中手，做人不能骄傲自满，必须谦虚谨慎。

少年周子：从东洞往西走，看见头上的“月亮”由缺变圆，由圆变缺；从西洞往东走，也是一样。这是为什么？

先生吴明：它告诉我们一个盈则亏、亏则盈、动中有静、静中有动的哲理，做人做事处理关系必须适中。

有了月岩，小小少年有了立志求道的志趣，有了楼田月夜父子的一番长谈。

父亲：敦实，你这么喜爱读书，文章也写得不错，将来想干点儿什么？

儿子：父亲，我不想做官，我想研究孔孟之学，吸收各家精华，将儒家思想再推进一步，以正人心、明道理。

父亲：敦实，学而优则仕，当朝天子这么重文人，你为何不求功名仕途，为咱周家光宗耀祖？

儿子：父亲，您不是当了官还归田退隐吗？相信我，不当官，也是会出人头地、光耀门庭的。

父亲：敦实，你的想法太高远，要实现很艰难。但你选择了这条道路，就要脚踏实地，坚定地走下去！

儿子：请父亲放心，请父亲多多指教！

父亲：好，但我的学识有限，楼田的天地太小，你要走出楼田。今后多去舅舅家，去汴京，多向舅舅请教去，他现在已经是朝中大臣，龙图阁直学士。

儿子：父亲，我一定会去的。

这番师生月下求问和父子月夜长谈，使小小少年有了深深感悟，他在读书笔记中写道：

此非月之望也，亦非月之上下弦也。其中圆虚通天者，非太极乎？由东西二岩观之，非太极之动而生阳、静而生阴乎？岩畔溪流，萦纡如带，而群峰矗矗，森布于岩之左右，如屏如戟，如牖如笏，皆具五行之象，非太极之水火金木土乎？此天地之太极，不必假借，不必点缀，昭然在心目间，可一览而竟者。

月岩中洞是一轮巨大的满月，直径两百余米，是我平生见过最大最近的“月亮”。我来到月亮城中殿，这里的装修“银”碧辉煌，天地合一。穹顶是“千年土司”亲自描绘的那幅《太极图》，千年以来，周敦颐就是月亮城堡里地位最高的月亮大巫，掌管着月亮的阴晴圆缺。他用天之蓝、云之白、夜之黑、山之绿为颜料，心怀宇宙，眼收乾坤，察山形水势，观云卷云舒，绘就了这一巨幅太极图。

月亮城的建筑取法自然，鬼斧神工。月岩自小就是周子的，在月岩他不着一字，月岩永远是他的祖宅。他一生好山水沟壑，所到之处，有奇妙岩洞者，他必游览，必题刻。在江西，修水的清水岩、赣州的罗田岩；在湖南，零陵的朝阳岩、淡岩、华严岩，道州的含晖洞、东安的九龙岩；在广东，连州的大云岩、肇庆的七星岩、阳春的通真岩、德庆的三洲岩，都是他心中的月岩。他要题上名，要据为己有。他将这些岩洞搬回月岩，在月亮城里建成了微缩的月岩景区。一个个微缩的岩洞，千姿百态，洞幽石美，堪称一绝。

月亮城的设计一步一景，巧夺天工。在月岩景区的对面岩壁，展示了三幅大型的天然太极图画。一幅是江苏鹤林古寺的阴阳鱼图，一幅是郴州汝城的予乐湾俯瞰图，一幅是永州嵛峰的潇水回流航拍图。三幅天然图画，三处太极胜景。一处处自然奇观，让周子观物悟道，画出那张理学的《太极图》，写就那篇理学的《太极图说》。“无极而太极”是这幅画、这篇文的主题和精髓。

我向月岩西洞走去，这西洞高七十余米，宽六十余米，长一百余米。一位皓首白发的长者站在洞口。

老年周敦颐是月亮城最大一轮皓月。千百年来，千千万万的人朝着月亮而来，走了一批批，来了一批批，这些人都是月亮的粉丝。

月亮城里有一堵长长的文化岩壁，是留给这些粉丝的，上面刻满了元明以来的题词，这是人文的精灵。我慢慢地品读文化墙上千年粉丝的诗文题刻。有长长的散文，顾宪成的《游月岩记》、李发的《月岩亭记》、王会的《月岩图说》，一篇篇读来，仿佛亲临其境。有雅韵诗词，如蒋忠的《月岩》："一窍通天月出初，阴阳动静两模糊。元公契得于中理，写作先天《太极图》。"陈凤梧的《题月岩》："层崖悄直倚穹苍，洞口虚明月影藏。两画阴阳分左右，一圈太极奠中央。天生胜境非人迹，地入濂源是道乡。鸟韵花香三十里，尘怀到此自能忘。"闪应旸的《游月岩》："中天太极邃还见，两窍阴阳空复明。天造地设此奇境，月形弦望谁拟评。理窟百年淑后学，道源千载仰前英。洞府山灵欲招隐，云軿风蹬趋去程。"一首首吟诵，体会当年寻踪情怀。有精悍题刻，如"理学渊源""浑然太极""悟道先迹""如月之中""道在其中""豁然贯通"，一方方审读，感知题刻者深情厚谊。千百年来，历代名士、政客和游人的足迹都湮没在草蔓砾石中，只有这轮星月斗转周而复始无穷变化的"月亮"明亮如一。我为这些先辈粉丝而感动。

我也是周敦颐的粉丝，可我不敢在这里留下一点儿痕迹，哪怕是"到此一游"四个字。我只带着他的《太极图说》来了，想请他在扉页上签名。可他心怀苍穹，无暇顾我。我才知这轮皓月大美无言，吾辈渺小无名。

我怀着遗憾悄悄而去，走出西门，一片月光的清辉，洒在我的周身，洒在我捧着的《太极图说》上。我顿悟，这清辉不就是月亮老人给我的签名吗！

于是，我立即转身，退后两步，向着西门的月亮一拜！

潇湘夜雨读书时

□ 吴茂盛

古人读书是非常讲究的。讲究到什么程度呢？净手、焚香，甚者沐浴；灵净心性、了无尘秽；然后展卷静读。为何如此烦琐？读书需要静心、精心和净心，展卷读书前去粗俗摒杂念也就成了不可或缺的仪式，其实也是一种至高的境界。

王羲之曾书，把酒时看剑，焚香夜读书。让我眼前总浮现这样的情景：夜深如水，月上纱窗，青灯黄卷，暗香浮动，心如古井，人若渊明，快哉乐哉！

此景虽好，但总觉得还缺了什么。

缺什么呢？此刻，我眼前又浮现出另一个挥之不去的画面：一小岛宛若一片白萍漂在江中，四面环水，草木郁葱，夜来雨声，风吹叶动，雨打芭蕉，一滴一声，激荡心灵，是山河的夜雨，还是心灵的夜雨；是丹青的夜雨，还是文人的夜雨！

原来，读书也是需要一个好去处的。这就是蘋洲书院，一个绝佳的读书所在，潇湘夜雨读书时。

蘋洲书院又名蘋岛、萍洲，坐落在永州市零陵区潇湘二水汇合处。《史记·五帝本纪》载：舜“南巡狩，崩于苍梧之野，葬于江南九疑，是为零陵”。零陵，由此得其美名。早在汉代时，朝廷就建立零陵郡，几经风雨，清朝时合并了几个州县，称永州府。永州多溪水河流，湖滨生长似蕙草的白萍，蘋岛也不例外，白萍青青，芳香四溢，萍洲因此名扬。屈原的《九歌·湘夫人》：登白薠兮骋望，与佳人期兮夕张。

屈夫子所云“佳人”又是谁呢？这是有典故的。

湘妃寻夫

话说四千多年前，舜南巡，他把权力移交之后，站在帝都蒲板城池前，高举手臂，指着遥远的南方说：那里，有受难的子民，我要去看看！舜带上一干人马，快马加鞭，奔赴迢迢南国。在风陵渡，他们渡过了激流滚滚的黄河，然后进入黄沙漫天的潼关，经商洛，顺着丹江水道漂流到汉水，再取道荆州，过夷陵，横渡茫茫长江，来到八百里洞庭湖。舜匆匆安顿好家属，然后溯湘江之水逆流而上，经长沙，踏入韶山，登上衡山，再入湘江，复走通往永州的水路，历尽千辛万苦，终于到达了神往已久的此行目的地：苍梧之野。

可是，为了消除九疑山的水旱灾害，为了解救百姓于艰难困苦，日夜操劳的舜终因年老体衰、积劳成疾，“崩于苍梧之野”，藏精于宁远大地。

娥皇和女英作为尧的女儿，乃舜之爱妃。她们听闻夫君驾崩，哭倒在地。

二妃心急如焚，即刻从君山出发，自洞庭湖沿湘江逆水而上。然而，到达潇湘二水汇合处——薠岛时，夜色弥漫，漆黑一片，只闻水声哗哗，不分水天之别。而茫然无措的艄公一失手，不慎把小舟驶向了暗礁，在破舟欲沉之际，女英赶紧将一块碧罗巾抛向水中，水下的龙神见了，慌忙放出三只金鸭子，将暗滩托出水面。此后不管水涨多高，鸭子似的小岛总能水涨洲浮，因此此岛始终浮于水面，故名浮洲，又名萍洲。

二妃被激流狂浪打入水中，一瞬间香消玉殒。此刻，天地怆然，泪洒成斑竹。有多少水就有多少泪流，有多少泪流就有多少柔情，有多少柔情就有多少赤诚，唯有薠岛仿佛南风永远吹不干的一滴眼泪，泪光里闪耀着二妃寻夫凄美的故事。

是的，薠岛就是这样一处绝佳的读书之处。舜一生执政为民，体恤民情，颁布律令，统一法度，选贤任能，确立官职，治理水患，德行天下。而娥皇、女英对爱情的忠贞，让后人无不动容和向往。难道这不正是书院要传承的文化内核吗?

柳子行吟

潇，潇水也；湘，湘水也；二水合二为一，雅称潇湘。建在蘋岛上的蘋洲书院距今不到三百年的历史，为何与岳麓、石鼓、城南书院并称“湖湘四大书院”？不必说在湖南，就是在零陵，蘋洲书院论历史不算最悠久，论规模也并非最宏大。零陵曾有过许多书院，宋代有东丘书院，明代有宗濂书院，清代有濂溪书院、群玉书院等；然而，只有蘋洲书院独具生命力，它仿佛白萍一样生根发芽，野蛮生长。它从创建、重建、改制再到后来的重修，不断地改革创新，不断地发展壮大；既承载着厚重的历史，也是永州乃至湖南近代教育的重要见证，更是永州文化无比重要的一张名片。那么，它的底气在哪里？首先，舜在苍梧大地留下的孝德文化，震古烁今，万世敬仰；其次，唐宋八大家之一的柳宗元写下的“永州八记”《江雪》《捕蛇者说》等千古奇文，独步天下；当然，周敦颐的理学思想像出淤泥而不染的莲花盛开不衰，更是散发着皎洁高贵的清香。

这应该就是蘋洲书院的底气所在。

说完舜文化，该说说柳子了。

唐永贞元年（805）寒冬的一天，柳宗元携家带口一路南下，一贬再贬，终于到达永州。这个年少成名、才华横溢的柳河东，因“永贞革新”失败，从礼部员外郎被贬为邵州刺史，在赴任途中又被贬为永州司马。

长安三万里，何时是归期？此刻，到达永州的柳司马望着荒芜的山川田野，又向西望了望长安，眼中荒芜，心里更是荒芜。半年后，母亲去世，又是沉重一击，心里更为悲凉。司马是哪门子官呢？在唐朝，司马是刺史手下的官，说白了就是一个毫不起眼的打杂的官，领导给你权才有权，不给你就什么也不是，而且什么也干不了。一个字：闲。在这样的逆境里，在这样的折磨中，他无法自拔，但又不想自甘沉沦。毕竟，他是柳河东，他还肩负着重振家族的重担，他还有梦想，他还想着有朝一日，他宏伟的施政方略会得以实现。在纠结和叹息中，在孤独与寂寞中，也只能寄情永州山水了。

智者乐水，仁者乐山。消沉一段时间后，柳河东这位行吟诗人，很快融入了这片热土，他在永州大地访民间之苦，叹民生之艰，抒胸中之感。永州十年，也是他最困厄、最孤寂、最愤懑的十年。然而也正是这千年一遇的十年，真正造就了一代大家的绝世风范。永州十年，都是文章，他一生留下浩浩诗文五百七十七篇，而最精彩的三百一十多篇都是在永州写就的。

那时，蘋洲还没有书院。二妃寻夫遇难后，人们为了纪念她们，在此修建了一座庙宇，名为潇湘祠，后更名为湘口馆。一天，柳河东从愚溪草堂出发，划一叶扁舟，沿潇水顺流而下，在二水汇合处登上了蘋洲。面对远山如黛，静水深流，见浪涛一缓一急，蜿蜒而来，奔流而去，恰似一幅梦幻般的江流远景图，柳河东不禁感慨万端、文思泉涌，写下名诗《湘口馆潇湘二水所会》：

九疑浚倾奔，临源委萦回。
会合属空旷，泓澄停风雷。
高馆轩霞表，危楼临山隈。
兹辰始澄霁，纤云尽褰开。
天秋日正中，水碧无尘埃。
杳杳渔父吟，叫叫羁鸿哀。
境胜岂不豫，虑分固难裁。
升高欲自舒，弥使远念来。
归流驶且广，泛舟绝沿洄。

怎一个愁字了得！本想在仙境美景前得以释放，哪想到二水相汇向北流，愁绪依然如江流般茫茫滔滔，千回百转。

柳河东还有一首山水诗《登蒲州石矶望横江口潭岛深迥斜对香零山》也是登蘋洲而作，“纠结良可解，纡郁亦已伸。高歌返故室，自罔非所欣”。诗人愁夜不眠，凌雾登石，盼望黎明，日出之后，始见禽飞鱼游，江水奔腾，潭深迂回，而江中小岛与远山呼应，此刻想起往事、故人、功业与心境的省察，终于自得释然了。

一地落叶渲染了秋色，一江春水沧桑了流年。自舜、屈原、贾谊至李白、杜甫、元结、柳宗元和李商隐一脉相承的家国情怀写在潇湘大地上，到了宋代，大诗人欧阳修、陆游、杨万里、黄庭坚，大画家宋迪，明代地理学家徐霞客，清朝大诗人屈大均、程世绳、乔莱等文化名人亦纷至沓来，千年打卡地，此处是潇湘。

这正是：挥毫当得江山助，不到潇湘岂有诗？

毫无疑问，永州成就了柳宗元，柳宗元成就了永州。为了纪念这位名动天下的文学大家，永州人民在《小石潭记》原址愚溪旁修建了一座庙宇，曰：柳子庙。

理学之光

如果说舜把中原文明带到了南蛮之地，教化了苍梧子民，那么柳子等文艺大儒才是真正把文化的种子种到了永州的岩石、山川、河流之上以及穷乡僻壤的每一个旮旯里。当然，最重要的是种进了永州人的心田。

作为唐代湖广第一状元李郃，还有南宋特科状元乐雷发，这两名状元郎来自同一个村——九疑山下宁远县湾井镇下灌村。两宋湖南进士九百零八人，永州地区三百七十一人，占百分之三十九点六，以县考取进士人数来排名，前三甲都被永州地区占据，祁阳进士九十三名位列第一，零陵进士七十三名第二，营道（今道县）进士六十三名第三，甚至创造过一届考取十名进士的科举奇迹。这难道不是仰潇湘山水之灵气，承舜德文化之教化吗？而柳宗元，作为永州读书人的偶像，他的粉丝何止万千！这又何尝不是他激励了一代又一代学子士人？！

在唐宋，蘋洲是否有书院，不可考，亦不得而知。即便有，经朝代更换风雨侵蚀，亦早已破败不堪、荒草稀疏了。直至乾隆四年（1739），一个叫眭文焕的零陵人，曾在江苏桃源（今泗阳）当过县令，告老还乡后，在家乡建造府第，准备定居下来。一天，他和儿子眭日培登上蘋洲，被眼前奇丽的风光震撼，进士出身的眭文焕觉得没有比这更好的读书之所，于是决定造福桑梓，倾其所有修建蘋洲书院，招本邑士子入学。可是，琅琅读书声只飘香了十几年，就戛然而止了。某一天，山洪暴发，浊浪排空，以摧枯拉朽之势把院舍房屋冲毁得七零八落，只留下书院短暂历史的背影在潇湘二水处黯然神伤。

浮光掠影，多少年过去了。光绪十一年（1885），又一个零陵人出现了，这个人不是读书人，而是武举出身的武将，他叫王德榜。王德榜是抗法名将，虽战功赫赫，地位显赫，但因胸无点墨屡让人嘲讽而苦不堪言，一次回乡暂居期间，登蘋岛时突然茅塞顿开：我读书少，何不在此办学，让子孙和乡亲多读书、读好书？于是尽数家财全力办学，但因其财力有限而左右为难。王德榜在焦头烂额之际，突然想到亲家席宝田，何不邀他一起共举伟业？席宝田何许人也？也是零陵人，大名鼎鼎的湘军猛将。席宝田一听，拊掌大笑：妙哉！此乃千秋功业也。三个字：必须干！

两个行伍出身的粗人一拍即合，说干就干。这眼光这格局，把多少读书人甩了多少条街啊！

要办就办出特色，要办就办出档次！办书院没有好山长是不行的。请谁出任山长？这是个问题。

此时，王德榜和席宝田心照不宣想到了同一个人，谁？周崇傅。

周崇傅又是何许人也？牛人！乃宋代理学鼻祖周敦颐后裔。还是先说说周敦颐吧。周敦颐（1017—1073），道州人，又名周元皓，字茂叔，原名周敦实，世称濂溪先生。他不仅是一个伟大的思想家，更是一个杰出的教育家。周子宦海沉浮三十年，一直把教育事业作为毕生的事业，在郴州任县令时，首倡办学，作《修学记》；到邵州任职建学馆，亲自主持开学典礼。而在他的故乡道州，“里中人言学，永、道间多亲炙其教”，担起了标杆之责。

何况他一篇千古奇文《爱莲说》，就更不用说了，莲香四海，纵横文坛，天下皆知。后来，宋室南迁，文化中心南移，大批理学大儒进入湖南，建立书院，开坛授课，胡国安隐居衡山，创立碧泉书社，儿子胡宏继承父业，将碧泉书社扩建成碧泉书院，张栻建立城南书院，“朱张会讲”成为千年佳话……而很多地方也相继修建了濂溪书院等。再说说周崇傅吧，作为周子后人，进士出身，曾任翰林院编修，作为军需官随左宗棠进军天山南北、收复新疆、整饬盐纲，他饱读诗书、学识广博、德高望重、文武双全；功成名就后激流勇退，归隐家乡零陵。

重建蘋洲书院，于周崇傅而言早有此意；发扬光大先祖周子的理学之光，周崇傅做梦都想。王、席二位将军登门拜访，周崇傅在富家桥周家大院大开中门，盛情迎接；他不仅爽快应允，还邀约本邑士绅黎宜轩、何子安等人一起倾囊相助。光绪十三年（1887），蘋洲书院一经落成便通告八县考送生员入院讲习，每名生员均可获得生活津贴。为备科举考试，书院教学内容主要为攻读经史、研习时文。作为首任山长，周崇傅督学甚严，敦品励学，执教数年后，才德出群之人辈出。光绪十五年（1889）湖南乡试，蘋洲书院有八人考取贡生，名动一时，传为佳话。自此，永州八县学子始有深造之所，文风亦为之一振。

是的，正是因为许多像周崇傅这般不慕功名利禄、有归隐出世之心的大儒们，才成就了蘋洲书院后来的兴盛。

清末民初，在废科举、兴学校的背景下，蘋洲书院改为蘋洲中学。如中国共产党主要创始人和早期领导人之一、著名马克思主义哲学家李达，著名中国文学史、思想史研究专家谭丕模，革命烈士蒋毓华、唐克、舒翼、唐鉴等曾求学于此，群星闪耀潇湘大地，蘋洲中学起着不可磨灭的起承转合的作用。

潇湘之源

三十多年前，我曾求学于零陵西山。多少次，我曾寻访过柳子踪迹；多少次，我曾流连过霞客渡口；多少次，我曾登临过蘋洲书院；多少次，我曾感叹着历史的厚重，呼吸着文化的气息，惊叹着潇湘二水的深情相拥。

这次，我是陪着从全国各地赶来参加二〇二三中国（永州）山水散文节的一行文学大咖上岛的。我们从柳子街下的老码头黄叶古渡，登上一条小邮轮，沿潇水顺流而下，北行大约四公里水路，不到七八分钟光景就到了蘋洲书院。

上得岛来，满眼青翠里掩映着一处黛瓦白墙、古色古香的仿古院落。抬头可见山门匾额书有“潇湘”，楹联刻着南朝柳恽《江南曲》中的名句：“洞庭有归客，潇湘逢故人。”此联乃当代著名书法家沈鹏所书，其笔风干枯，线条瘦硬，老辣奔放，自成一格。这是吟诵潇湘的优美诗句，昭示着书院与潇湘的相互润养以及深远的内涵。它让我不禁想起岳麓书院的一副名联来，那是清末文豪王闿运所作：“吾道南来，原是濂溪一脉；大江东去，无非湘水余波。”从中可见，蘋洲书院与岳麓书院南北呼应，一衣带水，一脉相承，源远流长。从学术的本源和流派来俯视，以三江借喻，潇水支脉濂溪喻道州周敦颐，湘水喻湖湘学，长江喻理学，意谓理学皆发祥于周子。湖湘文化精神的大端，脉络尽现。如今，我终于找到创建只有二百八十四年历史的蘋洲书院能成为湖湘四大书院的原因了。

望向正门，上面高悬“蘋洲书院”匾额，字体苍劲有力，正大气象。两侧楹联“南风之薰兮草芊芊，妙有之音兮归清弦”，出自唐人小说所载张生梦舜抚琴的故事，彰显着舜文化对蘋洲书院的滋养。

进得门来，别有洞天，便是书法艺术长廊，名“永州印象”。这是当代书法碑林。石碑上的古诗词包括柳宗元的《江雪》、欧阳修的《咏零陵》等，都由当代书法家书写，再镌刻到石碑上。这些石碑作品字体繁多，包括草书、楷书、行书、魏碑等，风格各异，气象万千。

天空还是千年的天空，潇湘还是唐宋的潇湘，重修的蘋洲书院依旧文风浩荡：祭祀、讲坛、教学。我们走在青石古砖铺就的路上，穿过迂回曲折的走廊，金桂仿佛依旧扑鼻，书声仿佛依旧琅琅。

此刻，烟雨中的蘋岛宛若清水芙蓉，又仿佛一个绝世的少女在一片轻轻摇曳的荷叶上翩翩起舞。北宋大画家宋迪画过一幅画，名叫《潇湘夜雨图》，后来成了“潇湘八景”之首。夜雨落在潇湘，每一滴都是诗情画意。只有这样的潇湘，才是独一无二的潇湘。这时的潇湘，不只是地理概念的潇湘，更是艺术的潇湘、文学的潇湘、哲学的潇湘。潇湘，甚至成为美学的一种符号。

“潇湘文波连四海，就此能悟，道在两仪太极；浮岛秋月映万川，于斯便知，学须一理殊分。”当夜幕降临，我想起蘋洲书院这一名联时，似有所悟。就会想起萍洲春涨，风吹叶动，雨打芭蕉……我多想像古人一样沐浴更衣，着一身青衫，焚香悟道，手捧黄卷。潇湘夜雨读书时。

千古圣山颂九疑

□ 陈仲庚

九疑山，一作九嶷山，又名苍梧山。关于“九疑山”之名的由来，晋郭璞《水经注·湘水注》云：“九疑山盘基苍梧之野，峰秀数郡之间，罗岩九举，各导一溪，岫壑负阻，异岭同势，游者疑焉，故曰九疑山。”亦即九疑山是一个大地名，是众多“山岭”或“山峰”的统称，仅海拔一千米以上的高峰，就有九十余座。同时，九疑山又是一个神圣的专用名字，它不仅是一座自然之山，还是一座文化之山，更是一座圣山，是中华民族心灵向往之地，精神朝圣之地，历朝历代的帝王将相、文人墨客来此朝拜，并留下诸多名篇佳作。

蔡邕的基调：“岩岩九疑，峻极于天”

九疑山从自然风光而言，有两大特色景观是别处所没有的：一是“异岭同势”——形成“万山朝九疑”的景观；二是“三峰并峙如玉笋”——形成“峻极于天”的景观。

“万山朝九疑”是一种特殊的地质现象。据地质学专家分析，九疑山地带在远古时代是一片大海，后来随着海平面的抬升，周围地层缓缓发生倾斜，最终形成九疑山周边的群山中有许多山头都面向九疑山舜源峰倾首，从而构成“万山朝九疑”的绮丽风光。

“三峰并峙如玉笋”则是指九疑山深处的“三峰石”，又名“三分石”。它坐落在九疑山舜帝庙南边二十公里的山间，特立独耸在高高的山巅上，海拔一千八百二十二米，是九疑山第二主峰。传说舜帝南巡崩葬于此，故而又叫“舜公石”。明万历《九疑山志》载：“三峰并峙如玉笋……峰上有冢，以铜为碑，字迹泯灭不可认，疑为舜冢。”清王万澍《衡湘稽古》载：“夏后及群臣葬虞帝于何（侯）之九疑山……玉琯岩……前有舜帝祠，传说谓葬舜帝时，夏后与诸侯之所宿也。三峰（分）石深处有冢，有铜碑额，字不可识，传为舜冢。”

作为自然景观的“三峰石”，其海拔很容易超越。但作为舜帝崩葬之地的“舜公石”，其人文高度则是很难逾越的。所以，蔡邕的《九疑山铭》一开篇就点出了它的不可逾越性：

岩岩九疑，峻极于天。
触石肤合，兴播建云。
时风嘉雨，漫润下民。
芒芒南土，实赖厥勋。
逮于虞舜，圣德光明。
克谐顽傲，以孝烝烝。
师锡帝世，尧而授征。
受终文祖，璇玑是承。
太阶以平，人以有终。
遂葬九疑，解体而升。
登此崔嵬，托灵神仙。

（选自《古文苑》卷十八）

蔡邕在此铭中，既歌颂了九疑山“时风嘉雨，漫润下民”的自然之功，也歌颂了虞舜“圣德光明”“太阶以平”的千秋伟业，还表达了自己“登此崔嵬，托灵神仙”的人生理想。东汉灵帝时，蔡邕因上书议论朝政获罪，被流放到朔方。遇赦后，由于害怕遭宦官陷害，亡命江湖十余年。流亡荆楚期间，蔡邕曾在当时的零陵郡活动了很长一段时间，并留下了大量活动遗迹，有些遗迹至今尚存。如他在营浦县（今道县）活动时，曾于含晖岩题刻“水天一色”四字，在当时冯乘县（今江华瑶族自治县）题写“秦岩”二字。蔡邕非常崇拜舜帝，他希望天下太平，百姓安康；更希望帝王能够像舜帝那样从谏如流，把国家治理好。南宋淳祐六年（1246），道州知州李袭之修葺舜庙，并嘱咐濂溪书院掌管御书的教官李挺祖，补书蔡邕《九疑山铭》，刻在玉琯岩石壁上面，流传至今。从现有的文献资料看，这是最早的直接以九疑山为题材的文学作品，也是湖南文苑中最早的一篇铭文。尤为重要的是，此铭文为后世文人朝拜九疑山确立了一个基调：将九疑山与舜帝精神及社会理想或人生理想三者合一，从而形成连绵不绝的九疑颂歌。

名家的赓续：“九疑联绵”“仰瞻无穷”

蔡邕之后，魏晋南北朝时期到过九疑山并留下诗章的代表性人物是庾阐。庾阐（生卒年不详）是颍川鄢陵（今河南鄢陵北）人，东晋时期文学家。庾阐出身于武将世家，但他好学能文，九岁时便能写文章，其诗生动有致，先于谢灵运山水诗，为山水诗的先驱。范文澜在《文心雕龙·明诗注》中认为：“写山水之诗，起自东晋初庾阐诸人。”据《晋书·庾阐传》载，他于晋成帝咸康五年（339）“出补零陵郡太守，入湘川，吊贾谊”。任零陵太守期间，曾留下一首《九疑采药》：

采药灵山嘌，结驾登九疑。
悬岩溜石髓，芳谷挺丹芝。
泠泠云珠落，漼漼玉蜜滋。
鲜景染冰颜，妙气翼冥期。
霞光焕藿靡，虹景照参差。

椿寿自有极，槿花何用疑。

（选自清吴玉山重编《九疑山志》卷四）

东晋名士以吃药、饮酒、谈玄为能事，此诗亦可见出当时文人风气之一斑；作为太守的庾阐，特意到九疑山采药，而且尤为看重的是能够延年益寿的“丹芝”，足见当时士大夫群体中吃药风气之盛。但此诗所描写的九疑山景色清新别致，确实有山水诗的韵味。此诗没有提及舜帝，但庾阐很有可能是祭拜过舜帝陵庙之后再去采药的，因为他还留下了《虞舜像赞》和《二妃像赞》两诗。特别是《虞舜像赞》，一开篇便赞颂舜帝：“玄像焜耀，万物含灵。飞龙在天，阳德光明。”亦即舜帝的光辉像太阳一样普照万物，并赋予万物以灵性。因此，写九疑，颂舜帝，仍然是庾阐诗作的主题。

唐代是中国诗歌的鼎盛时代，歌颂九疑山和舜帝的诗歌也有很多，永州本地人李郃所写的《舜庙古杉》别具一格：

总负亿年质，高临千仞峰。
贞心欺晚桂，劲节掩寒松。
任彼风飙折，挺然霜雪冲。
茎凌霄汉表，根蟠龙窟中。
仙客频栖舞，良工何渺逢！
枝头连理翠，拥护圣神宫。

（选自《康熙九年永州府志》卷二十二）

李郃是道州延唐（今永州宁远县湾井镇下灌村）人，他在自己的诗作《贺州思九疑作》中说：“我世家九疑，山在宅之阳。”这说明他的家离九疑山舜帝陵庙很近，而且是时常去的地方。此诗对舜帝陵庙的建筑只字不提，而只写庙中的一棵古杉树，即九疑山中很常见的一种树。但这棵树却与众不同，它年代久远、高风劲节，全力护卫着“神宫”——舜庙。诗人写古杉其实是一种象征，古杉的气质和精神，正是舜帝的化身；同时，古杉的“亿年质”也意味着古庙的“亿年质”，说明九疑山舜帝陵庙的久远。

有宋一代，政治中心和文化中心南移，来永州或路过永州以及永州本地的诗人更多，咏颂舜帝的诗作也更多。这里选两首有代表性的，司马光《虞帝》：

虞帝老倦勤，芦禹为天子。
岂有复南巡，迢迢渡湘水。
至德远无象，异论纷纷起。
意疑大圣人，奸憸亦如己。
乃知中下士，无由逃谤毁。

（选自《传家集》卷三）

在北宋的政坛上，司马光与王安石，一人主张变革新法，一人提倡借鉴旧法，两人各不相让，争斗不息，给北宋政坛带来不小的动荡。司马光提倡借鉴旧法，因而花费了毕生精力编撰《资治通鉴》；也因为循旧，所以对舜帝很推崇。此诗认为舜帝是“大圣人”“至德远无象”，但舜帝的行为同样受到一些奸险小人的“异论”，而“中下之士”就更难逃别人的“毁谤”了。这首诗对舜帝“禅让”“南巡”之事也是一种借鉴，但除“资治通鉴”的意义之外，更值得注意的是人生经验的借鉴。

在司马光与王安石两股政治势力的争斗中，受牵累最大的是苏轼。按说苏轼应该属于司马光势力中人，因为司马光跟苏轼父亲苏洵的关系很好，又是苏轼、苏辙制科考试的主考官，有师生之情。所以当王安石为相推行新法时，苏轼与司马光站在同一立场反对变法，于是被王安石贬出京城。王安石变法失败，司马光为相，全部废除新法，苏轼表示反对，认为新法中的有用部分还是应该保留。司马光很恼火，把他贬得更远。后来不管哪一派上台，都拿他撒气，于是被一贬再贬，最远被贬到了海南岛的儋州。苏轼是中国历史上被贬次数多而又最远的文人。但奇怪的是，他不仅没有怀才不遇的悲愤之感，反而成为豪放派的领军人物。苏轼为什么能做到这样？从这首《谪海南，作诗示子由》或许能看出其中的端倪：

九疑联绵属衡湘，苍梧独在天一方。
孤城吹角烟树里，落月未落江苍茫。
幽人拊枕坐叹息，我行忽至舜所藏。
江边父老能说子，白须红颊如君长。
莫嫌琼雷隔云海，圣恩尚许遥相望。
平生学道真实意，岂与穷达俱存亡。
天其以我为箕子，要使子意留要荒。
他年谁作舆地志，海南万里真吾乡。

（选自《东坡全集》卷二十四）

这首诗的原标题很长：《吾谪海南，子由雷州，被命即行，了不相知，至梧乃闻尚在藤也。旦夕当追及，作此诗示之》。这其实说明了此诗的创作缘由，“子由”是苏轼的弟弟苏辙，两兄弟同时被贬，而且是相邻两个边远之地：雷州半岛和海南岛。苏轼一生已被贬多次，这次是从惠州到海南，落差不算太大，心态还算平和。苏辙从京城执掌朝政的“门下侍郎”被贬为“雷州安置”，落差太大，心里难免会愤愤不平，正是出于这种担心，苏轼“作此诗示之”。诗中告诫苏辙：“莫嫌琼雷隔云海，圣恩尚许遥相望。”虽然琼州（海南）与雷州天遥地远，但能够让我们兄弟隔海遥望，这也算是“圣恩”了；更重要的是“平生学道真实意，岂与穷达俱存亡”，一生只要是真心求“道”，穷达与否就不能放在心上。这个“道”是什么呢？班固在《汉书·艺文志》中论述儒家的特点说，儒家“祖述尧舜，宪章文武，宗师仲尼，以重其言，于道为最高”。这个最高之“道”，就是孔子所说的尧、舜、禹、周公之道，也是韩愈所说的尧、舜、禹、汤、文、武、周公、孔、孟之道。此诗从“九疑”写到“舜所藏”，虽然没有从正面直接赞颂舜帝，但“江边父老能说子（舜帝）”，说明了舜帝的影响力；同时，舜帝之“道”，特别是舜帝南巡“崩葬苍梧”，以身殉“道”的精神，无疑给了苏轼以启发，才使他有了“海南万里真吾乡”的心理准备；而且，只要能真正定下心来，日久“他乡”也可以成为“故乡”。

明代的王夫之创作了一个系列作品《潇湘十景词》，对“潇湘十景”进行了介绍和描述。这里选其中之一《蝶恋花·舜岭云峰》：

九岭参差无定影。泪竹阴森，回合清溪冷。一片绿烟天际迥，迷离千里寒宵暝。

香雨飞来添碧凝。认是当年，望断苍梧恨。东下黄陵知远近，西崦落日回波映。

（选自今编《九疑山志》第十一章《艺文》）

此词名为写景，实为写情，主要是为二妃鸣不平。山无定影，溪水清冷，竹林阴森，烟雾迷离——这幅孤寂清冷的景象，皆因“当年”二妃“望断苍梧恨”所致。正因为有了情感的点染，景色便显得分外灵动。《潇湘十景词》有四景在永州，其他三景分别是东安的“香塘渌水”、零陵的“朝阳旭影”、祁阳的“浯溪苍壁”，都是有山有水、亦真亦幻、景色灵动、情感细腻、引人入胜的绝美景观。

有清一代，朝廷对舜帝尤为重视，由皇帝派官员来九疑山舜帝陵祭祀共有四十四次，其中乾隆朝就有十二次。乾隆皇帝还亲自题写了《谒舜庙》：

孝称千古独，德并有唐双。
历下仪刑近，城中庙貌庞。
春风余故井，云气护虚窗。
缅继百王后，钦瞻心早降。

（选自《御制诗二集》卷三）

乾隆认为虞舜之“孝”是千古所独有，无人能比；舜帝之“德”则与尧帝比肩成“双”，这样的评价切中肯綮。

由于皇帝派官员来祭祀，一些官员把祭祀舜帝之事记下来，于是就留下了诸多“恭祀”诗。这里选取钟人文的《恭祀虞陵》以见一斑：

苍梧崩葬自何年，振古如兹荐豆笾。
山立千官朝寝殿，松流万古杂宫县。
芳蘋洁藻春秋候，荆舞蛮歌陟降前。
将事微臣深庆幸，至今犹得仰中天。

（选自清嘉庆《九疑山志》卷四）

诗的内容无特别之处，无非描写舜帝陵庙周边的景象，并表达自己的庆幸，得有机会祭拜仍然如日中天的舜帝。诗中“山立千官朝寝殿”的比喻倒是很有新意，既隐含了“万山朝九疑”的景色特点，把“山”拟人化为“官”，也增添了舜帝陵寝的威严和庄重。

伟人的新景：“九疑白云”“红霞万朵”

历代名家颂九疑、赞舜帝，都是被舜帝治理下的太平盛世吸引——这就是流行数千年的中国梦！但终究只是一个“梦”，未能成为现实。到了20世纪的当代，在一代伟人毛泽东的笔下，则描绘了一幅理想与现实相结合的新景象。且看他的《七律·答友人》：

九疑山上白云飞，帝子乘风下翠微。
斑竹一枝千滴泪，红霞万朵百重衣。
洞庭波涌连天雪，长岛人歌动地诗。
我欲因之梦寥廓，芙蓉国里尽朝晖。

首先，这是一首“赠答诗”，所答的“友人”究竟是谁呢？通常的说法是指乐天宇、李达、周世钊三人。乐天宇的家乡在湖南的九疑山下，故毛泽东称他为“九疑山人”。20世纪60年代初，乐天宇带领一个科研小组到九疑山研究斑竹、香杉，后与李达、周世钊聚会，于是决定送几件九疑山的纪念品给毛泽东，其中有斑竹手杖、斑竹管毛笔等。乐天宇还署名“九疑山人”写了一首七言诗《九疑山颂》“赠呈毛泽东主席案右”。毛泽东收到老朋友们的礼物，分外高兴，欣然提笔写了这首诗相答。此诗从九疑之景到洞庭之景，浓墨重彩地书写了湖南大地的崭新篇章。

此诗起首二句就幻化出一个仙女下凡的景象：舜帝的两名妃子娥皇与女英驾着白云、乘着清风款款降临苍翠的九疑山。她们为谁而来？既为舜帝而来，也为霞姑而来。第三句写二妃与舜帝的千古爱情，第四句则植入了诗人与杨开慧烈士的爱情，杨开慧小名“霞姑”，而“红霞万朵”是仙女的衣裙，也象征杨开慧的英灵——英烈虽已牺牲，但她已幻化为万千红霞飘荡在祖国万里河山之上。于是，接下来的“洞庭波涌”“长岛人歌”乃至“芙蓉国里尽朝晖”，便都是“无数英雄竞折腰”所换来的宏图伟业。

作为一首“赠答诗”，毛泽东所要“赠答”的，其实是乐天宇的《九疑山颂》。全诗如下：

三分石耸楚天极，大气磅礴驱舞龙。
南接三千罗浮秀，北压七二衡山雄。
西播都庞越城雨，东嘘大庾骑田虹。
我来瞻仰钦虞德，五风十雨惠无穷。
力求山河添锦绣，访松问柏谒石枞。
瑶汉同胞殷古谊，长林共护紫霞红。
于兹风雨更调顺，大好景光盛世同。

乐天宇是农业专家，曾跟随伟人毛泽东转战南北。“陕北的好江南”南泥湾，就是乐天宇发现的。这里原本叫“烂泥洼”，是乐天宇发现了其可供耕种的价值，从而才有了轰轰烈烈的大生产运动，成就了一个“南泥湾”和

“南泥湾精神”。但乐天宇为人很低调，从不让人宣传他，因而很少有人知道他。据说，《答友人》一开始的诗题是《答乐天宇》，这也很符合“赠答诗”的习惯，因为先有乐天宇的“赠诗”，才有毛泽东的“答诗”。但乐天宇在毛泽东秘书田家英那里看到了诗题后，希望不要出现自己的名字。当时大文豪郭沫若正在编注毛泽东诗词，就按照他的意愿，把诗题改成了《答友人》。乐天宇的《九疑山颂》，也可看作这类诗歌的一个总结。诗人极尽笔力，既写出了九疑山的雄伟壮阔，也写出了舜帝之德的“恩惠无穷”，更写出了民族和睦、共同努力添锦绣的“大好景光”——将九疑之景、舜帝精神与社会理想三者相结合，并将社会理想引向现实。乐天宇此诗主要是继承传统并有所创新，可代表这类诗歌在新时代的一个创作方向或特色。

乐天宇的“赠诗”以继承传统写“旧景”为主，伟人毛泽东的“答诗”以刷新内容写“新景”为尚，二者的结合就是“千古九疑颂”的最完整、完美之作，也是一座新的创作高峰！

九疑山高“峻极于天”，九疑联绵“仰瞻无穷”，九疑“红霞”照遍中华——这座圣山，是中国文化的根脉所系，也是推动太平盛世的理想图景得以实现的动力之源！数千年历史和文化所凝聚而成的圣山，不仅屹立于宁远县境内，更屹立于国人的心里！

对一条河流的断想

□ 凌 鹰

一

那一千年前的激流是怎么渐渐地细瘦成现在的一泓清音的呢？这是我来到这条河流，最先想到的一个疑问。

从岸上跳到这条河里，从任何一个位置跳到这条河里，脚下踩到的都是石头而不是水。这条河流在我第一次走近她的时候，就以这种载体的表征颠覆了我对于河流一贯的认识。我当然知道这不是她最初的本质，就像一个坚毅的女子最初的本质不是她的坚毅一样，她们曾经都柔软过，都有过自己的千娇百媚和哀怨情愁。

从一块石头跳到另一块石头，我感觉自己就像一只虫子跳荡在一片残骸上一样。这应该是一片千年前甚至更久远的残骸，可我却是一种现代的虫子。这种时空的巨大差异让我只能凭空怀想她存在的种种可能性。

二

能让一座大山震醒的力量不应该是人类也不可能是人类，而应该是时间。只有时间才可以改变我们认为不可能发生的一切事情。

这就让我对我正在触及的这条河流两岸的大山产生了质疑。

这两座大山显然并不算是很高的山峰，但它们都很结实，都有着丰富的肌肉和骨骼，都有着旺盛的血液和气脉。这两座大山都有一个奇怪的名字，它们一座叫作姑婆山，一座叫作姑公山。这无疑是两个没有多少诗意的名字，但它们却让我产生充满诗意的联想。姑婆和姑公这两个称谓很快让我将它们与传说和神话联系在一起，而且会让我任意去想象它们之间曾经有过的种种由人类的情感派生出来的某一个具体年代发生的传世绝恋。但这样的绝恋到底是否真的发生过，没有任何人可以给出一个确切的答案，这就是所有或恐怖或凄美的种种传说产生的根基和理由。因为这两座大山的名字都充满了人性的光芒，所以人类就在将信将疑中把那个虚幻的传说一代一代地传了下来，一直传到了我们今天活着的这些人心中，然后我们又以同样的方式把这个捕风捉影的传世绝恋再一代一代延续下去。这让我不能不想到，因为人类的存在，所有的传说才有了它无穷的生命力，是人类的想象在喂养着每一种传说，直到地老天荒。

所以，对任何一种传说，我都没有多大的兴趣去考证，因为对其大费周章的考证是一种徒劳，过度的考证只能把本来还算完整的传说撕成碎片。

因此，在我的意识里，姑婆山和姑公山这两个称谓的存在，仅仅也就是一个符号而已。

现在，我所要关注的倒是这条河流，因为她就在这两座大山的皱纹里，就像一道幽深的伤口。

三

我们见过的河流固然也是有很多石头的，但那只能算是碎石，只能算是零零碎碎的石头，就像我们所经历的一件件零零碎碎的事情一样，永远让你无法对哪一件零碎的小事儿有一个具体的印象。

但这条河流却彻底改变了我对河流里的石头固有的印象。这满河的石头，大的足有一座房子那么大，千钧巨石，且数量繁多。这些石头就这样密密麻麻地沉睡在这条河流里，就像一座破败的城堡，让我看不到河流真实的面目，只看到她那粗粝的轮廓。这就不能不引起我的追问，而追问的源头应该是在时间的尽头，它离我们到底有多少年了，我当然无从知晓，但她绝对不可能是在昨天和今天，那应该是一段皱纹密布的时光。

那么，到底是在白天还是在黑夜呢？那一定是既在白天也在黑夜的时候吧？那样的石破天惊的巨响居然就在姑公山爆发了。那种像房子一样大的巨石从一座山峰的头顶抑或半山腰飞流直下，该是怎样壮观与气象。到底是否有人亲眼见证过吗？也许有，也许没有，因为我们无法知晓，在那个时候这里是否已经有人居住或行走于此。日月星辉是一定见证和聆听过这种鸿蒙巨响的，还有那些飞禽走兽一定也是被这种鸿蒙巨响惊呆过的。

巨石与河水的剧烈碰撞所发出的震响当然是短暂的，但它的余音是否一直就萦绕在时空的尽头呢？这就需要我们自己去分辨和聆听了。

四

美国作曲家科洛非有一部最著名的交响乐叫《大峡谷》，这是一部五乐章的主题音乐。最初知道这部交响乐的时候，我曾经反复聆听过，那大峡谷上空的霞光，那大峡谷深处的诡秘，那大峡谷边缘的路人，那大峡谷附近的沙漠，那大峡谷内外的绝美，都让我一度着迷过。

现在，当我就像一条微不足道的虫子一样在一条河流里爬行的时候，这条河流又唤起了我对那道远在美国的大峡谷的质疑。那道大峡谷难道就没有我所在的这条河流这样的石头城堡吗？那道大峡谷难道就没有经历过山顶和山腰上的巨大滚石相互碰撞和飞流直下落入河谷时那种惊天的轰鸣吗？我想会有的，也一定会有的。可在科洛非的《大峡谷》里，却没有这样一段石破天惊的乐章，却没有这样一种空前绝后的悲壮，而只有一种平庸的唯美和抒情。在这条河流里，我才发现了科洛非一个巨大的音乐败笔，才发现了这个美国交响乐教父懒洋洋的音乐情绪，才发现了科洛非的《大峡谷》音乐空间的残缺。我的这种发现，都是源于我在这条河流里的真切体念。我在这条河流里发现了与科洛非的《大峡谷》相同的音乐元素，那就是，她们都是大山的一道伤口，都爆发过巨大滚石组合的鸿蒙巨响，这些元素才是表达一道大峡谷的音乐应该呈现的内容。于是，我就开始了一种无法抑制的臆想。如果科洛非行走在美国那道大峡谷的时候，正好有一块巨大的石头从山顶上滚下来落入大峡谷的深处，那一声巨响会不会让他的《大峡谷》增加一个主题乐章呢？

我知道我的这些想法有些荒唐，但还是无法阻止我的思维在我行走的这座大山里像野马一样狂奔乱跑。这种奔跑的臆想，在我生活着的中国，在中国的湖南，在湖南的江华大瑶山，因为俯视了一条河流才遇见。这才应该是大峡谷的天籁之音。

五

我说这条河流也是一道峡谷，是换了一个角度来看的，这个角度就是大山。我们一群人结伴去爬山，没有任何理由地要去爬一次山。爬在半山腰上，往山下的那条河道看去，就看到了这条河流的深度，也看到了这座大山的高度。在半山腰上看这条河流，我们看到这条河流被我们爬行的这座山和对面那座山紧紧地夹在中间，细瘦而又绵长。我看到那条河流的河床就那样深不可测地陷在两座大山之间，陷在时空的底部，陷在寂静的底部，陷在鸿蒙的底部。

下到山脚，跳进这道深渊，她就成了一条河流。她由一道峡谷成为一条河流，都是因为我们的进入。走出这条河流，站在大山的高度，她是一道幽深的峡谷；进入这道峡谷的内心，她又还原成了一条河流。这是一条可以随着我们的视觉和感觉变换形状和体温的河流，是我们的体温，是人类的体温激活了她的心跳。

六

在这条河流里，在这条河流凌乱错落的石头城堡里，我看见一泓清流从巨石的缝隙里穿过，妖娆而又妩媚。这样的流水让我真的有点儿怀疑她不是一泓流水，而是时光的眼泪。

脱了鞋袜，把双脚伸进这一泓哀怨的流水里，心里便无由地涌起几分清愁。明知这是一泓伤怀的流水，却还要用自己的肌肤和体温去融入，我不知道自己为什么要这样去触及一种一直在躲避的情绪。就这样站在水里，站在一种奔涌的情绪里，感觉脚下的流水正在流向自己的内心，一点儿一点儿地洗刷着我无端的愁绪。于是我明白，我的内心里也一直奔涌着这样一泓孤绝的河流，但我却一直找不到它的源头。

在水里站久了，就累了，一如我在红尘里站久了一样。于是，就躺下来，睡在一块平坦的石板上。双脚依然伸进水里，让那清凉的流水从我的脚下流过，流向她该去的地方。然后，我便以这样的方式，完成了一次短暂的睡眠，但它却是我最安宁的一次睡眠。醒来的时候，天空已然渐渐地黑了下来，而我的内心，却在这个黄昏的河流里，渐渐地开始明亮。

苍山梧岭姑婆山

□ 陈茂智

很钦佩古人无一处不张扬的文采风流，他们可以把大千世界的所有，都打上文化的烙印，即便是一处偏僻的山水，也会入了他们的视野，留下深邃隽永、散发千古墨香的印迹。

在湘桂比邻的湖南省江华瑶族自治县，一个古称“苍梧之野”的所在，这座充满野趣、俗称为姑婆山的大山，竟也有一个好听的、令人神往的美名——“梧岭南屏”，且此山此景早已忝列于“江华古八景”之首。一路的前躬后仰，一路的挥汗如雨，好不容易到达一个茅草遍地、只有几株古老灌木的山峰，从此处向四面看去，但见雄关万座，梧岭苍茫，明朝道州刺史韩子祁赞美姑婆山风光的诗篇顿时涌上心头，诗云：“南关尽处耸重峦，绝顶登来眼界宽；屏障三湘雄万仞，道通百粤绕千蟠。”立身此处，巍峨连绵的道道山岭横在眼前，心胸的开阔、心境的明朗让人如沐春风。

日当正午，天空是水洗过的湛蓝，清风从那边山峰带过来的云朵，像羞涩的怀春少女，看见一棵树也停一下，看见一块石头也停一下，当飘到对面的望夫崖时，竟像粘住了似的，再也不肯移动。她是对望夫崖上的女子艳羡崇敬，还是迷恋这方山水的神奇美丽呢？我想任何懂点儿情调的人，不管是男人或是女人，都不会对姑婆山无动于衷吧。就像八仙之一的何仙姑，这位美丽善良的民间女子，也是因为喜爱上了这块美丽神奇的土地，甘心情愿在这寂寞的山林里苦心修炼，为黎民众生寻找济世良药，为苍生社稷行修正果。也是因为有了她在这里驻足修炼，才有了姑婆山这万民敬仰的灵山，才有了奔腾不绝、养育万顷沃野田畴的潇水之源——沱江。

姑婆山的云朵，是这方土地上最美的云朵，也是最多情的云朵。朝霞满天时，她是彤云霓裳，引来百鸟和鸣；日当正午时，她是雪染绫绡，捎来阵阵清凉；而当夕阳西落时，她是缤纷红叶，片片写就相思和依恋。因为多情，姑婆山的云，总是那么缠缠绵绵，似乎走到哪一处山巅，随手就可摘下一朵。躺在母腹一样圣洁、柔软的草坡上，望蓝天白云，听风吹茅草，此刻我最想做的一件事，就是赶着一群云朵一样的羊群，在姑婆山上野腔野调地唱歌……

“神造自然，显示了万能的本领；造人，却是失败。”这是法国古典作家、《博物志》作者朱尔·勒纳尔说的一句话。姑婆山大峡谷，让我见识了神造自然的伟力，敬畏之余，也感到作为人的我，胆怯渺小得一塌糊涂，不可救药。

立身悬崖边，脚下是深不可测的溪谷，而对面又是刀劈斧削般的万仞石壁，峡谷两岸相隔虽百十米，但迎面的石壁竟如映在面前，设若那是一面镜子，此岸的石壁就在对面，彼岸的石壁就在眼前。那石壁高接云天，绝顶处云雾缭绕，宛如神话故事中的仙境，又如武侠影视片中的仙剑侠客的居所。我突发奇想，能否在姑婆山大峡谷举办万人攀岩大赛，让来自世界各地的攀岩高手在这长达数百米、高达千余米的巨型石壁上做蜘蛛人似的竞技角逐？此刻，我似乎已成为攀岩勇士中的一位，率先登越峰顶……我不敢再在此逗留，脚下那深不可测的大峡谷，让我有如坠深渊的恐惧。我必须如希腊神话中的安泰俄斯，赶紧找到能贴心贴肺的大地母亲。

穿过峡谷边一个叫“一线天”的狭长石罅隙，我终于寻了涧流的声响，来到谷底。溪流边，横七竖八满是牛犊一样的巨石。这些巨石从两岸的悬崖上滚落，可以想见，远古洪荒，混沌初开，那一阵铺天盖地的巨石雨，该是怎样一番惊心动魄的绝世震撼啊！我想，这里或许就是当年女娲娘娘炼五彩石补天的采石工厂吧，这些遗落在溪谷中的巨石，会不会就是女娲娘娘补天剩下的呢？它们一个个滚落在这里，经过千万年的激流冲刷，岩石的颜色变得灰白，岩石的棱角磨得光润圆滑，落在岸边的那些岩石，长满了杂树，爬满了青苔。它们经越千年万年，朴拙的模样还在，仙风灵气也还在，这一个个巨石横卧在这里，给整个姑婆山增添了许多神秘，让整个姑婆山大峡谷多了几分灵异和诡谲。

峡谷的颜色，因两壁岩石的种类、风化的程度、时间的演变，以及所含矿物质的不同，或鲜红，或深赭，或黝黑，或铁灰……整个姑婆山大地像一块巨大的、五彩斑斓的调色板，美不胜收。石头缝隙里天长日久积累的泥屑，自然有兰草一类的草木生长，那些或浅或深的绿，摇曳着灵动的诗意；谷底弥漫着的水雾，添一些微红淡紫，再加上天气变化，或骄阳直射，或风雨晦暝，或晨曦初上，或夕阳满山，峡谷风光更是变幻莫测，气象万千。河水的冲刷，使这道漫长的峡谷百态杂陈，有的宽展，有的狭隘，尤其是谷壁地层断面，纹理清晰，层层叠叠，就像万卷诗书构成的曲线图案，缘山起落，循谷延伸，又如一幅万里绸带，在大地上宛转飘舞。这些大自然的杰作，留下数不胜数的绝妙景观，供世人瞻仰赏玩。

姑婆山终究是养在深闺人未识，很多景点还没来得及给她命名。就是那些遗落在溪谷里的石头，有好多都有神奇的来历，留下数不清的神奇故事，游人至此，无不赞叹大自然的鬼斧神工。

姑婆山，让人着迷，又让人敬仰！

月光铺满南国武当

□ 何一飞

明时有西粤僧名明贤者登是峰，爱其层峦耸翠，上出重霄，有寄迹挂锡之意焉。

——《重修武当山路碑记》

一只鹰，这天空的王者，发出惊空遏云的鹰唳声，从南国武当山箭一般射出，射向了广袤无垠的下漕洞。

其时，正是我手脚并用攀爬到南国武当山最高峰白面峰下《重修武当山路碑记》处遇见明贤的时候。

其时，南国武当山的西边刚刚露出一轮浅浅的月亮。

我凝视着这只鹰，恍惚间，仿佛见到了少年时见过的那只鹰。那只鹰扇动着巨大的翅膀从南国武当山俯冲下来，划破了晴空，让一个十来岁的乡下少年从此有了飞翔的欲望。

那时的我还不知道，在南国武当山，曾经也有一个人胸中埋藏着“大鹏一日同风起，扶摇直上九万里”的翱翔于九天之上、驰骋于天地之间的欲望，他渴望着“天风浪浪，海山苍苍，真力弥满，万象在旁”的天地君王之气。

我没想到，隔着时空，我会和明贤在南国武当山的残阳下、月光中相见，在南国武当山的月光里促膝长谈，在南国武当山的月光下惺惺相惜地告别。

南国武当山，在中华名山的版图上算不上一座名山，但再小的山都有它的底气。所谓“山不在高，有仙则名”，又所谓山因人名，人因山显，南国武当山因明贤而显，相得益彰。嵩山显于禅，衡山谓之寿，南国武当山呢？南国武当山在于仁，因为有了明贤，南国武当山才有了仁德之山的深深内涵。

南国武当山位于湖南省永州市新田县，高高地矗立在石羊洞和下漕洞之间。有人称赞南国武当山为小桂林，其实它就是它，不一样的烟火。南国武当山是典型的喀斯特地貌，一百零八峰雄伟多姿、犬牙交错、形态各异，八十八个石山岩洞幽、奇、险、绝，群峰内还有建于唐、宋、明、清等时期的道观佛殿寺庙（遗址）六座，摩崖石刻、石碑百余块，以“南国第一泉”著称的鹅井等清洌甘甜的一百一十八口泉井像一百一十八颗珍珠镶嵌在南国武当山的周围。

南国武当山有多高大呢？高大到它有时在一朵云上，有时在一阵雾霭里。武当山有多明亮呢？明亮到它有时在一轮明月中，有时在一片金灿灿的稻谷中。武当山有多神秘呢？神秘到它有时在人们口口相传的故事里，有时在破败山寺的传说里。

年少不登南国武当山，登山已是天命年。虽然南国武当山就在家门前不远，我在五十岁前却没有登上过它。年少时家庭条件有限加上那时也没有旅游一说，尔后又像雏鹰一般飞出了乡村和父母家人离开故土迁居城里，一年难回一趟家乡。再后来，登遍了五岳，还有什么山可看呢？五岳归来不看山。

起了登南国武当山的念头，是因为明贤。这个胸藏“大鹏一日同风起，扶摇直上九万里”的人是如何熄灭了胸中的熊熊火焰？是时光的烈焰熔化了他金子般的理想，还是晨钟暮鼓湮灭了他俗世的欲望？

我选择了一个傍晚登南国武当山，西移的太阳依旧白得晃眼让人不能直视，西边天际中隐约能看得见一轮浅浅的月亮正在缓缓升起。时间是晚秋时分，石羊洞和下漕洞的晚稻黄得正好，数万亩的晚稻一寸一寸地黄、一垄一垄地黄、一片一片地黄……大地就像铺上了厚厚的金子，黄得壮观，黄得耀眼，黄得震撼。清风徐来，稻香沁人心脾，大地流淌着丰收的幸福和喜悦。

人们说自古华山一条道。上南国武当山也只有一条路，一条窄窄的奇险无比的青石板路高高低低曲曲折折，路两旁要么茅草丛生，要么是一个多人高的杂树枝丫横斜，因为游客不多又没人打理，有些茅草和枝丫已经肆无忌惮地把青石板路占领了，偶尔还有蛇鼠平静地穿过青石板路，我打起百倍精神迎难而上，饶是晚秋天气已渐凉，身上仍是汗淋淋地湿透了衣襟。

在白面峰下的《重修武当山路碑记》旁，我遇见了他，人瘦，目光祥和，神情怡然。他穿的是一件蓝色袈裟，用金线镶了一条醒目的边，或许这金线就是他曾经身份的象征，袈裟很宽大，一阵山风吹过，撩动他的袈裟哗哗作响。

所有事物的来临都正当其时，我们见面的时候，一只鹰从白面峰箭一般飞向下漕洞，我和他目不转睛地盯着飞翔的雄鹰，良久，才收回了目光。

“你年少时飞翔的欲望还在吗？”他问。

“你也曾经有过飞翔的欲望，但它从你心里消失不见了。”我说。

这充满禅机的对话，让我们不约而同哈哈大笑起来。

“敢问大师怎么称呼？”我虔诚地问道。

“上明下贤。”他很庄重地介绍了自己的法号。

“明贤大师好。”

“施主从哪儿来？”明贤问。

我用手指了指鹰飞去的方向，离南国武当山五六里的一个村庄说：“大师，那是我的家乡上禾堂，南国武当山的一百一十八眼井中就有我们村的羊狮井，羊狮井似葫芦形状，井两旁古时有两块石头，其中一块像羊，一块似狮，水是从南国武当山来的地下河水，与鹅井的水系同源。羊狮井井面有几百平方米，井水长年不断不减，浇灌着下漕洞数万亩良田。小时候学到‘开门见山’这个成语时，我觉得说的就是我一推开门就能见到南国武当山。”

明贤听了我的介绍，宽厚地说：“不用介绍这么详细，我比你更加熟悉这片土地包括这片土地上的一草一木。”

太阳已经快要落山了，显出了一种火光般的红。望着那一片火红，望着眼前的明贤，一场六百二十年前的大火从《明史》深处燃烧了起来，这是大明王朝二百七十六年王朝的历史中唯一的一场大火，它映红了整个大明王朝的天空，把建文四年烧成了一团迷雾。

建文二年（1400），燕王朱棣因为反对建文帝朱允炆的削藩政策，发起了“靖难之役”。建文四年（1402）六月十三日，朱棣抵达南京城的金川门下。谷王朱橞与曹国公李景隆开金川门迎降，京师遂破。燕王的兵进入南京后，南京城的皇宫大院内突然燃起了熊熊大火，火光遮天蔽日。当火势被扑灭后，朱棣的兵在灰烬中发现了三具烧焦了的残骸，已经不能辨认，有太监对朱棣说这就是建文皇帝、皇后和他的长子朱文奎的尸体，朱棣内心半信半疑。

建文帝真的死于那场宫中大火吗？《明史·恭闵帝本纪》给了我们另一个答案：“宫中火起，帝不知所终。”《明史纪事本末》记载得更详细：“（帝）西游重庆，东到天台，转入祥符，侨居西粤，中间结庵于白龙，题诗于罗永，两入荆楚之乡，三幸史彬之第。”南国武当山白面峰下的《重修武当山路碑记》，则为明贤挂锡南国武当山做了力证。

我看着眼前谜一般的明贤，心中疑虑重重。是他吗？不是他吗？

“你看到了一场大火，你还在好奇我是不是他，”明贤看着我平静地打着禅语，“他是他，他也不是他。”

是的，我好奇我眼前这个叫明贤的和尚是不是建文帝。因为被明贤一眼看破，我内心忐忑不定。

“你看，今晚的月光多好。”明贤说，“正适合我们两个有缘人到白面峰顶对月长谈。”

不知不觉间，夜色已经占领了大地。我和明贤登上白面峰峰顶，向下望去，山下的村庄星火点点，偶尔的一声狗吠，让大地更显安宁。我们席地而坐，皓月当空，月光一层一层地铺展下来，把整个南国武当山铺成了一个银色的世界。我们沐浴在月光之中，也以月光当酒，你来我往，半酣之际，明贤和我谈起了六百年前的一个晚上，那时大明王朝的年号已从建文变成了永乐，大概是永乐九年，也许是永乐十几年，这么长的时间了，谁还能记得那么清呢？

那天晚上的月亮和今天的一样明亮，月光像棉花一样一朵一朵又一朵温暖地落在了南国武当山，也落在了落寞而忧愤的明贤身上。虽然多年的礼佛生活，让明贤心境平和了许多，但仍阻挡不了他时不时从心底涌起的匡复建文皇朝致君尧舜的欲望。

欲念一起就如猛虎难以控制，心有猛虎便应细嗅蔷薇。明贤的蔷薇是他的偶像集道，集道的偈语就是明贤信奉的真言。

集道是宋朝的和尚，在庐山出的家，离永乐年间也不到三百年的时间。集道在圆寂前说出了一句偈语：真如集道者，万缘多放下，四方八面纵横，一轮明月当空，噫，谁肯当头著眼观？

明贤念着集道的偈语，慢慢平复了心绪。月光好像明了他的心境，温柔地拥抱着他。就在这时，从万籁俱寂的山脚下某个村庄突然传来了婴儿的呓语，这呓语比一万遍偈语更加有力地撞击了明贤的心。明贤心中连连设问，我能因一己之私而让大明重陷腥风血雨之中吗？我能因一己之私让天下苍生不得安宁、田园荒芜、婴儿失父吗？

不能啊不能！

公者千古，私者一时。明贤从此大彻大悟，了无挂碍。

江山就是人民，人民就是江山。明贤，你有圣贤之仁啊。明贤的讲述，让我不由得在心底暗暗为他赞叹。

明贤讲述完故事，和我打个稽首，披着月光走了，他走得那么快，瞬间就融入了万丈光芒之中。

明贤走了，月光还在，它不仅铺满了南国武当山，还把历史的长卷洗得干干净净。我看到历史长卷上评价建文帝的六个大字：惠帝[①]天资仁厚！

每个字都闪闪亮亮，南国武当山的每座山峰也都闪闪亮亮。它们，都有着银子般的光芒。

---

① 清乾隆为建文帝上谥号为恭闵惠皇帝，简称惠帝。

秋韵舞动永州之野的绚烂与醉美

□ 文紫湘

在浩如烟海的历代诗文中，秋天总是与悲伤和哀愁联系在一起。古人在造字时也是把“心”和“秋”两个字叠加起来组合成“愁”字，秋心为愁，因此才有了“自古逢秋悲寂寥”这样无穷无尽的慨叹。“晴空一鹤排云上，便引诗情到碧霄。”大诗人刘禹锡独自高唱了一曲“我言秋日胜春朝”的励志之歌。秋高气爽，我们登高，不是因为悲伤，不是因为哀愁，也不是因为纷乱的思绪漫上心头，我们是去咀嚼锦绣潇湘那一份秋天的绚烂与醉美。

永州之野，山明水净；深秋之景，彤红金黄。秋意入骨，岂不醉人？

九疑山，每一片落叶都有一个善愿

许多人因为一句诗而知道九疑山。毛泽东“九疑山上白云飞，帝子乘风下翠薇。斑竹一枝千滴泪，红霞万朵百重衣”，让九疑山名扬天下。

帝子乘风下翠薇，让九疑山充满了灵光仙气。

我们不能不去九疑山。自然，是选在秋高气爽、山明水净的时节去。秋与高人游。这个季节，与二三好友，登峰造极，登高望远，最是心旷神怡、惬意豪迈。这是成熟的季节，也是收获的季节，是最能引燃炽热情怀的季节，是诗人的季节。在遥远的唐朝，被称为谪仙人的诗仙李白“仗剑去国，辞亲远游，南穷苍梧，东涉溟海”，就曾“登九疑兮望清川”，遍览九疑山绚丽的秋景，发出“九疑联绵皆相似，重瞳孤坟竟何是？”的无限感慨。

只是从长安城到九疑山，山长水阔，路途迢遥，人们有理由怀疑骑驴旅行的李白是否真的登上过九疑山！可如今，距离已不是问题。我们从永州出发，不到两个小时，即已靠近了大多数古人只能在远方眺望神往的九疑山。而且，小车自二广高速转向道贺高速，就从九疑山腹地穿过，在路上即可看到纵横百里的九疑山群峰突兀，层峦竞秀，大小峰峦互不相连，却又异岭同势，倾向一致，这就是所谓“万山朝九疑”的奇景。

万山朝九疑。敢这么说是要有底气的！这底气要从我们往九疑山去叩访拜谒的有虞氏舜说起——这个被称为中华民族人文始祖的上古贤君，身上承载着那些最基本的利于族群和谐的生存智慧，他的死葬之地被誉为“德孝之源”绝非无稽之谈。司马迁在《史记》中记载：“天下明德皆自虞舜始。舜年二十以孝闻，年三十尧举之，年五十摄行天子事，年五十八，尧崩，年六十一，代尧践帝位，践帝位三十九年，南巡狩，崩于苍梧之野，葬于江南九疑。”万山朝九疑，崇拜的不是山，崇拜的是舜帝开启的德孝文明。“德自舜明”，有了舜，天下人才知道“德”为何物、“孝”为何物，才明白“和睦相处”之道，才有族群和谐、社会和谐的理念！作为舜帝陵所在的九疑山无疑是舜德高耸的象征，无疑有吸引“万山朝”的强大核心正能量。

核心中的核心是舜源峰，被认为是舜的陵山。

我们就向这座陵山靠近。陵山前面是祭舜的广场，广场的前面是一座石牌坊的仪门。古代前来祭祀舜帝的官员到了仪门前，武官要下马，文官要下轿，因此它又称下马坊。每逢祭祀，从仪门开始，沿途铺以松枝翠柏直至寝殿。祭舜队伍来到仪门，步行而入。九疑山瑶佬率瑶族青年男女吹唢呐、击长鼓，盛装歌舞，在那里迎接祭祀队伍。我们把车停在仪门一侧的停车坪，在想象中的鼓乐声中步入祭舜广场想象中的红地毡。在没有仪式的仪式中祭祀内心里的人文始祖。

金水桥。神道。神道两边站立着的石人、石兽，武翁仲、文翁仲、麒麟、马、狮、犀牛、龟、羊、象等，象征着帝陵的尊贵地位，象征着平安吉祥，担负着驱除鬼怪的任务，都是吉祥物，都雕刻得粗犷逼真，姿态稳重，与帝陵肃穆气氛相得益彰。在一派庄严肃穆之中，我们平日里一向急躁的心绪平静下来、宁静下来，甚至是怀着崇敬的心情走向主祭台，走向主祭台后面的正殿和拜殿，到舜帝塑像前，鞠躬致敬，献上心香一瓣。

一群带着闽台口音的人在一旁整理衣冠，静心待祭，据说是专门组团前来寻根祭祖的。他们自认为是舜帝的后裔，不远千里而来，寻找生命源头那第一滴血，寻找生命的根，心灵的根。九疑山舜帝陵之旅是他们虔诚的心愿之旅。因此，他们在正殿门口陈立夫先生九十六高龄时题写的“至孝千秋一德，笃亲万里同风”对联前久行注目之礼。然后走进正殿，在东、南、西三面墙上概括舜帝一生突出史实的壁画前久久流连。

“仁孝图”，画着舜帝和两个妃子带着丰厚的礼品，回家探亲，瞽叟、后母、弟象在家中迎接。他们背后的草堆和旁边的水井暗示着“火烧谷堆”“填井害舜”两个故事。尽管后母心狠手辣，三番五次要害舜，尽管后母弟象贪婪残忍，但是，舜帝荣归故里时，仍然和妻子一道带礼品回家尽孝父母。真可谓“孝感天地，德播人间”。“禅让图”，描绘舜帝的禅让大礼，体现了舜帝任人唯贤、高风亮节的高尚品德。“韶乐图”，描述的是舜帝南巡至韶山，演奏韶乐歌唱“南风”的情景。“南巡图”，勾勒了舜帝南巡至九疑的行进途中，车马队伍的风采。作为塑像背景画的“万山朝九疑”，既记录了九疑山区所有山峰朝向陵山——舜源峰的自然奇观，又体现了对舜帝的万般敬仰。最末一幅“斑竹泪”，诉说了娥皇、女英二妃千里寻夫，得知噩耗，痛洒血泪，青竹成斑的动人故事。

然后是寝殿和拜殿。虽然逗留得不是太久，但我还是被舜帝那“只为苍生不为身”的伟大精神深深地感动着，毫不吝惜地为之深深地鞠躬。

从拜殿出来，在陵园里漫步，来到一棵楮树前。传说楮树是舜帝亲手所栽，后来年久枯死，20世纪90年代初开始抢修舜庙时，在这棵枯树的树心中，悄悄地长起了一株樟树。这棵樟树，慢慢地撑住了将要倒下的枯树。古老枯干的楮树怀抱蓬勃生长的樟树，樟树在楮树头上枝繁叶茂，远远看去，像是枯木逢春催发出的新枝！人们又叫它将军树，认为它是专门在此守护舜帝陵的，也寄寓舜德文化彰扬不绝、后继有人的深意。

还有几棵高大的枫木树，也有百年以上的历史了。经霜以后，树叶已呈现出酡红的颜色。在巍峨陵山的衬托之下，当我仰视的时候，整个天空看起来就像是沉浸在梦幻之中，邈远深邃，如醉如痴。那随风飘落下来的红叶，凌空舞蹈，绚烂之极。“孝感天地，德播人间”，好像每一片落叶都带着这样一个善愿，“老吾老以及人之老，幼吾幼以及人之幼”，孝悌仁爱，和谐相处。这就是东方哲学，这就是中华民族人文精髓，我们没有理由不为之感到深深的自豪。

阳明山，捡拾桐子坳那一地金黄

阳明山秋意最浓的地方不在黄江源，不在万寿寺，也不在万和湖。阳明山最深最浓的秋意藏在一条叫桐子坳的山沟里，藏在霜降以后的天清气爽里。

我们去的时候，正是落叶缤纷时节，地上早已铺垫了一层金黄，树上还晃荡着摇摇欲坠的黄叶，微微地起一点儿风，便有“沙沙”的落叶声传入耳膜，便有片片黄叶飘飘坠落，那场景一下子就将人带入了诗情画意之中。其实离高速公路不过两三公里的路程，却仿佛已是世外桃源。完全脱离了尘世的喧嚣，摆脱了疲累身心的杂念，仿佛进入了一个童话般的金色世界。每一棵树都是一个背景，每一棵树都是一个童话，每一棵树都是一个好梦。那些横生的枝条编织着最为完美的力学结构，编织着阳光雨露的美学秩序，像塔楼，像天堂，神秘而纯净。

迫不及待地靠上去，在亘古的秋意中演绎旷世的银杏树之恋。

在一株高大的银杏树脚下，我一片片地捡拾落叶，攒成一小把，小心翼翼地拽在手里。我也不知道该怎样来对待这些落叶，我也不知道这些落叶究竟蕴藏着怎样的深意。但我分明是从那清晰的纹理脉络中感受到了某种生命回归的气息，大地召唤游子归来的凝重内敛的力量，叶落归根的力量。我小心地抬起自己的脚，不忍去踩踏地上金黄的落叶。那真是满地的相思，满地的恋情，满地的感恩。

然后，从低洼处往高坡上走，来到一户人家的屋侧。在四五棵古老高大的银杏树围成的小块坪旷之间，主人堆垒了几堆草垛，构成了别样的景观，更增添了几分乡土气息，也吸引了更多的目光。像金黄的落叶一样，欢声笑语洒满了地面。“真漂亮”“真美”！一个一个走过去，靠着树，抱着树，留下陶醉的身影。你甚至不能说这是俗套，不能说这是矫情，真的是情不自禁，真的是喜爱之极，连我这个很少照相的人也迫不及待地请人用一个镜头把我与银杏树一同纳入其中。我伸手拉下一根可及的枝条轻轻地抖动了一下，让树上的黄叶像是被惊起的蝴蝶，纷纷飘落，像是下了一场金色的大雨。

有女子竟跑到这缤纷的落叶之下，任叶片一枚枚地落在头发上、落在肩背上，好像真的是一群蝴蝶停在她的身上了。她不忍惊扰那敛翼的安宁，只是碎碎地走动，慢慢地挪移，小心地护着身上的“蝴蝶”。她真的是心驰神往了，似乎有点儿忘我的意味，不顾地上还有些润湿，慢慢地蹲下身子，坐在满地的黄叶上，又侧身半躺下来，任手持相机的伙伴们咔嚓咔嚓不停地拍照。她要美个够，秀个够。“不要叫我，我要在这金黄的地毯上面小睡一会儿！”

旁边有一个池塘，几只麻鸭和灰鹅在里面嬉戏觅食，偶尔也嘎嘎叫上几声，抗议一拨一拨的陌生人对它们安宁生活的打扰。但女子不这么看，在女子的眼里，它们甚至不再是鸭和鹅，它们简直就是让人羡慕不已的鸳鸯，远离尘嚣，生活在恋爱的童话之中。她甚至愿意成为其中的一员呢！真的，一双充满爱意的眼睛，看哪里都是爱恋。

金色的银杏树让这一方小世界荡漾着无边的爱意。

另一处斜坡上有十几棵上百年的银杏，因为坡度较大，不好落脚，进入的人很少，树脚下生长了一层密密的藤萝，像铺了一张绿毡。金色的银杏叶落在这“绿毡”上面，像是为它镶了千丝万缕的金线，黄绿相间，煞是好看。我在这里流连了很久，一棵一棵地数那些树木，一株一株地看那些枝柯，沉浸于对那完美结构的赞赏与感叹之中。

走出这一片林子的时候，我在斜坡上的一丛藤蔓间发现了许多成熟的野草莓，于是呼朋唤友，品尝了一番野逸的盛宴，好不过瘾。然后翻上斜坡，踏过一丘荒田，进入另一重境界。

在山坳的高处，我看到一座陈旧的木屋形单影只地立在山坡上，板壁已经灰黑，青瓦上也落满银杏的黄叶，廊檐下垒着几个老南瓜，一只黄狗懒懒地趴在虚掩着的大门前，好像是瞌睡了，又不时地睁开眼看一看来来往往的陌生人，并不吠叫，却保持一分警惕，它分明是在替下地干活的主人守门呢！我在木屋前的一块青石上坐下来歇息了好一会儿，看看那狗，看看那老南瓜，它们真的很安逸，它们才懒得看我呢！我把玩着手里的银杏树叶，抽出其中一枚，那完美的造型像一柄袖珍的扇子，我用它轻轻地扇着。不是贪那一丝凉风，而是爱那一种意境，爱那种羽扇纶巾的洒脱。心绪一下就飘得很远、很远，仿佛尘世间的烦恼皆已忘却，眼里只有这古老的银杏树，只有这寂静的山坳，只有这金色的大地、金色的梦幻。

中午就在这山坳中的一户人家就餐。别有风味的银杏山庄，门前就是一排高大的古银杏树，横伸过来的枝柯，不再高不可攀，仿佛触手可及。阳台上空支了一层透明的玻璃顶，上面落满了金色的银杏叶，随着日光投射下来的影子斑斓炫目，赏心悦目。良辰美景，文朋诗友，那一桌鲜美的土菜真让人吃得有滋有味，那一壶家酿的米酒也让人喝得滋味绵长。

不用再去黄江源了，也不用上万寿寺，进万和湖，就在这里流连、徘徊，捡拾那一地的金黄、一地的诗意、一地的秋兴。然后，挥一挥手，作别金秋的童话。再见，不低头也有无限的娇羞。金色梦幻，不是少女之恋，而是成熟之爱。

舜皇山，霜叶落在我的左肩和右肩

秋天进舜皇山有一种别样的感受。

树披虽然还是那般的纷繁，那般的幽深，却分明有了一种日渐加深的绚烂层次。只要抬起头来，就会感觉到漫山复沓的叠韵开始了变奏的序曲。黄的正在变亮，绿的正在变暗，红的也开始初现淡晕，像一个不善饮酒的妇人兴味盎然中品尝了一杯陈酒佳酿，脸上弥漫了一片酡红。或许是“酒不醉人人自醉”吧，我也在不知不觉间沉醉于舜皇山的秋意了。

走在一条叫娥皇溪的沟谷里，我的目光黏滞在身边这条因源流节制而变得空前清亮澄澈的溪涧上，我的脚步逆着她一路深入，直往流水潺潺的大山深处钻。这条溪谷另有一个美丽的名字，叫蝴蝶谷。学者考证舜皇山森林公园内有蝶类十一科一百三十二属二百五十九种，占全国蝶类的百分之二十，其中湘南荫眼蝶、舜皇环蛱蝶、娥皇翠蛱蝶、东安燕灰蝶和周氏何华灰蝶等五个品种，在世界上尚属首次发现。蝴蝶谷是蝴蝶出入的地方，春夏时节，雨后初霁之时，漫步溪涧泉边，可见成群的蝴蝶，上下翻飞，翩跹起舞。只是，白露以后，就难见到蝴蝶的踪影了。

在一处波光粼粼的水潭边，我找到一块圆浑坦平的卵石坐下。我收拢目光，把心静下，聆听着来自大自然的微妙声息。蝴蝶都躲了起来，或者已经死去，前来逗引我的是两只蜻蜓。不是江河边那种威猛有余的虎蜻蜓，也不是夏日禾场上那种漫自飞舞的红蜻蜓，而是两只叫作豆娘的细蜻蜓。它们的躯干就像牙签一样精细，双翼就像是袖珍国公主使用的蒲扇。最有特色的是它们腹部的节，呈现着淡淡的蓝色，因此它们又得了一个更为绮丽的芳名：蓝肚皮豆娘。不知道的人一定会为这个女性化的名字倾倒，无端地生出许多浪漫的遐想。其实它们也是雌雄成双的，它们也要用心寻找生命的另一半，去完成爱的繁衍。

眼前刚好是一对亲密的爱侣，一个在另一个的背上，腹节弯曲，尾端相连，停在一株无风摇曳的草尖上。静静地，无声无息地，进行它们爱的交欢。它们在我的旁观下沉溺，旁若无人。我故意咳嗽几声，它们也不受惊扰，不为所动。十分钟后，大概要变换姿势了，它们才飞了起来，在空中继续着，直到最后完成了它们虽寂静无声却又轰轰烈烈的使命。或许它们终于累了，所以就停下来，又回到水潭边的草尖上，各自歇息。不久，难耐饥渴的一只飞走了，或许是去觅食蚊蚋；另一只也开启了它生动的马达，在水潭的边上为我演示了一遍蜻蜓点水后，也跟随着伴侣飞去，留给我水潭细细的波纹和无边的静寂。

其实，也不是完全的静寂。就在刚刚蜻蜓点水的下面，一群小鱼在往来翕忽，在那么澄清的水中，仿佛空无所依，游过来，荡过去，分不清是在觅食还是在嬉戏。它们的身上箍着一道道的花纹，就像是美女身上的连衣裙裹着一种说不出的风韵，又像是印第安人脸上的纹饰流露出一股神秘莫测的神采。它们中的一条在舐吮鹅卵石的时候或许尝到了甜头，马上就有另一条、另几条跑了过来，模仿那动作，一起来舐吮。在完整地扫荡了一颗鹅卵石后，又成群转战到另一颗前面。它们似有所获，它们乐此不疲。直到我把一枚小石子踢进水潭，惊慌失措之下，它们又全部跑进隐匿在一颗较大的鹅卵石底下的巢穴里。过了好一会儿，在确信没有危险之后，才再一次跑出来嬉戏。而在前面不远的地方，另一处清澄的水潭边，一只翠鸟从一颗鹅卵石跳到另一颗鹅卵石上，目光除了偶尔注视我所在的方向外，便一心放在了水里，放在水下的小鱼身上，并用叽叽的几声清鸣抗议我的闯入和扰乱。是的，这是翠鸟和游鱼的世界，是蚊蚋的世界，是豆娘的世界，我的到来完全是一个意外，是一次不期而遇的惊扰。我只有屏声静气，加入这静谧之中。

突然，一片黄叶飘飘忽忽落了下来，跌在水潭里。虽然没有声音，但是在我听来，却有一声重重的“啪哒”声在水面上绽开，以至于水底集聚在一颗鹅卵石边的游鱼，忽地四散逃开，稍后又慢慢地聚拢。而且这“啪哒”声砸在我的神经上，也让我心惊肉跳。这是溪涧边一棵灯台树的落叶，已经被漫无边际的日光镀上了一层沉静的金黄色，好像是不堪负荷一样跌了下来，跌了下来。我知道不止这一片，还会有其他的落叶要掉下来。我耐心地等待，静静地等待，默默地数着它们的数量。在不到三十分钟的时间里，跌下了两片、三片、四片、五片。还有一些，飘飘荡荡，仿佛即刻就要落下来的样子。我有了一点儿恍惚的感觉，满耳里都是一种“窸窸窣窣的声响。于是，我把目光投向周围的密林，我把听觉全神贯注到落叶的气息之中，我听到了红檵木和白檵木窸窣的落叶声，我听到了圆楮树响亮的落叶声，我听到了猴欢喜仿佛有些愉悦的落叶声，我听到了金钱蕨悄无声息的落叶声，我听到了前边不远处一棵五裂槭叹息一般沉重的落叶声，我还听到了那浆果像翅膀一样起飞的红翅槭纷至沓来的落叶声。另外的是大叶楞，它静悄悄的，纹丝不动，好像没有什么力量能改变它内心的向往，它深情厚谊的浓绿，它一往无前的壮观……

够了，我不想再听下去了，我得离开一会儿。抬起头来，我看到齐肩高的树杈上躺着数枚落叶，它们在那儿安静地躺着，无声无息，仿佛是在等待一场带它们归根的风的到来。而风真的就来了，一阵窸窣，有一枚黄叶轻轻地飘了下来，落在我的左肩上，我把它拈在手里，边看边往前走。又一枚黄叶无声无息地飘了下来，落在我的右肩上，我没有再去拈了，我带着它往秋天的深处走去！

这感恩大地的落叶，这绚烂美好的日子，真的让人陶醉！

柳子街没有尽头

□王　亮

柳子街没有尽头

千年诗文地，此处是潇湘。在历史文化名城永州，在古郡零陵就有一条千年老街——柳子街，一直从唐朝延伸到如今，叩响在青石板上的马蹄声穿越古今，仍在回荡。曾不知多少次踏上这条街，这条瘦弱得像是个邋遢老头儿的街，一直延续着我与它的忘年之交。

还记得那年三月在带有寒意的微风里，我像一个流浪许久重回家园的孩子那样靠近了它，而它倒像一位年过八旬的老人坐在木质门槛上大口地吐着旱烟圈，尔后咧开嘴朝着我笑。然而我终究只是一个过客，在激烈的干部遴选中落败后，游荡在这条没有尽头的街上，虽然久久地、静静地走着，但依然没有读懂柳子的落寞，自己心里的失落感像唐朝的那场雪一样，封住了潇湘，封住了天地，寒冷和孤寂漫天飞舞。

确切地说，以前这里是一条算不上有现代意义的街，这儿既没有车水马龙的繁忙景象，也没有人来人往的热闹场面，偶尔几个行人走过，也都是踏着碎步或沉思或恬淡，点缀在樟木阁楼间的空隙里，以至于怕人的野猫走在这儿也显得格外胆大，在陌生的面孔间踱来踱去，丝毫没有羞怯的样子。路由大块的清石板铺就，间隙中还夹有一些鸡蛋大的鹅卵石，显得有些不太平坦。可就是这些凹凸不平的石板，像极了起伏不定的过往，让我隐约懂了什么叫历史，什么是沧桑，什么是看得见的岁月。其实很多地方都能看到这样的老街，我却惊讶于那些路出奇地平坦，难道历史的车轮都碾不出一丁点儿痕迹吗？痕迹是有的，只是让某些爱好面子的人给填平了。曾经被凤凰古城的古香古色所迷惑，但直到身临其境，看见那些濒水而筑的吊脚楼，装满了“海尔”空调，才大失所望，让人大失所望的还有吊脚楼里的大红地毯和冰镇啤酒，这难道就是沈老朝思暮想的边城吗？

除了这条并不平坦的石板路外，让我着迷的还有街两旁陈腐的阁楼。这儿没有深宅大院，到处都是小家碧玉似的内敛与含蓄，街两旁唯一的一对石狮子也没有草原霸主的傲气冲天，它们没有拒人于千里之外的淡漠，而是极其含蓄地微微低头，半眯着眼睛端详着门口的一切，像是在守护着小园的千古秘密。许多阁楼都已不堪岁月的重负了，颤巍巍地靠在他人的肩头，可终究还是改变不了灭亡的命运，于是它倒塌了，荒废了，这倒成了孩童与爬山虎的乐园。

走着走着，该到尽头了吧，可我不想转身，它的凝重拖住了我并不轻盈的脚步，在这里我们没有撑油纸伞的闲情，谁叫它是柳子街呢？我惘然有所领悟：原来我们或多或少地沾点儿祖宗的光。往前看，街似乎依然没有尽头，于是我只得继续着自己的惆怅。

潇水河没有尽头

从柳子街出来就是浮桥，我走过很多次。总觉得历史留给这个地方的东西太多，一个柳宗元就够后人消受的了，可偏偏还要挤进一个怀素来，于是他们两个人就撑起了半个零陵的过去。走在浮桥上的时候，我总习惯于眺望愚溪和潇水的交汇处，想找出一条“独钓寒江雪”的渔船来，然而扶摇而过的河风告诉我，渔船是有的，可船尾柴油机的轰鸣声吵醒了水底的鱼群。

碧绿的河水在木板下潺潺地流着，偶尔能从缝隙里见到几根娇羞动人的水草，一阵浪花涌来，哗啦啦地搅乱了我的视线，那些含羞的水草也像怕人的小鹿一样躲了起来。水流不快，可河风极大，鱼鳞似的波浪一层层地泛起来，还没等它看一眼情人坚实的怀抱就沉入了峰底，但他们没有气馁，在河风的召唤下兴高采烈地朝前奔去，哗啦啦，又是一个结实而温馨的拥抱。那些可爱的浪花，在没有观众的舞台上演绎了多少鲤鱼跃龙门的故事，谁又认真计算过呢？

流水似脂，让人无法看透躺在河床上的到底有些什么秘密，可有些人就不同，他们非要光着膀子潜到河底去探个究竟，问他们到底找到了哪些宝贝，他们准会浮出半个湿淋淋的脑袋说，都在沙里面呢，自己去看看吧！其实也没什么值钱的，一些爬满青铜绿的古钱币，从盛唐到清末的上千年历史，全躺在这条河底，难怪这河看了总让人心生凝重之感。水底的“富饶”告诉我这儿过去并非纯粹的荒蛮之地，只是时间总习惯于跟自作聪明的我们开玩笑，因为我们习惯于去忘记。还有一点，就是被贬到这儿来的京官们都挺安分，他们没有借着天高皇帝远的优势自立为朝，若是那样，柳宗元的诗里可能就是灯声浆影的意境了，可毕竟这一江水太清，清得足以净化心灵抑制贪欲，于是和柳宗元一样的文人墨客就将所有的激情交给了毛笔跟宣纸，这倒写出了一个活灵活现的零陵。

时间就是时间，它是世间最公正的法官，好的坏的都让一江春水给遮住了，谁还在意某个无聊的潜水者捞起的几枚铜币呢？远处的渔火次第点燃，我疑是郭沫若笔下的天街被搬到了人间，这条河在夜里到底是有多温柔有多妩媚，就让碧空里的星星去评说吧。

也许，我该悄声告诉柳子街：爱上你，和美丽无关，和古老无关，和静静的时光无关，就像遇见一个期待已久的恋人。

随想也没有尽头

午后的时光，有些懒懒散散，阳光像喝醉酒的汉子，跌落在柳子街，歪歪斜斜没有规矩。

我曾经问过几个玩摄影的好友，镜头下柳子街是什么样子的。有的说，视角不同、表达不同，理解也不同，镜头下柳子街可以幻化为一个浓缩的万千世界。有的说，在无人机视角下，柳子街没有秘密，因为无人机镜头被称为“上帝视角”而无所不能。

还记得某个傍晚，我行走在柳子街上，影儿被夕阳拉得瘦长瘦长的。愚溪似乎静止一般，没有声音，没有流动，只留下清澈中那高低不平、大小不一的鹅卵石望着我。我想，如果我是一架无人机，在我的眼里能不能洞穿柳子街的前世今生，能不能透过砖瓦、条石、木板、灯笼这些有形的看得见摸得着的实物，触摸柳子街的脉搏，聆听它的心跳。

飞檐翘角，迎风诉说过往，历史的、现实的，云烟般飘散的、磐石般遗留的，都藏在愚溪的水里流进了潇水河，那孤舟老翁手里的鱼竿上挂着破解的“密码”。

原乡记

□ 魏佳敏

尝试着用语词将故乡从内心唤出，的确是一件令人既兴奋，又倍感艰难的事情。书写故乡仿佛是一个神秘而甜美的梦，在无数次的暗夜冥思中，这些粗糙而又单纯的语词，犹如故乡那被唤作“玛瑙骨”的粒粒斑斓彩石，被天光地气擦亮，都急迫地要投身到这素白的纸上来，以完成它们这神圣的精神使命。于是，在灵魂深处，它们皆在无声地呐喊，吵闹着，激动不已。

故乡的名字叫“倒江源”，地处永州道县西北方向，即从县城道江镇出发，有两条路径可抵至：一是经寿雁镇、乐福堂乡，从富头村北行约三十里便是；二是沿寿雁镇、仙子脚镇、桥头镇一直到村所隶属的桥头林场，再往西北方向行约三十里也可到达。有意思的是，这两条路径都分别有近三十里的蜿蜒山路，窄极陡极，曾经都是需要用双足步行方可。就如两条大地上最细微的毛细血管，只容得下一些如蝼蚁般的生命在其中手胼足胝踽踽独行。自20世纪90年代后才靠着父老乡亲用锄头、铁锹，硬是从那崇山峻岭间凿掘出一条简易的村级公路，通连到了富头村，但也只能开得了摩托或四轮之类的农用车。从地图上看，故乡附近一带的地域竟与零陵区、双牌县及广西交界，横跨“两省四县”。正如民国旧谱上记载的那样：“营道西进贤乡，倒江源钜镳魏氏居焉。”

我实在是不想让这些满溢着情愫的语词，老是枯燥地去介绍这些亘古不会变的事物，更渴望让它们从内心出发，去寻觅故乡那最初的时光，去打捞一些沾满了血迹泪痕，或是痛苦，或是心酸的传说与史实——

故乡的村名为“倒江源”，有人认为应该叫“到江源”，而谱书上写着的就是“倒江源”。故乡村中有条恍若“天水银河”的无名小溪，是道县洑水河的源脉之一，因此，名唤“到江源”似是没错。关于“倒江源”族人的故事，古谱书里有这样一段记载：先祖元吉元圣公之父可教公，零陵高贤村人，明末清初时，曾官任知县。传说贤水上游何仙观周姓官人某次家母设寿宴，可教公前去祝贺。在酒席上因喝多了酒，内急不已，便在府内一巷里尿溺，不巧被府内一家仆撞见，发生了争执，或许可教公说了几句酒话狂语，从此便与周家结下了仇隙。周姓官人后来便诬告陷害可教公，说他企图招兵买马欲谋反，并上奏了朝廷；还伪造了诸多莫须有的罪证，比如高贤村有一叫“朝廷里”的山名，本村又叫“高贤村”，又有一个叫“安门贤”的山名，便被以讹传讹，说是可教公在老家设立了“朝廷和省及县”。一次没告中，周家又使奸计，将“砍竹为简，上刺谋反”等一些文字刻写于竹简上，抛于贤水河，随水漂至潇水中，然后又叫人暗暗拾去，送至永州知府，以捏造成为罪证。就这样，可教公终被诬告入冤狱。

时值明末清初，天下岌岌可危，朝廷自然宁错杀一千，不愿放过一人。痛苦绝望之极的可教公，终无回天之力，英雄气短，于是在狱中吞金而亡，以死洗冤。可教公幸有四子，分别为元素（尚能）、元善（尚达）、元吉（尚逊）、元圣（尚贤）。元素致力仕途，官至衡阳知府，元善中年弃读经商，两子皆客居他乡。元吉、元圣二子发愤苦读，“均优贡生”，即明、清两朝由府、州、县学推荐到京师国子监学习的人，相当于现在大学的高才生矣。父亲含冤而亡，母亲三日竟不进水米而哀伤欲绝。如天崩地裂，家仇国恨齐袭，恐遭株连之罪，元吉、元圣二人只得离京回乡守持家业。在无尽的悲痛与不幸中，在破碎了人生理想、无路可走的万难之际，兄弟二人“遂携妻若子，举家南迁”，遁隐于营道西乡之深山密林中。他们从此便放下书生意气，脱下那纨绔子弟的斯文与娇贵之气，屈居为一介农夫草民，勇敢地承担起开创新家园的大任：“见其间泉甘土肥，人烟稀少，山重水复俨若小盘谷，可避乱容身，垂裕后昆，遂家焉。”“于是，除荆斩棘，戴月披星，不遑作息。

迨日积月累，始置山场田土，课读训耕。当相谓曰：‘吾兄弟积劳数年，今而后子孙衣食樵牧之需足矣。’”

传说，南迁之时，正值寒冬大雪，天地皆白。他们为防止朝廷追兵寻迹而至，便将鞋子前后倒穿着，这样雪中留下的，便都是与其行走方向完全相反的足印。因此，为纪念此次南迁寻居的苦难行程，便将故乡的名字唤作“倒江源”。还传说，零陵高贤村和何仙观魏周两族自此便结下世仇，曾经周姓人因进出都要路过高贤村，按规矩，骑马必下马，坐轿必下轿，只能步行经过。否则，必招致两村械斗。同时两族人从此也不再通婚结亲，否则家中必有祸端。当然，一切俱往矣，曾经的家仇国恨，都早已“相逢一笑泯恩仇”了。唯有先祖元吉、元圣二公积一生心血与操劳、苦创家园的斑斑血泪史，仍永远地在震撼着吾魏氏每一位族亲的心。透过这言难尽意，情不自禁的语词拙句，似乎又闻见了他们那撕心裂肺的无尽悲鸣，在不忍卒闻中，他们那魁伟如山的高大背影，又似一方青天般，清晰无比地显现于目前。

或许，正因故乡拥有着如此一段厚重的历史，这方神奇的水土才“山重水复俨若小盘谷”——似乎是大地也承载不起如此沉重的苦难，便凹陷下去，形成了一个四面环山、如凤巢仙窠似的神仙福地。容我将旧谱里无名氏撰写的《倒江源村宅图记》这一奇文全篇引录至此，以永远铭记祖德庇荫，永远不忘故乡那最原初的风光：

“营道西进贤乡，到江源钜辘魏氏居焉。按其山川形势，龙自九狮岭发脉，历莱子山起崇峰，为少祖倏分二支，一左一右，层峦叠嶂，蜿蜒磅礴。左支至鬼谷岭，复开冲天云账，西中落一脉，成大金星，接东村老宅。右支至白羊岐，复起串珠，文星东落，一脉重开三嶂，接西村三宅。中夹一水，衡宇相望，四周群岭环拱，如万国侯伯执玉帛来朝。其地周广数里，内宽外狭，巉岩曲涧，溪水环绕，恍若倒流，故名‘倒江源’。中有小山，圆似太极，曰峦山。西村后龙形如飞凤，曰凤山。东宅天然一池，形颇方，潭水清幽，文鱼游泳，曰东池。西宅凿成一池，形颇圆，波光荡漾，荷芰飘香，曰西池。西村后上宅，一泉曰廉泉，中宅一泉，曰让泉，泉甘且冽，水激以清，在悬崖之下，屋舍之旁，可洗笔砚，可瀹茗置饮，以人之逸，待水之劳。又有四溪，东宅左右各一溪，萦迂如带，西村后连出二溪，瀑布横飞，自高而下，清冷莹澈，挹田亩。春夏澎涨，奔腾弛骤，直趋小江，江上下游，复架二桥，藉资培植，以济行人，望之好二虹横江，是为江源八景。其间厥田上下，芳树郁蓊，历年三百丁口蕃滋，背山面河，村庐云连，士农工商，各有职业，屹为营道西乡巨族。古称武陵源为仙境，以此视之，奚多逊焉！是为记。无名氏撰于民国十四年（1925）。”

文中对“倒江源”一村名则解释为“溪水环绕，恍若倒流，故名‘倒江源’”，又似是一道神谕。或许，正是这份偏远才得以保持了故乡这份幽胜与宁静。直至20世纪90年代初，限于交通闭塞，全村仍没有一栋土墙红砖水泥房屋，全是杉木吊脚楼。直至修通公路后，才逐渐建起了数栋零星的红砖水泥房，犹如城里人去了乡下，显得多少有些不伦不类。不过，现代化的脚步仍在继续，前年除夕接通高压电，让文明之光照彻村落，最近又着手修筑水泥公路，不久的将来，山乡定将发生巨大的改变。

诧异的是，无名氏竟然忘记了将村落四周那数百棵高大古老的马峰松记于笔端，故乡四周这些挺拔秀丽、高耸入云的马峰松足有四百多棵。大都有数十米之高，三四人方可围搂住，目前已被湖南省林业厅登记在册，成为国家重点保护古树。它们不仅早成了村民们心目中的“神树”，留下了诸多的神奇传说，也早化成了故乡一道亮丽的风景。至于村旁小庙里的“莫帝”，据本人考证，或许是指古时“莫徭”始祖，在吾魏氏来此居住前，此处附近应住过莫徭（现今的瑶族）人。另须补充的，还有故乡的“江源八景”：二虹横江、蜈蚣夹珠、凤凰展翅、四人抬轿、七星盼月、五龙归位、傲人冲天与犀牛汲水。一个如此偏僻的山野小村，竟然都有八景之说。倒江源的村民注重文化的传承和思想的传递。在村里一名叫魏美棠族亲的老屋墙壁上，至今还悬挂着一幅由著名书法家何绍基亲笔题词的大寿匾，上刻有“庚星永耀”四个镏金大字。由此，故乡四百多年来，一直兴旺发达，人寿年丰，目前居于此的魏氏族人已有六百多。也难怪附近十里八乡便有俗语云：“四十九个源，如不得一个倒江源！”

故乡族亲们对这片热土之挚爱，几乎已成一种深沉的精神信仰。他们深知这儿留下了自己生命里的一切，包括肉身、根骨、血水与灵魂。因此，自元吉、元圣二公创村近四百多年来，其“基业创造之广，子孙发越之繁，屋舍云连，人才蔚起，经文练武者代不乏人”。近百十年里，倒江源最有成就的首推魏子珊（世玖）（1910—1951），一学问渊博的民国旧文人，相传民国年间曾任桂阳县代县长，因军阀混战，天下大乱，才解甲归田，归隐乡居。据说他是骑着一匹高头大马，身挎一杆盒子炮回村的，那威风凛凛的英武模样被后人传为美谈。之后，他又在村中开了一家中药铺子，以悬壶济世；还自办一私塾，诲人不倦，树才育人不计其数——譬如本村后任中共干部的魏载昆，还有邻村燕垒，官至零陵地委副书记的黄森等诸多人才，皆为其得意门生。子珊公还为村里修路架桥（月亮湾山下架一石板桥），在续修民国旧谱等事宜皆付出诸多心力财力，堪称村中德高望重的一位先贤。

故乡倒江源，又怎能经由这区区数字便完全能书写于纸上？时光，永远是生命最神奇的容器，就如这片圣地永远是灵魂的原土般，在内心无数次的震颤激动中，常会涌起阵阵撩魂的神思。譬如村落四围高山陡岭间那层层梯田，一如故乡的指纹年轮，收藏着往昔的记忆，永远闪烁着熠熠的生命之光，似乎正向我们暗示着一个天地存大道的神机与玄秘：在那高山之巅是广袤的森林植被，终年云雨积聚。温湿的季风自山外吹入这层峦叠嶂之中，森林便通过它们那茂盛的枝叶与发达的根系将雨水收集起来，形成千万条细流汇入山腰处的层层梯田，从而去浇灌那人们赖以生存的谷粮。最终，这些水流在完成了它们哺育生命的使命后，又流入村中那条秀丽的小溪，直至奔赴大海重又化为云雨……如此循环轮回不已，一方水土养一方人，万物生灵便得以生生不息。

这便是生命与宇宙的玄妙所在。这也正是将故乡推向那永恒圣境的神力之源。

故乡的油茶树

□ 罗俊杰

我从小在山村长大，记忆中房前屋后都是油茶树。放眼远眺，层层叠叠的油茶林如绿云般漫过起伏的丘陵，走近细看，油茶树形态各异，有的枝干迂回曲折宛如盆景，有的遮天蔽日像极了擎天巨伞，有的迎风摇曳恰似翩翩少女。油茶树头年初冬开花，翌年寒露果熟，一花一果，冬来秋往，装点着记忆中的故乡。

儿时很期待油茶花开，不只为欣赏那洁白无瑕的花朵，更为放学路上馋几口花蜜。几个调皮鬼从路边扯根茅草秆，将两头折断就做成了天然的吸管，争先恐后地钻到茶树下，一朵一朵去找蜜，小心翼翼将吸管放入花蕊，轻轻嗞的一声，甜中带香的蜜汁就顺着吸管润入心肺，完全不顾被叶间摇落的寒露淋湿脖子。在那个零食匮乏的年代，这唾手可得的天然的茶花蜜无疑是大自然的馈赠。

等到来年清明，油茶树已被春风装扮得焕然一新。树上发出或浅绿或粉红的新叶，枝叶间还会出现一种奇特的果实，肥嫩肥嫩的就像多肉植物，人们管圆形的叫“茶泡”、片状的叫“茶耳”。这是茶树馈赠给孩子们的佳果，没成熟的吃起来会有点涩，熟透了的就脆甜可口。小伙伴们只要经过油茶树都会有意识地寻找果实，眼尖的一发现，便像猴子一样敏捷地爬上树，脚跨纤枝，背倚树干，一把将果实夺入手中，迫不及待地在树上“尝鲜”，再跳下来和大家分享这油茶树的恩宠，一时间嬉戏打闹的欢笑声响彻树下。如今油茶树下的玩伴都年近不惑，每个人都在为自己的生活奔劳，也不再有那份闲暇和心情去吸蜂蜜、摘茶耳了，想那油茶老树下定然还保存着童年时简单的快乐吧。

“七月半，茶籽乌一半。过中秋，茶籽乌溜溜。”寒露节一到，便是茶树果实成熟时。家乡人将茶树的果实叫“茶子”。秋风吹过，那一个个红彤彤、光溜溜的茶子就像一个个圆铜铃在叶间摆动，向人们展示着丰收的喜悦。摘茶子是劳累、繁忙的农活，堪比“双抢”。老家村子处在两个县区交界地，多年前两地达成协议，十月七日之前禁山，不允许村民擅自上山摘茶子。特别是临近开山前的那段时间，镇村干部会开展巡山，各村各户也会派人进山值守，维护秩序。开山摘茶子那天异常热闹，各家各户不等天亮就吃过早饭，大人们挑箩带篓，小孩们提着水壶和干粮，纷纷奔向油茶林，油茶林多的人家还会请上几个亲朋好友来帮忙。顿时，男女老少满山坡，到处洋溢着笑声、歌声和孩子们的叫喊声，好不热闹。

作为一项全身心投入的劳动，摘茶子不仅需要体力好，能在树上树下攀爬牵拉行动自如，同时还得有眼力见儿，摘得干净，能排查出隐藏在浓密树叶间的每一颗茶子果，确保“颗粒归仓”。摘茶子时最好在胸前挂一个旧帆布包，左手攀枝，右手摘果，还方便上树，等到包里装满了茶子果，再下树倒进箩筐里，如此循环着将一个个果实收入囊中。累了你就擦把汗、吹吹风，渴了你就喝点水、吃个橘子，一天下来，虽然会腰酸背痛，但看着自己的劳动成果，疲劳也早已抛到九霄云外。

经过几天起早贪黑地忙活和搬运，摘茶子的艰巨任务告一段落。茶子果在屋里静放几天后，就得搬出摊开在秋日之下暴晒。经过几天的日晒夜露，茶子果表皮会开裂，深棕色的茶籽自然脱落，一瓣瓣看起来像板栗。到了秋收后的农闲时分，一家老小围坐在屋门口，一边聊天一边选拣茶籽、掰茶子壳，我也会抓紧时间写完作业加入其中，充当劳动帮手。现在的年青一代大多进城工作，有了其他经济来源，村里油茶林连同相邻几个村的山林一起租了出去，全村老小热热闹闹摘茶子、拣茶籽的情景成了几代人的共同记忆。

榨油时节一般在冬至前后。接到开榨的通知，村民们便陆续担着油茶籽奔向村口的榨油坊，一路谈笑风生，如同逢年过节。记得当时的榨油坊是一排土砖黑瓦屋，有大小四五间房。炒籽一间，碾籽一间，蒸粉做茶饼一间，还有最大的一间便是榨油房。每到榨油那段时间天气都很冷，榨油坊里的气氛却是热烈的，人们燃着松木烘茶籽、蒸茶粕，热烘烘、雾腾腾、香喷喷，烟雾淹没了大家忙碌的身影。

榨油的历史悠久，工艺源远流长。北魏贾思勰的《齐民要术》就记载了压榨取油的方法。元代王祯的《王祯农书》、明代宋应星的《天工开物》等著作中也对榨油的方法有所记载。榨油坊虽然简陋，但榨油的技艺和民俗，却是精湛和深远的。从烘茶籽到碾茶籽、蒸茶粕、踩茶饼、榨茶油，只有每个环节都做到独到匠心，才能保证产出高品质的茶油。烘茶籽时，灶火要不急不猛，才能确保茶籽粉香而不焦，茶籽油亮而不暗。碾籽时，粗细要适度均匀，抓上一把不团不散，拿捏全凭师傅经验。蒸茶粕时，标准是蒸至冒气，但不能蒸太久，否则油就会不香。制茶饼时，榨油师傅先将两个圆铁箍平放地面，用干净的稻草垫底，再将蒸好的茶粕填入铁箍里，用脚踩平实，就做成了一个个厚薄一致的茶饼。最后就是手工压榨了，榨油师傅们竖着将茶饼叠放在榨油槽里，一边“嘿哟嘿哟”齐声地喊着号子，一边用劲摇动杠杆对榨油机里的油饼进行物理挤压。不一会儿，喷香透亮的茶油便汩汩地被挤了出来，形成一排金亮的小瀑布。通常每百斤茶籽可榨近三十斤油，一满榨可出茶油一百斤左右。“啧啧，你看这油真透亮！”“你屋里今年应该有两百斤吧！”人们在相互称赞中分享着一年丰收的喜悦。岁月变迁，村口那座榨油坊已经作古，原址建成了村活动中心和村民广场，榨油的趣事也成了孩子们的睡前故事。

在人们心里，茶油是大山给予的珍贵物产。茶油中不饱和脂肪酸、油酸、亚油酸含量高，富含角鲨烯、抗氧化物质、蛋白质、多种维生素及人体必需的微量元素，是纯生态的天然植物油，对促进人的健康具有很好的辅助作用，因此被世人誉为“东方的橄榄油”。《本草纲目》中记载：“茶油可润肠、清胃、解毒、杀菌。”清代学者王士雄在《随之居饮食谱》中也写道：“茶油烹调，日用皆宜，熟蒸食之，泽发生光。”因其沸点高、香味浓郁、油而不腻，历来被视为烹饪佳品，是煎、炒、烹、炸、凉拌的重要油料，茶油焖土鸡、茶油煮活鱼、茶油豆腐酿，都是农家待客的主打菜肴。茶油当然也有其他妙用，比如婴儿臀部出现湿疹发红，只要在患处涂抹几次山茶油，就有很好的疗效；若是皮肤出现皲裂，也可以用茶油滋润，能够起到保湿、抗炎的作用。可以说，茶油是自然的恩赐，是农家人的“万用油”。如今，祁阳茶油已成为一张烫金名片，是人们馈赠亲友的首选礼品。身处他乡，打开故乡的茶油，清香四溢中感受的是浓浓乡愁，是对那红土地的回忆与眷恋。

油茶树为人们倾其所有，对人们却无所求，只要有一小块安身之地就能成活。她奉献给人们的，是常绿的树荫，是坚实耐用的木材，是年复一年的花蜜和果实，就连果壳和茶枯都是冬天烤火的上好材料，祖辈们年轻时栽下的油茶树，我们这代人还在受益。她对生存环境也没有苛刻的要求，不需要人们精心照料，甚至不用施肥、浇水、除草、剪枝，即使扎根在贫瘠的红土地，也能栉风沐雨尽情生长。哪怕是遭山火烧掉了树干，她剩下的树蔸也会在来年春天长出新芽、发出新枝，三五年后便能开花结果，强大的生命力令人叹服。

面对工作生活，每当心有倦怠之时，我就会想起老家的油茶树。她那随遇而安的豁达性情，不惧风霜的顽强斗志，默默奉献的高贵品质，足以抚慰每一个从山里走出的孩子。

| 后记 |

行吟潇湘大地　书写时代新篇

□ 吴茂盛

2022年，中国散文学会、湖南省作家协会、中共永州市委、永州市人民政府联合主办2022中国（永州）山水散文节活动，共设置有山水散文征文大赛、柳宗元“永州八记”与中国山水散文学术论文征文大赛、湖南省第十一期专题文学(散文)研修班等活动。征文共收到3057篇作品，评出获奖作品40篇，多位散文名家以永州山水人文为题材，创作多篇佳作。中国散文学会授予永州为“中国散文之乡”，授予零陵区为“中国山水散文研学创作基地”。2022—2023年全市有15人成功加入中国散文学会，标志着永州已成为中国山水散文创作的新高地。

2023年，中国（永州）山水散文节又成功举办了文学名家永州（零陵、双牌）行采风暨山水散文创作座谈会、“守护一江碧水”网络文艺家践行生态文明永州行、首届“祁阳杯”全国油茶生态文学征文大赛等活动。

这是一段追山逐水、回望诗文故地、与古人神游的旅程，是一个汇集文学力量、让更多青年走进文学世界的生动课堂，是一场深入文学现场、发现鲜活创作素材、书写时代新篇的实践，更是一次面向未来、盘活永州文旅资源、为地区发展注入文化力量的创新之举。

中国（永州）山水散文节组委会收集了本次活动及书写永州的优秀散文作品，编辑出版《醉人的山水——当代永州山水散文名家名作选》。

文艺之花，向阳而开。相信随着中国（永州）山水散文节的持续升温，以潇湘为原点，纵览祖国的大好河山，一定会创作出一大批高质量的山水散文作品，永州的山水和历史一定能够被更多的人看懂、读懂。